학교라는 세계

학교라는 세계

아사히나 아스카 지음 · 조윤주 옮김

라임

차례

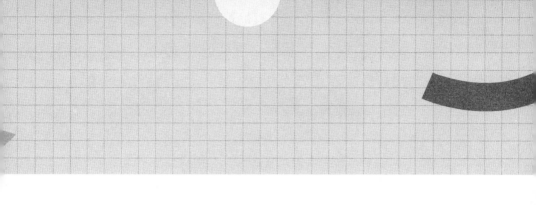

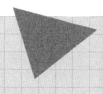

외톨이가
되고 싶지 않은

후미야는 학교에 도착하자마자 교문에서 리쿠오와 사토시에게 우산을 빼앗겼다.

"샤워하자!"

사토시의 말이 끝나기 무섭게 세찬 빗방울이 후미야의 머리 위로 후드득 쏟아졌다.

"샤워다, 샤워!"

솔직히 비를 맞기 싫었지만 리쿠오와 사토시가 즐거워하는 걸 보니, 마음속에서 탄산 방울이 보글보글 터지는 것 같았다. 후미야는 둘 사이에 끼여 양팔을 하늘로 쭉 뻗고 외쳤다.

"우아! 하늘이 내리는 선물이다!"

"입 벌려 봐. 되게 따가워."

"앗, 따가워!"

"샤워할 때랑 완전 똑같은데?"

빗방울이 혓바닥에서 찰싹찰싹 튀어 올랐다. 운동장은 빗물로 금세

진흙탕이 되었다.

"어휴, 저게 뭐 하는 짓이야……."

"남자애들은 진짜 바보라니까."

같은 반 여자아이들이 현관에 들어서서 우산을 접으며 장난스럽게 눈을 흘겼다. 후미야는 그걸 보고 더 크게 소리쳤다.

"비, 진짜 따가워! 앗, 따가워!"

셋은 한데 뒤엉켜 시끌벅적하게 신발장으로 이동해 실내화로 갈아 신었다. 후미야가 물이 뚝뚝 떨어지는 양말을 벗어 손으로 꼭 쥐어짰다. 그걸 보고 사토시가 손뼉을 치며 웃었다.

"으악, 실내화도 다 젖었어!"

사토시가 머리에서 물을 뚝뚝 떨구며 외쳤다.

"오, 물에 젖은 섹시남!"

리쿠오가 놀렸다. 주변에 있던 남자아이들이 깔깔대며 웃었다. 지난주에 열린 운동회에서 응원 단장을 맡았던 리쿠오는 그 뒤로 학교의 유명인이 되어서 어딜 가든 주목받았다.

"야, 그래도 후미야가 대박인 듯!"

후미야는 리쿠오의 말에 어깨가 으쓱해졌다. '인싸'라도 된 듯한 기분이었다. 하지만 즐거운 기분은 그리 오래가지 않았다. 리쿠오와 사토시가 우비를 입고 있었다는 걸 뒤늦게 깨달았기 때문이다.

방금까지 함께 빗물 샤워를 했는데도 둘은 무척 산뜻해 보였다. 얼굴과 바짓단은 똑같이 젖었지만, 티셔츠가 뽀송뽀송한 데다 바지도 별로 젖지 않았다. 옷에서 물을 뚝뚝 떨어뜨리는 건 후미야뿐이었다. 셋은 앞서거니 뒤서거니 하며 계단을 올라 교실로 들어갔다.

"우아, 너네 왜 이렇게 젖었어?"

호노카가 큰 소리로 말하며 다가왔다.

"쫄딱 젖었네. 어휴, 태풍이 올라오는 중이니까 조심해서 등교하라고 알리미도 왔는데. 몰랐어?"

호노카가 손수건을 내밀자 리쿠오가 그 손을 무심하게 내쳤다.

"그러지 말고 닦아! 감기 들어."

리쿠오는 호노카의 말을 철저하게 무시했다. 저학년 때까지는 같이 놀기도 했지만, 요즘은 호노카가 말을 걸어오는 것이 영 달갑지 않았다. 여자애들은 주로 여자애들끼리만 다니는 편이었다. 5학년 때부터였나? 쉬는 시간에 남자애와 여자애가 섞여 노는 일은 거의 사라졌다. 그런데도 쉬는 시간에 후미야 삼인방이 놀고 있으면, 어느새 호노카가 슬그머니 그 사이에 들어와 있었다. 그걸 깨닫는 순간 흥이 확 깨져 버렸다. 리쿠오가 유난히 뾰족하게 굴기 때문인지도 몰랐다.

수업 시작종이 울리자 담임 선생님이 교실로 들어왔다. 몇몇 여자애들이 서로 눈짓을 주고받더니 소곤대며 피식거렸다.

후미야는 선생님을 처음 봤을 때 '할머니'를 떠올렸다. 어디가 어떻게 닮았는지 설명하기는 어렵지만 짧은 파마머리에 통통한 몸매, 알이 두꺼운 안경……, 이 모든 게 둥글둥글한 분위기를 풍겨서 그런지도 모르겠다.

그날 엄마에게 새 담임 선생님이 할머니를 닮았다고 이야기하자 무척 놀란 표정을 지었다.

"진짜? 그럼, 이쿠타 선생님이랑 엄마 중에 누가 더 젊어 보여?"

"그야 엄마지."

"정말? 선생님이 젊다고 들었는데? 삼십 대 초반이라는 것 같았어."

엄마가 웃으며 말하자 아빠가 후미야를 놀렸다.

"우리 아들, 사회생활 잘하겠는데!"

후미야는 엄마가 왜 웃는지 알 수 없었지만, 선생님이 올해 마흔 살인 엄마보다 젊다는 사실에 조금 놀랐다.

"처음 만나는 여자 담임 선생님이니까 좀 더 예쁜 분이었으면 좋았을 텐데."

엄마는 평소보다 쾌활한 목소리로 덧붙였다. 순간 후미야는 이쿠타 선생님이 젊지만 예쁘지는 않다는, 어쩌면 그것이 놀림거리가 될 수도 있다는 것을 어렴풋이 깨달았다.

새 학년이 본격적으로 시작되고 나서도 선생님의 인상은 바뀌지 않았다. 흰머리에 둥그스름한 볼, 거기에 느린 말투까지 더해져 젊은 느낌이라곤 전혀 들지 않았다.

언제부터인가 가나에와 메구미가 선생님을 '니쿠타'(일본어로 '고기 잡이'라는 뜻.―옮긴이)라고 부르기 시작했다. 사토시와 리쿠오도 따라 하는 걸 보고 재미있어 보여서 후미야도 덩달아 그렇게 불렀다. 지금은 3반 아이들 모두가 선생님을 '니쿠타'라고 부른다. '니쿠우타'라든가 '니쿠타로' 등 제멋대로 부르는 애들도 있었다. 물론 선생님 앞에서는 절대로 그렇게 부르지 않았다.

한번은 후미야가 엄마와 이야기를 나누던 중에 무심코 그 호칭을 쓴 적이 있었다.

"그래서 니쿠타가 말이야."

"니쿠타? 뭐야, 애들이 선생님을 그렇게 부르니?"

후미야는 혼나겠다 싶어서 대강 얼버무렸다.

"난 안 그러는데 여자애들이 그렇게 부르더라고."

"적어도 '선생님'은 붙여야 하지 않겠니? 그건 그렇고 여자애들 제법인데! 니쿠타 선생님이라니, 재밌네. 잘 지었어."

혼날 줄 알았는데 의외였다. 후미야는 엄마가 웃는 걸 보고 안심했다. 그 뒤로는 항상 '니쿠타 선생님'이라고 불렀다. 이 호칭을 사토시와 리쿠오에게도 전수했다.

"이거……, 누가 여기에 둔 거죠?"

교단에 선 선생님의 얼굴이 잔뜩 굳어 있었다. 목소리도 심하게 떨렸다. 교실이 순식간에 조용해졌다. 후미야는 종이 울리기 직전까지 리쿠오와 수다를 떠느라 무슨 일이 벌어진 건지 전혀 알아채지 못했다. 그래서 몸을 앞으로 쑥 내밀며 이렇게 물었다.

"그게 뭔데요?"

다른 아이들도 잇따라 교탁 쪽으로 목을 길게 뺐다. 아예 자리에서 일어나는 아이도 있었다. 후미야도 궁금증을 누르지 못하고 자리에서 벌떡 일어났다. 그때 선생님이 후미야를 보고 깜짝 놀라 되물었다.

"후미야, 왜 그렇게 젖었니?"

"아, 괜찮아요. 비를 좀 맞은 것뿐이에요. 괜찮습니다양."

후미야가 익살맞게 대답하자 아이들이 웃음을 터뜨렸다.

"괜찮기는! 그러다 감기 들어. 누구 수건 좀 빌려줄 사람?"

선생님이 다급하게 말하자 호노카가 손을 번쩍 들었다.

"손수건은 있어요."

"고맙다. 호노카에게 손수건을 빌려서 좀 닦아."

후미야는 아까 리쿠오가 호노카의 손을 뿌리친 일을 떠올리고는 왠지 똑같이 행동하고 싶어졌다. 그래서 굳이 괜찮다고 하면서 끝끝내 거절을 했다.

"하긴 손수건으로는 감당 안 될 만큼 젖었구나. 차라리 가사실에 가서 수건을 빌리는 게 낫겠어. 그건 그렇고, 이걸 누가 여기에 둔 거지?"

선생님이 휴지로 둘둘 감싸서 둥글게 말아 놓은 물건을 가리켰다. 손바닥에 올릴 수 있을 만한 크기인데……, 대체 뭘까? 선생님이 저렇게까지 곤혹스러워하는 이유가 뭔지 궁금했다. 그런데 갑작스럽게 한기가 느껴지더니 재채기가 쏟아져 나왔다.

"거봐, 후미야. 그러다 감기 걸린다니까. 빨리 가사실에 가서 수건 얻어 와."

선생님은 교탁 위의 쓰레기와 후미야의 재채기 때문에 안절부절못했다. 어른인 데다 선생님이면서 어찌할 바를 모르고 허둥대는 모습을 보이자 아이들 사이에서 비웃음이 번졌다. 리쿠오가 그 틈을 놓치지 않고 한마디 내뱉었다.

"저도 비 많이 맞았는데 같이 갔다 와도 돼요?"

"선생님, 저도요!"

사토시까지 가세했다. 선생님은 우물쭈물하며 망설였다.

"니쿠타 멘붕이네."

"진짜."

옆자리의 가나에가 나직이 속삭이자 후미야는 얼결에 웃으며 맞장구를 쳤다. 사실 가나에를 썩 좋아하진 않았다. 어릴 적에 같이 놀 때도 이것저것 자꾸 시키더니, 6학년이 된 지금도 모둠 활동이나 토의 과제가 있을 때면 자기가 대장인 양 번거로운 일을 떠맡겼다.

"너, 저거 뭔지 알아?"

가나에가 작은 목소리로 물었다.

"냅킨(일본에서는 생리대를 가리키는 말로도 쓰인다.—옮긴이)이야."

"냅킨?"

후미야가 눈을 동그랗게 뜨며 되물었다.

"너, 생각보다 순진하구나?"

가나에가 앞자리에 앉은 메구미에게 고개를 기울이며 귓속말을 했다. 둘은 작게 쿡쿡 웃었다. 냅킨이라면 밥 먹고 입 닦을 때 쓰는 휴지 아닌가? 그런데 선생님은 왜 어쩔 줄 몰라 하시는 거지? 가나에와 메구미가 저러는 건 또 뭐고…….

"빨간 매직으로 칠만 한 거라서 더럽지는 않아."

후미야는 가나에의 말을 조금도 이해하지 못했다.

"선생님, 거기에 뭐가 있는데요?"

가나에의 부하 노릇을 하는 메구미가 큰 소리로 물었다.

"뭐냐니……."

돌처럼 딱딱하게 굳은 선생님의 얼굴이 새빨개지자 몇몇 여자애들이 킥킥대고 웃었다.

"왜 말씀을 못 하세요?"

가나에가 놀리듯이 물었다. 선생님은 입을 꾹 다문 채 휴지로 감싼 그것을, 별것 아니라는 듯이 쓰레기통에 휙 던졌다.

"자, 수업 시작합시다. 빨리 교과서 꺼내요. 후미야랑 너희는 가사실에 가서 수건 빌려 오고. 얼른 다녀와."

후미야 삼인방은 선생님의 말이 떨어지기 무섭게 자리에서 일어나 앞다투어 복도로 나갔다. 잰걸음으로 계단을 향해 걸어가는데, 1반 교실 문이 벌컥 열리더니 야마가타 선생님이 얼굴을 불쑥 내밀었다.

"거기, 수업 시간에 왜 돌아다녀!"

후미야는 리쿠오 뒤로 잽싸게 숨었다.

"저희가 비를 많이 맞아서요. 이쿠타 선생님이 가사실에 가서 수건으로 좀 닦고 오라고 하셨어요."

리쿠오가 공손하게 대답했다.

야마가타 선생님이 눈썹을 찌푸리더니 후미야를 보고는 핀잔을 주었다.

"후미야, 그게 무슨 꼴이니? 쫄딱 젖었네!"

"네, 후미야가 좀 많이 젖었어요."

"선생님이 저희한테 가사실에 같이 다녀오라고 하셔서요."

리쿠오와 사토시가 입을 맞춰 덧붙였다.

"비를 맞은 것치고는 너무 많이 젖었는데……. 후미야, 빨리 가서 닦아라."

야마가타 선생님은 후미야만 콕 집어서 한마디를 보탠 뒤 점점 소란스러워지는 교실로 들어갔다. 후미야는 선생님 눈에 더는 띄지 않도록 조심하며 복도를 살금살금 걸었다.

"후미야! 너, 야마가타 선생님 싫어하지?"

리쿠오가 갑자기 정곡을 찔렀다.

"뭐……, 별로……."

"난 싫어. 뭔지 모르게 재수 없어."

후미야는 사토시의 말이 기뻐서 그제야 속마음을 털어놓았다.

"나도. 야마가타 선생님, 볼 때마다 좀 재수 없어."

야마가타 선생님이 담임이었던 3, 4학년 때는 학교가 정말 싫었다. 학교가 싫어진 계기는 너무 많아서 딱 하나만 꼽기가 어려울 지경이었다. 그중에서 특히 기억에 남는 일은 요타의 별명 사건이었다.

그때도 야마가타 선생님은 후미야 혼자만 잘못한 것처럼 아이들 앞에서 호되게 야단을 쳤다. 요타에게 그런 별명을 붙인 것은 후미야가 아니었다. 누가 붙였는지는 몰라도, 어느새 많은 아이들이 뒤에서 요타를 그 별명으로 불렀다. 선생님은 후미야가 어쩌다 한번 그 별명을 입에 올리는 것을 듣고는 노발대발했다.

사실 후미야는 요타를 싫어하기는커녕 좋아하는 편이었다. 그 별명이 그 애를 비하하는 말인 줄도 몰랐다. 모두 그렇게 부르니 그저 따라했을 뿐인데……. 어쨌거나 요타에게 상처를 주는 거였다니, 앞으로는 절대로 그렇게 부르지 않을 생각이었다. 야마가타 선생님은 요타에게 화를 내도 된다고 했지만, 정작 그 애는 선생님한테 혼나서 울고 있는 후미야를 걱정스러운 눈길로 쳐다보았다.

지금 다시 그 일을 떠올려도 억울하고 속상했다. 야마가타 선생님이 자신을 이용했다는 생각이 들어서였다. 누구 한 명을 본보기로 삼아 야단치는 것은 손쉬운 훈계 방법이니까. 그 일 이후 후미야를 향한 아이들의 시선이 사뭇 달라졌다. 제아무리 착하게 지내 봤자 어차피 인정받지 못할 거라는 생각이 들었다. 후미야는 교실에서 잔뜩 움츠러들었다.

학년이 올라가 담임 선생님이 바뀌자 마음이 한결 놓였다. 이쿠타 선생님은 야마가타 선생님처럼 사람을 함부로 단정하지 않고 모두를 공평하게 대했다. 또 리쿠오, 사토시와 어울리면서 마침내 교실의 중심에 자리한 기분을 맛보았다.

이전에는 항상 다른 아이의 곁다리 역할이었다. 친한 친구들끼리 신나게 떠들어 대거나, 다른 아이들의 주목을 받을 만큼 시끌벅적하게 논적이 한 번도 없었다. 물론 리쿠오나 사토시와 함께 있는 게 가끔은 싫을 때도 있었다. 하지만 그것보다는 만족감이 훨씬 컸다. 모두에게 인정받고 있다는 느낌이 들어서였다.

가사실은 반지하층의 맨 안쪽에 있었다.

"뭐야, 문이 잠겨 있는데?"

사토시가 가사실 문손잡이를 잡아당겼다. 리쿠오와 후미야도 같이 문을 당겨 봤지만 도무지 열리지 않았다.

"잠가 났네."

"어떡하지?"

"글쎄……, 미술실에 가 볼까?"

"미술실에도 수건이 있을 수 있겠다."

서둘러 미술실에 가 보니 5학년이 수업 중이었다. 실내를 어둡게 한 채 영상을 보고 있어서 안으로 들어가기가 어려운 분위기였다. 어쩔 수 없이 과학실과 음악실에도 가 보았지만, 모두 문이 잠겨 있거나 수업 중이어서 들어갈 수가 없었다.

후미야가 걸음을 옮길 때마다 바닥에 물방울이 똑똑 떨어졌다. 에 취, 하고 재채기를 연발하자 리쿠오와 사토시가 큭큭 웃었다.

"너희, 지금 뭐 하고 있는 거야!"

뒤에서 갑자기 큰 소리가 났다. 셋은 깜짝 놀라 우뚝 멈춰 섰다. 이 쿠타 선생님이 큰 소리를 내는 것은 흔치 않은 일이었다. 모두 기가 눌 려 아무 대답도 하지 못했다.

"가사실로 가라고 했잖아!"

선생님은 화가 잔뜩 난 얼굴로 거칠게 숨을 몰아쉬었다. 후미야 일 행을 찾아 여기저기 돌아다닌 모양이었다.

"그, 그치만 문이 잠겨 있어서……."

후미야가 황급히 이유를 댔다.

"후미야, 왜 이렇게 많이 떨어?"

사토시의 말을 듣고 보니 자신이 덜덜 떨고 있는 게 느껴졌다.

"선생님, 가사실에 갔는데 문이 잠겨 있어서 수건이 있을 만한 곳을 찾아다녔어요. 미술실과 과학실까지 가 봤는데 수업 중이더라고요."

리쿠오가 부루퉁한 얼굴로 대꾸했다.

"그러면 보건실에 갔어야지!"

선생님이 소리를 버럭 질렀다.

보건실에 가 보라는 말은 한 적도 없으면서! 후미야는 금세라도 불만이 입 밖으로 튀어나올 것 같았다. 그런데 실제로 터져 나온 것은 항변이 아니라 재채기였다.

"빨리 보건실로 가자."

선생님이 후미야의 팔을 잡았다. 후미야는 그 손을 홱 뿌리치고 앞으로 뚜벅뚜벅 걸어갔다.

그날 밤, 후미야는 열이 펄펄 나서 다음 날 학교를 쉬었다.

"이런 때 감기에 걸리다니."

엄마는 후미야가 아프면 매우 날카로워졌다. 시간표에 체육과 미술이 있는 날이어서 후미야도 무척 아쉬웠다. 하필 가장 좋아하는 수업이 있는 날 쉬어야 하다니!

점심때까지 자고 일어나서 고기 우동을 배불리 먹었더니 기운이 좀 났다. 열도 37.2도까지 떨어졌다. 엄마는 아르바이트를 하러 나갔다. 후미야는 컨디션이 괜찮아져서 만화책을 보기도 하고 게임기를 갖고 놀기도 하면서 시간을 때웠다. 너무 조용한가 싶어서 켜 둔 TV에서 자신과 이름이 같은 '후미야 군' 사고 뉴스가 계속해서 흘러나왔다.

얼마 뒤 아르바이트를 마치고 돌아온 엄마가 후미야에게 대뜸 이렇게 물었다.

"후미야, 어제 학교에서 무슨 일 있었어?"

"응?"

"어제 야마가타 선생님께 뭐 잘못한 일 있냐고……."

"응? 왜?"

후미야가 뉴스에 정신이 팔려 건성으로 대꾸하자 엄마가 TV를 힐끗 보며 말을 이었다.

"이 사건……, 진짜 무섭지 않니? 점심시간에도 다들 이 얘기 하느라 바빴어. 헤엄도 못 치는 애가 제 발로 강에 뛰어들 리가 없는데 말이야. 학교도 부모도 가해자만 감싸다니, 정말 최악이지."

'후미야'라는 중학교 2학년 남학생이 강에서 익사한 사건이었다. 단순 익사 사고가 아니라 같은 반 학생들의 집단 폭행이 있었다고 해서 이렇게나 떠들썩한 것이었다. 가해자로 지목된 아이들은 후미야를 그저 좀 부추겼더니, '자기가' '스스로' 강에 뛰어들었다고 주장했다. 그러나 후미야는 수영을 할 줄 모른다고 했다.

"이제 고작 중2라며? 질 나쁜 동네라서 그런가? 세상에, 저렇게 못돼먹은 애들이 다 있네."

엄마는 얘기를 하다 말고 얼굴을 찌푸렸다.

"참! 아까 마트에서 1반 엄마를 만났거든. 야마가타 선생님이 수업 중에 네 얘기를 했다나 봐. 뭐가 그렇게 궁금한지, 너 괜찮냐고 묻던데?"

후미야가 흠뻑 젖은 채 복도에 서 있던 모습을 야마가타 선생님이 자기네 반 아이들에게 우스꽝스럽게 이야기한 모양이었다.

"아니, 수업 시간에 1반 교실 앞을 지나가는데 선생님이 갑자기 복도로 나와서."

"뭐?"

엄마는 장바구니에서 물건을 꺼내다가 놀라서 손놀림을 멈추었다. 이크, 괜한 말을 해 버렸다. 엄마에게는 모르는 아이의 죽음보다 후미야가 수업 시간에 복도를 돌아다닌 일이 훨씬 더 큰 뉴스일 테니까.

"후미야, 수업 중에 복도를 왜 돌아다녔어?"

"아니, 그게 아니라……."

이쿠타 선생님의 지시로 가사실에 가는 길이었다고 설명했다. 우등생인 리쿠오도 함께였다는 것을 특히 더 강조했다. 엄마가 비에 쫄딱 젖은 이유를 물어봐서 우산이 바람에 날아갔다고 거짓말을 했다.

"정말이야? 누가 우산을 빼앗거나 한 게 아니고?"

"아니야, 갑자기 바람이 불어서 우산이 날아간 거라고."

"진짜지? 누가 괴롭힌 거 아니지?"

"괴롭히기는 누가 괴롭혀? 그런 거 아니야."

엄마는 그제야 안도의 한숨을 내쉬었다. 그러나 후미야가 가사실 문이 잠겨 있어서 학교 안을 한참 돌아다녔다고 말하자 금세 미간을 찡그렸다.

"너희 선생님도 참 무슨 생각인 건지. 홀딱 젖은 애들한테 수건을 갖고 오라고 시키면 어떡해? 보통은 선생님이 가지러 가야 하는 거 아니니? 그렇지 않아?"

엄마는 후미야의 대답을 듣지도 않고 휴대폰을 집어 들더니 학교에 전화를 걸었다. 일이 커지게 생겼다. 후미야는 넌더리를 내면서도 온 신경이 TV에 쏠려 있던 참이라, 어쨌든 엄마가 방으로 들어간 걸 다행스럽게 생각했다.

뉴스에서는 후미야 이야기가 계속 흘러나오고 있었다. 이름이 같아서일까? 후미야의 이름이 불릴 때마다 묘하게 긴장이 되었다. 사진을 보니 자신보다는 사토시와 더 닮은 듯했다. 볼이 통통하고 눈이 동그래서 상냥해 보이는 인상의 후미야. 가게에서 여럿이 도둑질을 했는데, 후미야가 '배신'을 해서 나머지 아이들이 몰아세우자 제 발로 물에 뛰어들었다고 한다.

배신이라니……. 사실은 도둑질한 물건을 들킨 후미야가 아버지 손에 이끌려 가게 주인에게 사과를 하러 간 게 전부였다. 그 일이 '배신'으로 낙인찍혀서 죽음으로까지 내몰린 것이다. 후미야를 가게에 데리고 간 아버지는 가슴이 저려서 앞으로 어떻게 살아갈까?

그동안 후미야는 도둑질이나 집단 폭행 같은 건 완전히 딴 세상 이야기라고 생각했다. 주위에 저렇게 무서운 애들이 없어서 정말이지 다행이었다.

그때 현관에서 초인종이 울렸다.

"누가 왔어!"

안방에 대고 외치자 엄마가 얼굴을 빼꼼 내밀고는 후미야더러 나가보라고 손짓했다. 아직 통화 중인 듯했다. 초인종이 다시 울렸다. 후미야는 느릿느릿 일어나 인터폰 모니터를 들여다봤다. 호노카였다.

"후미야, 왜 이렇게 늦게 나와?"

"미안, 엄마가 통화 중이라……."

"몸은 괜찮아 보이네. 열은 내렸어?"

"응, 이제 정상 체온이야."

"이거, 오늘 학교에서 나눠 준 유인물이야. 이쿠타 선생님이 숙제는 할 수 있으면 해 오래."

"그러면 안 해도 되는 거네?"

"그렇겠지?"

"아싸!"

후미야는 저학년 때까지만 해도 호노카와 꽤 사이좋게 지냈다. 그런데 지금은 다른 애들 앞에서 호노카가 친한 척을 하면 왠지 모르게 짜증이 났다. 어쨌거나 집이 가깝지도 않은데 일부러 찾아와 준 것은 고마웠다. 학교에서 차갑게 굴었던 게 떠올라서 미안한 마음이 들었다.

"왜 너만 그렇게 홀딱 젖었던 거야?"

"뭐?"

"어제 아침에. 리쿠오랑 사토시는 많이 젖지도 않았잖아."

후미야는 뺨이 훅 달아올랐다.

"시끄러워. 뭔 상관인데?"

후미야가 퉁명스럽게 대답하자 호노카의 표정이 금방 어두워졌다. 막 통화를 마친 엄마가 현관으로 나와 대외용 목소리로 밝게 말했다.

"어머, 호노카구나. 유인물 전해 주러 온 거야? 정말 고마워. 후미야, 인사는 제대로 했니?"

호노카가 꾸벅 인사를 하고 돌아서는데, 엄마가 괜한 소리를 하며 붙들었다.

"호노카, 후미야는 학교에서 어때? 사고 치거나 하진 않지?"

"네, 후미야는 그냥 평범해요."

"너희 반에 소란 피우는 애 있잖아."

"어……, 걔도 뭐 괜찮은데요."

후미야가 보다 못해 소리를 꽥 질렀다.

"이제 그만해!"

엄마는 후미야가 소리를 지르건 말건 질문을 멈추지 않았다.

"어제 일, 혹시 그 애랑 상관있니?"

"아니요."

"상관없다니까!"

호노카와 후미야가 거의 동시에 대답했다. 그래도 엄마는 미심쩍은 게 풀리지 않은 눈치였다. 요타를 의심하는 게 분명했다. 그러나 요타는 이제 문제도 별로 일으키지 않을뿐더러 어제 일과는 진짜로 아무 관계도 없었다.

애당초 요타는 어른들이 생각하는 것만큼 위험한 아이가 아니었다. 물론 저학년 때는 교실에서 무슨 일이 벌어지든 죄다 요타 탓으로 돌리면 된다는 분위기가 퍼져 있었다. 그 애가 때때로 소리를 크게 지르거나, 교실을 멋대로 돌아다니곤 했기 때문이다. 그 때문에 다른 아이들까지 산만해져서 수업 진행이 어려워질 때가 종종 있었다. 부모님들에게는 그때의 이미지가 아직 강하게 남아 있는 듯했다. 아이들의 시간은 훨씬 더 빠르게 흘러가고, 어른이 생각하는 것보다 몸 안의 세포가 급격히 성장하고 있건만…….

지금의 요타는 상당히 차분해졌고, 이전처럼 발작 비슷한 것을 일으키는 일도 없었다. 교실에서의 존재감은 아주 미미했다. 하지만 엄마는 무슨 일이 벌어지기만 하면 다 요타 탓인 것처럼 생각했다. 야마가타 선생님이 후미야를 희생양 삼아서 아이들에게 쉽게 훈계를 하려 한 것처럼, 모든 사건의 원인을 요타에게로 돌리는 편이 간단하기 때문인 듯했다.

"호노카는 학교 재밌니?"

"네, 뭐……."

"혹시 교실에서 신경 쓰이는 일이 생기면 아줌마한테 꼭 알려 줘."

"네."

"그럼 조심해서 돌아가."

"네, 안녕히 계세요."

호노카는 고개를 살짝 숙여 인사하고는 금방 뒤돌아섰다. 엄마는 호노카가 멀어지는 것을 기다리지도 않고 문을 쾅 닫아 버렸다.

"이쿠타 선생님한테 전화했어. 교장 선생님 바꿔 달라고 해서 오늘 학교 안 간 거 결석 처리하지 않기로 했고."

"뭐? 그게 무슨 말이야? 여기서 교장 선생님이 왜 나와?"

"후미야, 4학년부터 계속 개근상을 탔잖아. 학교의 잘못으로 열이 났는데, 결석 처리하는 건 말이 안 돼. 이런 일은 제대로 항의해야지."

사실 후미야도 개근상을 못 받게 된 게 아쉽기는 했다. 하지만 비를 맞아 흠뻑 젖은 것도, 열이 난 것도 다 자기 탓이니 어쩔 수 없는 일이라고 생각했다. 그런데 결석 처리가 취소되다니! 그저 놀라웠다. 학교에서 이런 식으로 출결 처리를 한다고?

"내일 이쿠타 선생님이 후미야한테 제대로 사과한다고 했어."

"사과?"

"애들 다 보는 앞에서 사과받는 건 좀 그런가?"

이건 선생님이 사과할 일이 아니었다. 후미야는 선생님이 도리어 가엾게 느껴질 지경이었다.

"그럼, 애들 없는 데로 살짝 불러서 사과하라고 할까?"

"아냐, 또 전화하고 그러면 더 귀찮아져."

갑자기 가슴이 갑갑했다. 엄마는 무슨 일이든 세게 밀어붙여서 해결하려는 경향이 있었다. 그런 점은 정말이지 싫었다.

"그나저나 요타는 진짜 괜찮은 거 맞아?"

"뭐가?"

"괜히 그 애 근처에 가지 마."

"알았어."

후미야가 얌전히 고개를 끄덕이자 엄마는 말없이 저녁 준비를 시작했다. 요즘은 이상하게도 엄마와 이야기를 나누고 나면 숨이 턱턱 막히는 기분이 들었다.

다음 날 아침, 후미야가 학교에 도착하자 리쿠오와 사토시가 곧장 곁으로 다가왔다. 둘은 어제 본 TV 프로그램 이야기로 한참을 떠들었다. 연예인들이 술래잡기를 하는 예능 프로그램이었다. 후미야도 늘 보는 프로그램이었지만, 어제는 엄마의 닦달로 저녁을 먹고 일찍 자느라 보지 못했다. 리쿠오와 사토시가 앞다투어 신나게 설명하고 있을 때 호노카가 불쑥 끼어들었다.

"아, 그거 봤어. 리카가 끝까지 도망친 게 진짜 의외였지."

리쿠오가 얼굴을 확 구겼다.

"아, 진짜 뭐래! 누가 끝까지 도망쳤는지 후미야한테 맞혀 보라고 할 참이었는데."

"에이, 뭐 어때?"

호노카가 생글생글 웃자 리쿠오는 정말로 화가 난 듯 굴었다.

"걸리적거리니까 저리 좀 꺼져!"

냅다 고함을 지른 뒤 후미야와 사토시를 교실 구석으로 끌고 갔다. 호노카도 지지 않고 따라왔다.

"왜 따라오는 거야? 꺼지라고!"

호노카는 리쿠오가 화를 내든 말든 "뭐, 어때?" 하면서 자꾸 웃었다. 후미야는 속으로 조금 놀랐다. 리쿠오가 호노카를 이토록 차갑게 거부한 것이 처음인 데다, 호노카가 아랑곳하지 않고 여전히 실실 웃었기 때문이다. 상대방에게 화가 치밀어 오르게 하는 웃음이었다.

"아, 여자는 저쪽으로 가라고!"

후미야까지 가세하자 사토시가 웃음을 터뜨렸다.

"후미야한테까지 면박을 당했네."

그때 뒤에서 누군가 말을 보탰다.

"호노카, 완전 아웃인데!"

가나에였다. 옆에서 다른 여자애들이 깔깔대며 웃었다.

"후미야까지 귀찮아할 정도면 끝난 거 아니냐?"

가나에의 말이 충격적이었을까? 그제야 호노카는 아무 말 없이 자기 자리로 돌아갔다.

"여자애들……, 무섭다니까."

사토시가 재미있다는 듯이 말했다. 여자애들의 가시 돋친 말이 왠지 모르게 후미야의 가슴에도 따끔하게 꽂혔다. 그러고 보니 어제 집으로 찾아온 호노카가 좀 이상하긴 했다. 학교가 재미있냐는 엄마의 질문에 대답을 흐리던 게 떠올랐다. 혹시 괴롭힘이라도 당하고 있는 걸까?

어쩐지 조금 알 것 같기도 했다. 호노카는 왠지 모르지만 항상 후미야 그룹에 들어와 있었다. 다른 여자애들과 잘 어울리지 않았다. 지금까지는 별생각이 없었지만 리쿠오가 확실히 선을 긋는 걸 보고 깨달았다. 자신도 마음속으로는 줄곧 호노카를 귀찮게 여기고 있었다는 걸. 저학년 때야 사이좋게 지냈다고 해도, 이제는 친구인 척하지 않았으면 좋겠다는 생각이 들었다. 호노카의 치렁치렁한 앞머리도, 옷에 묻은 누런 얼룩도, 그 옷을 자주 입는 것도……. 그 모든 게 꺼림칙했다. 후미야는 그런 호노카가 지긋지긋하게 느껴졌다.

수업 시작종이 울리자 이쿠타 선생님이 교실로 들어왔다. 여기저기 흩어져 있던 아이들이 자기 자리로 돌아갔다. 하나같이 행동이 굼떴다. 후미야는 그 차이를 알고 있었다. 야마가타 선생님이 담임일 때는 모두들 종이 울리기 시작하면 곧장 제자리로 돌아갔으니까. 지금은 종이 울리든 말든 계속 떠들었다. 심지어 춤을 추는 아이도 있었다. 모두가 선생님을 얕잡아 보았다.

"좋은 아침이에요. 오늘은, 음……. 먼저 선생님이 후미야에게 사과할 일이 있어요."

갑자기 이름이 불리는 바람에 놀란 후미야는 곧장 몸을 곧추세웠다.

"그저께였지? 비에 젖은 너희를 가사실로 보내서 미안해. 보건실로 가라고 안내했으면 좋았을 텐데 말이야. 선생님이 판단을 잘못했어. 수업을 시작하기 전에 이 이야기를 하고 싶었어."

순간 후미야의 뺨이 붉어졌다. 엄마가 시킨 대로 사과하는 선생님에게 화가 치밀었다. 여기저기서 수군대는 소리와 함께 교실에 어색한 분위기가 퍼졌다.

"자, 그럼 수업 시작할게요. 교과서 펴요."

아무 일도 없었다는 듯이 수업이 시작되자 곧 평소의 선생님으로 돌아왔다. 후미야는 선생님의 사과가 단지 말뿐이었다는 생각이 들었다. 게다가 이런 식으로 주목받는 것은 싫었다. 엄마 때문에 일어난 일인데도 어쩐지 선생님 탓인 것만 같았다. 제대로 된 사과를 받은 것 같지도 않으면서 괜스레 기분만 상했다.

선생님이 칠판에 원통 비슷한 것을 정성스럽게 그렸다. 그러고는 아이들에게 물었다.

"이걸 뭐라고 하는지 아는 사람?"

호노카만 손을 번쩍 들었다. 언젠가부터 그 누구도 수업 시간에 손을 들지 않았다. 아즈미같이 똑똑한 아이들도 선생님 수업에 거의 반응하지 않았다.

"자, 호노카가 말해 봐."

"원기둥입니다."

호노카가 교과서에 적힌 대로 대답하자 가나에가 코웃음을 쳤다.

"맞아요. 오늘은 원기둥의 부피를 구해 볼 거예요. 그 전에 지난주에 배운 각기둥의 부피 구하는 법을 복습해 볼까요? 교과서 몇 쪽이더라……."

그 순간, 후미야는 뒷자리에서 건네 온 쪽지를 받았다.

9시 30분이 되면 동시에 다 같이 책상을 돌려서 뒤로 향할 것!!
쌤한테 들키지 않게 돌려! 들키면 죽는다!

쪽지에는 동글동글한 글씨로 이런 내용과 쪽지를 돌리는 순서가 적혀 있었다. 호노카와 요타 자리에만 × 표시가 되어 있었다. 요타는 오늘 학교를 나오지 않아서 그랬겠지만, 호노카는 동참하지 않으리라고 예상해서 일부러 뺀 게 분명했다.

선생님을 향한 짜증이, 곧 벌어질 장난에 대한 기대로 바뀌었다. 후미야는 가나에에게 쪽지를 전달했다. 가나에는 안을 들여다보지도 않고 고개를 끄덕였다. 웃음을 꾹 참는 듯한 표정이었다. 분명히 계획을 세운 아이 중 하나일 터였다. 시계를 보니 9시 15분. 이제 십오 분이 지나면 미션을 실행한다. 쪽지는 교실 곳곳을 분주히 돌아다녔다. 앞자리를 향해 나아가는 쪽지를 보며 후미야는 가슴이 두근거리다가 못해 온몸의 털이 삐죽 서는 듯한 짜릿함을 느꼈다.

선생님이 아무것도 모른 채 물었다.

"그럼 먼저 바닥의 넓이를 구해 봅시다. 원의 넓이를 구하는 법, 기억나는 사람 있나요?"

이미 쪽지가 반 전체에 전해진 터라 다들 흥분에 감싸여 있었다. 호노카가 또 손을 들었다.

"호노카만 손을 드네요. 다른 사람 없나요?"

가나에가 후미야 쪽으로 몸을 기울이며 속삭였다.

"십 분 남았다."

가나에와 공범이 된 것 같아서 후미야는 가슴이 더욱 두근거렸다.

"리쿠오, 대답해 볼래?"

"잘 모르겠는데용!"

리쿠오가 장난기 가득한 목소리로 대답했다. 모두 키득키득 웃었다. 선생님은 한숨을 푹 내쉬고는 아즈미에게 물었다.

"그럼 아즈미가 대답해 볼래?"

후미야는 저학년일 때도 아즈미랑 같은 반이었다. 그때의 아즈미는 목을 길게 빼고 "저요, 저요!"라고 외치며 그 누구보다 높이 손을 드는 아이였다. 그런데 지금은 지목을 당해야 겨우 가느다란 목소리로 대답했다. 고학년이 되고서도 손을 들어 자기 어필을 하는 아이는 호노카 뿐이었다. 결국 다음 문제도, 그다음 문제도 호노카가 대답했다.

그사이에 시곗바늘이 쉬지 않고 움직여 어느새 9시 29분을 가리켰다. 교실의 공기는 당장이라도 터질 듯이 긴장감으로 팽팽해졌다. 모두의 시선이 시곗바늘의 움직임에 붙박여 있었다.

"지금 호노카가 말한 대로 이 원의 반지름은 7.5센티미터니까 7.5×

7.5×3.14로 넓이를……."

선생님이 칠판에 공식을 적기 시작했다.

지금이다! 후미야가 자리에서 벌떡 일어섰다. 동시에 가나에도 일어났다. 리쿠오, 사토시, 메구미……, 다른 아이들도 차례로 일어섰다. 눈 깜짝할 순간에 벌어진 일이었다. 땅이 울리는 소리와 함께 아이들의 책상이 180도 회전해 뒤를 향했다. 쪽지를 보지 못한 호노카와 몇몇 모범생만을 제외하고…….

"다들 뭐 하는 거야? 왜 이러는 거니?"

선생님 목소리가 들렸다. 하지만 모두 교실 뒤 게시판을 바라보고 있어서 교단에 선 선생님의 모습을 볼 수 없었다. 후미야는 얼마 전 비에 쫄딱 젖었을 때보다 백배는 더 흥분했다. 참고 참다가 무심코 웃음을 터뜨리자 앞다투어 여기저기에서 웃음소리가 들려왔다. 후미야의 웃음소리는 이내 폭소의 소용돌이 속으로 빨려 들어갔다.

"여러분, 앞을 보세요. 앞을!"

선생님이 크게 소리쳤다.

"어디가 앞인데요?"

리쿠오의 목소리였다. 리쿠오는 무슨 소린지 도무지 모르겠다는 듯한 얼굴로 입술을 삐죽 내밀고 있었다. 그 표정이 어찌나 우스꽝스러운지, 후미야는 다시 깔깔 웃었다.

"앞이 앞이지, 어디야!"

"학생의 90%가 향하고 있는 쪽이 앞인 거 아닐까요?"

역시 리쿠오였다. 학생의 90%가 향하고 있는 쪽이 앞이라니, 후미야는 일리 있는 말이라고 생각했다.

"그러게. 선생님, 왜 뒤에서 수업하고 계세요?"

가나에의 말에 아이들이 키득댔다.

"계속 장난칠 거면 밖으로 나가!"

선생님이 소리치자 리쿠오가 자리에서 벌떡 일어났다.

"네! 모두 밖으로 나가자. 선생님이 그러라고 하시잖아!"

그 말에 이끌려 아이들이 우르르 자리에서 일어섰다.

"잠깐 기다려! 방금 한 말 취소야. 교실 밖으로 나가지 마!"

선생님이 허둥대며 외치자 볼멘소리가 터져 나왔다.

"아, 웃겨 죽겠네."

"뭘 어쩌라는 건지……."

선생님이 한층 작아진 목소리로 우물쭈물하며 입을 열었다.

"아무튼 모두 앞을……, 선생님 쪽을 봐요."

"다들 앞을 봐! 이러면 수업을 못 받잖아!"

호노카가 당장이라도 울 것처럼 떨리는 목소리로 말하자 메구미가 핀잔을 주었다.

"뭐? 그게 무슨 소리야? 다들 뒤로 돌라고 지시한 건 너잖아!"

그러자 가나에가 손뼉을 치며 "맞아, 맞아!" 하고 큰 소리로 웃었다.

"호노카, 애들한테 뒤로 돌라고 해 놓고 제일 먼저 배신하기냐? 그 저께 교탁 위에 '그거' 놓아둔 것도 너 아니야?"

후미야는 모든 걸 호노카 탓으로 모는 게 좀 지나치다는 생각이 들 었다.

"조용히 해요. 우선 다들 책상을 제자리로 돌려요!"

그나마 선생님이 호노카에게 이것저것 캐묻지 않아서 다행이었다. 선생님도 교실 속 권력 구도쯤은 진작에 파악하고 있을 터였다. 가나에 쪽 애들도 진짜로 뒤집어씌우려는 의도 없이 그저 놀리기만 할 생각이었는지, 호노카를 엮는 것에 금세 흥미를 잃은 듯했다.

"도대체 왜 이러는 거예요, 우리 반은!"

선생님이 소리를 지르는 순간, 종이 울리면서 수업이 끝났다.

후미야는 수학 시간을 망쳤다는 성취감에 들떴다. 리쿠오와 사토시도 의기양양한 얼굴로 서로 양 주먹을 불끈 쥐어 보였다. 아이들은 책상을 그대로 둔 채 교실 밖으로 뛰쳐나갔다.

"있잖아, 호노카가 가나에랑 메구미한테 괴롭힘당하는 거야?"

후미야가 묻자 리쿠오가 대수롭지 않다는 듯이 대답했다.

"걔가 짜증 나게 구니까 어쩔 수 없지 않냐?"

그렇긴 하지, 하고 후미야는 생각했다. 매일 귀찮게 들러붙는 데다 입바른 소리만 하니까 애들이 싫어할 수밖에.

"후미야, 혹시 호노카 좋아해?"

"뭐? 뭐라고? 말도 안 되는 소릴!"

사토시의 질문에 후미야가 펄쩍 뛰었다.

"알았어, 알았어. 뭘 그렇게 열을 내냐?"

"후미야, 귀엽다니까."

"맞아, 너무 귀여워."

리쿠오와 사토시가 놀리자 후미야는 귀까지 빨개졌다. 그래서 리쿠오가 화났을 때 쓰는 불퉁거리는 말투를 짐짓 흉내 내어 말했다.

"걔, 진짜 짜증 나. 뒈져 버리면 좋겠어!"

리쿠오와 사토시가 서로 얼굴을 마주 보았다.

"뒈져 버리면 좋겠다니!"

"야, 말이 너무 심한 거 아니냐?"

셋은 이런 말들을 주고받으며 깔깔 웃었다. 후미야는 아주 잠깐이지만 호노카에게 미안한 마음이 들었다. 그러면서도 말이 너무 심한 거 아니냐는 소리를 듣자 조금 우쭐해지기도 했다.

곧이어 셋은 축구를 했다. 주변에 있는 아이들을 적당히 모아 편을 갈랐다. 리쿠오는 누구에게나 스스럼없이 말을 걸어 같은 편으로 끌어들이는 재주가 있었다. 이렇게 여럿이 모여 축구를 할 때마다 후미야는 말로 표현할 수 없을 만큼 가슴이 벅차올랐다.

쉬는 시간을 어떻게 보내야 할지 몰라서 불안할 때도 있었다. 전에는 요타와 자주 어울렸다. 같이 놀자고 말을 걸면 언제나 좋다고 대답해 주었기 때문이다. 그러나 조금만 한눈을 팔아도 요타는 금세 다른 곳으로 가 버렸다. 가끔은 운동장가에 쪼그려 앉아 흙이나 나뭇잎을 가만히 볼 때도 있었는데, 뭘 보고 있냐고 물어도 제대로 대답해 주지 않았다. 이상한 녀석이었다. 그래도 후미야는 요타가 자신에게 상처를 주지 않는다는 걸 알고 있었다. 그 애는 자신만의 세계를 살아갈 뿐이었다. 그 세계로 들어가고 싶은 마음은 없었지만, 그 애가 옆에 있어 주는 것만으로도 안심이 되었다.

하지만 이제는 친구가 생겼다. 축구공을 이상한 방향으로 차 버려도 리쿠오는 항상 너그럽게 봐주었다. "후미야라면 어쩔 수 없지."라고 말해 주었다. 패스한 공을 자기도 모르게 손으로 잡아 버려도 "후미야는 괜찮아."라고 했다. 그러면 후미야는 미안하다고 웃으며 사과하고 힘내자며 손을 번쩍 들어 보였다. 자신이 원의 한가운데에 확실하게 들어와 있다는 걸 느낄 수 있어서 좋았다.

쉬는 시간의 끝을 알리는 종소리가 울렸다. 교실로 들어가려는데 가나에를 비롯한 여자애들 몇몇이 다가왔다. 리쿠오는 여자애들과 무슨 의논을 하는 듯했다.

"……그거라면 후미야가 해 줄 거야."

갑작스레 자신의 이름이 들려서 후미야는 심장이 쪼그라들었다.

"후미야!"

가나에가 큰 소리로 후미야를 불러 세웠다.

"오늘 실과 시간에 팬케이크 만들잖아."

"응! 만들지, 만들지."

후미야가 자기 말투를 흉내 내자 가나에가 픽 웃었다.

"말투 뭐냐? 웃기네."

그때 리쿠오가 끼어들어서 계획을 말해 주었다.

후미야는 마치 납덩이를 삼킨 듯한 기분이 들었다. 그 후 몇 시간 동안 가슴속의 납덩이는 계속해서 부풀어 올랐다. 그 무게에 짓눌려 위장에 구멍이 나지는 않을지 걱정될 정도였다. 3, 4교시는 무슨 수업이었는지조차 기억나지 않을 만큼 제정신이 아니었다.

실과 수업은 요리 실습을 주로 가르치는 하마다 선생님이 맡고 있었다. 행동이 느긋하고 말투가 온화했다. 누구를 혼내는 걸 한 번도 본 적이 없었다.

"자, 오늘은 모두가 기다리던 요리 실습 시간이에요."

5교시가 시작되자 하마다 선생님이 상냥하게 말했다. 아이들은 환호성을 지르거나 휘파람을 불며 손뼉을 쳤다. 후미야는 필사적으로 입꼬리를 올려 보았지만 마음대로 되지 않았다. 리쿠오에게 들은 계획을 실행에 옮길 순간이 다가오고 있었기 때문이다.

"오늘은 맛있는 팬케이크를 만들 거예요. 먼저 선생님이 하는 걸 보고 각 모둠별로 똑같이 만들면 돼요. 특별 레시피라서 시중에서 판매하는 믹스 가루로 만드는 거랑은 완전 달라요. 잘 배워 뒀다가 부모님께 가르쳐 드리면 좋겠죠?"

오늘따라 선생님이 더욱 의욕적이라서 후미야는 가슴이 아팠다.

"먼저 볼에 달걀을 깨뜨려 넣어요. 그다음에 설탕을 넣고 잘 섞어 주세요. 모둠에서 한 사람이 이걸 하는 동안에 다른 사람은 박력분을 체에 치면 되겠죠?"

하마다 선생님이 조리대 위에서 황금색 반죽을 완성하자 맛있는 냄새가 솔솔 퍼졌다. 그때 실습실 뒷문에서 덜그럭거리는 소리가 났다. 이게 바로 신호였다. 후미야는 침을 꿀꺽 삼켰다.

"선생님, 누가 왔나 봐요."

계획대로 가나에가 선생님을 불렀다.

"어머, 그럼 복도로 나가서 누가 왔는지 보고 올래?"

"아, 전 좀 무서운데요…… 선생님이 가 주시면 안 돼요?"

가나에가 무서워하는 척하자 선생님이 어쩔 수 없다는 표정을 지으며 조리대를 떠났다. 지금이었다. 몇 개의 시선이 후미야에게 꽂혔다. 무언의 목소리에 온몸이 옥죄어 숨쉬기가 힘들었다.

"빨리 해."

후미야는 리쿠오가 건넨 세제를 마지못해 받아 들었다.

문득 쉬는 시간에 리쿠오에게 들은 말이 떠올랐다.

"팬케이크 그거에 세제를 넣는 거야."

"그거라니……, 뭔데 그게?"

후미야는 처음에 리쿠오가 무슨 말을 하는지 몰라서 반쯤 웃으며 물었다.

"반죽 말이야, 팬케이크 반죽."

가나에가 설명을 덧붙이자 메구미가 재미있다는 듯이 손뼉을 치며 말했다.

"맞아, 반죽. 어제 수업한 1반 애한테 들었는데, 하마다 선생님이 조리대에서 시범으로 반죽을 만든대. 그러니까 거기에다 넣는 거지!"

"그래도 세제는 좀 위험하지 않아? 잘못 먹으면 죽을 수도 있잖아."

"후미야, 너 진짜 웃긴다."

"죽긴 뭘 죽어? 그런 걸로 안 죽어."

아이들은 그저 신나는 일을 벌이는 것마냥 싱글싱글 웃었다.

"후미야, 왜 그래? 뭐야, 무서워서 못 하겠어?"

메구미가 따지듯이 물었다.

"괜찮아, 호노카는 후미야를 좋아하니까 선생님께 이르지 않을 거야. 아즈미랑 지호도 우리가 보고 있으니까 괜찮고. 거기다가……."

메구미가 아주 자연스럽게 요타를 '그 별명'으로 불렀다. 오늘 학교에 나오지 않았으니 떠들 일도 없다면서. 야마가타 선생님이 엄격하게 금지한 그 별명이 아직도 불리고 있었다.

하지만 후미야는 지금 별명 따위로 메구미를 탓할 수 없었다. 자신은 더 끔찍한 생각을 했기 때문이다. 요타가 있었더라면 이 일이 들켰을 때 그 애 탓으로 돌릴 수 있을 텐데, 하는 생각이었다.

"우린 다 네 편이라니까."

"그래, 무슨 일 생기면 다 감싸 줄게."

"후미야, 넌 할 수 있어! 파이팅!"

수업이 시작되고서 가사실 뒷문의 자물쇠를 잠근 것은 리쿠오였다. 며칠 전에 수건을 찾으러 왔다가 문이 자물쇠로 잠겨 있다는 걸 알게 되었다. 여자아이들이 미처 생각해 내지 못한, '하마다 선생님을 조리대에서 멀어지게 하는 방법'을 리쿠오가 찾아내어 직접 실행에 옮겼다. 잠긴 문을 밖에서 두드리는 것은 사토시의 역할이었다. 사토시는 수업이 시작되기 전에 미리 가사실을 빠져나갔다.

하마다 선생님이 뒷문의 자물쇠를 여는 사이에 후미야는 서둘러 조리대 앞으로 나갔다. 리쿠오에게 받은 액상 세제 봉지를 기울여 팬케이크 반죽에 부었다. 생각보다 양이 많아서 속으로 당황했다. 들키지 않게끔 세제를 반죽 속에 밀어 넣었다. 손가락에 묻은 달콤하고 끈적한 반죽을 조리대에 걸린 행주에 슥슥 닦았다. 그러고 나자 온몸의 힘이 쭉 빠졌다.

"잘했어, 후미야."

"나이스, 나이스!"

리쿠오와 가나에의 말에 후미야는 억지웃음을 지어 보였다. 심장은 아직 쿵쾅쿵쾅 뛰었지만, 제자리로 돌아오는 사이에 서서히 성취감이 차올랐다. 이 계획을 몰랐던 아이들 몇몇은 불안한 기색을 보이기도 했다. 고개를 떨군 아이도 있었다. 하지만 뭐 하는 거냐고 다그쳐 묻는 아이는 없었다. 후미야는 그 사실에 안도했다. 자신이 이런 일까지 할 수 있는 사람이라는 생각에 우쭐한 기분마저 들었다.

하마다 선생님이 뒷문을 열어 사토시를 안으로 들인 뒤 조리대 앞으로 돌아왔다.

"미안, 다들 기다렸죠? 자, 모두 계속해서 만들어 봐요."

다행히(?) 선생님은 세제 냄새를 맡지 못했다. 시계를 흘끔 보는 걸로 보아 수업 진행 속도에 신경 쓰는 것 같았다.

"체에 친 박력분을 반죽에 넣어요. 그리고 이렇게…… 가루가 보이지 않을 때까지 잘 섞는 거예요."

선생님이 거품기로 반죽을 섞자 볼 속에서 세제 냄새가 피어올랐다. 보글보글 거품이 나더니 끝없이 부풀어 올랐다. 가나에가 웃음을 터뜨리자 신호인 양 다른 아이들도 크게 웃기 시작했다.

"어머, 이거 왜 이래?"

하마다 선생님은 이유를 몰라 당황스러워했다. 거품기로 섞는 것을 멈추었는데도 거품이 계속 부풀어 올랐다. 다급해진 선생님이 무슨 생각인지 볼 안의 반죽에 검지를 푹 찔러 넣었다.

후미야는 안 된다고 외치고 싶은 것을 꾹 참았다. 그때 호노카가 소리쳤다.

"선생님, 안 돼요!"

선생님은 검지를 입에 넣어 보더니 우웩, 하고 개수대에 연거푸 침을 뱉었다.

"아, 더러워."

누군가 작게 속삭이는 소리가 들렸다. 선생님은 얼굴을 찌푸린 채 눈물을 흘렸다. 후미야는 큰일 났다는 생각이 들었지만, 가나에와 아이들이 웃는 걸 보고 이 정도 일쯤은 괜찮을 거라고 되뇌었다. 선생님은 입안을 헹군 뒤 아무 말 없이 가사실을 나가 버렸다.

"선생님이 나갔어."

누군가 얼떨떨한 목소리로 중얼거렸다.

"야, 얼른 문 잠가!"

다른 아이가 말하자 작게 킥킥거리는 소리가 퍼져 나갔다.

"후미야, 대단한데!"

"그러게, 오늘부터 우리 반 스타야!"

"시상대에 올라가야지, 후미야."

아이들이 입을 모아 이야기했다. 후미야는 방금 머릿속을 스친 '큰일 났다'는 생각을 저 멀리로 치워 버렸다. "올라가, 올라가!" 하고 부추기는 소리가 들렸다. 모두가 이렇게 원하는데 흥을 깨면 안 될 것 같았다. 결국 조리대 위로 올라서서 의기양양하게 외쳤다.

"예이!"

"예~이!"

리쿠오와 사토시가 후미야를 치켜세우며 승리 포즈를 취했다. 다른 아이들도 휘파람을 불거나 후미야의 이름을 큰 소리로 외쳤다. 후미야는 다시 한 번 "예이!" 하고 소리를 높였다. 어쩐지 자기 목소리가 아닌 것 같았다.

그때 갑자기 문을 쾅쾅 두드리는 소리가 났다. 후미야는 아연실색해서 조리대 위에 그대로 얼어붙었다.

"문 열어요!"

밖에서 이쿠타 선생님 목소리가 들렸다. 가사실이 순식간에 조용해졌다. 아이들은 서로 눈짓을 주고받았다. 불안한 기색인 아이들도 있었지만, 가나에와 메구미는 아랑곳하지 않고 소리 죽여 쿡쿡거렸다.

"이놈들! 얼른 문 열지 못해? 안에 있는 거 다 알아!"

이윽고 굵직한 남자 목소리가 들렸다. 야마가타 선생님이었다. 예상치 못한 인물의 등장에 모두가 긴장하기 시작했다. 후미야는 리쿠오를 힐끔 쳐다보았다. 꽤 여유로운 표정이었다. 가나에와 메구미도 여전히 웃음을 띠고 있었다. 그제서야 후미야는 안심했다. 문이 잠겨 있어서 선생님이 안으로 들어올 수는 없을 터였다.

그렇게 생각한 순간, 호노카가 자리에서 일어나더니 뚜벅뚜벅 뒷문으로 걸어가 안쪽 자물쇠를 풀었다. 둔탁한 소리와 함께 문이 열리면서 선생님들이 차례로 들어왔다.

"후미야! 뭐 하는 거냐?"

이쿠타 선생님이 소리쳤다. 후미야는 얼른 조리대 아래로 내려왔다.

"어이구, 3반은 아주 지독하네. 그렇게 상냥한 하마다 선생님을 다 울리고."

야마가타 선생님이 들어와 비꼬듯이 말했다. 후미야를 보더니 입가를 일그러뜨리며 의아하다는 듯이 물었다.

"조리대가 무대야? 후미야, 네가 언제부터 그런 캐릭터였냐?"

후미야는 겸연쩍어서 슬쩍 웃었다.

"뭘 잘했다고 웃어!"

야마가타 선생님이 갑자기 주먹으로 책상을 내리쳤다. 후미야는 놀라서 입을 반쯤 벌린 채 눈동자만 굴렸다. 상황이 어떻게 돌아가는지 도무지 알 수가 없었다.

야마가타 선생님이 실습실 안을 천천히 돌아다니며 말했다.

"너희, 하마다 선생님께 무슨 짓을 한 거야? 어이, 입 다물고 있지 말고 말을 하란 말이야. 이거 중대 사건이라고! 모르겠어? 누가 수업 중에 음식에다가 유독 물질을 넣은 거라면 엄연히 범죄다, 이 말이야. 경찰에 신고해서 어떻게 된 일인지 제대로 조사해야 한다고. 어떤 벌을 받게 될지는 모르겠지만, 우리 학교가 세워진 이래 초유의 사건이라는 점은 확실하지."

경찰이라고? 예상 밖의 단어가 튀어나오자 가사실은 쥐 죽은 듯이 조용해졌다. 야마가타 선생님이 가사실을 둘러보며 이쿠타 선생님에게 말했다.

"선생님, 우선 이 녀석들 얘기부터 제대로 들어 보세요. 이따가 다시 올게요. 너희, 잘 들어. 선생님께 똑바로 다 얘기해."

야마가타 선생님은 마치 자기가 진짜 담임이고, 이쿠타 선생님은 보조 교사이기라도 한 듯한 말투로 떠들더니 이내 밖으로 나갔다. 혼자 남겨진 이쿠타 선생님은 무척 지친 얼굴이었다. 경찰이라는 단어에 얼어붙었던 분위기가 야마가타 선생님이 자리를 뜬 순간 확 풀어졌다. '니쿠타라면 괜찮아. 니쿠타를 속여 넘기는 건 식은 죽 먹기지.'라는 분위기였다.

"모두 자리에 앉아요."

이쿠타 선생님의 가냘픈 목소리가 아이들의 숨통을 틔워 주었다. 아이들은 나른한 목소리로 대답하며 자리로 가 앉았다.

"야마가타, 진짜 짜증 나."

"아까 문 열어 준 거 누구야?"

"호노카잖아."

"개짜증. 진짜 쟤 뭐냐?"

여자아이들이 일부러 들으라는 듯이 떠들었다. 후미야는 한쪽 구석에 서서 가만히 고개를 숙이고 있는 호노카를 노려보았다. 자물쇠를 왜 푼 거야? 짜증이 훅 일었다. 모두가 너에게 화가 난 걸 알기는 하냐고 소리치고 싶었다. 하지만 아까 그 상황에서 누구 한 명은 나서서 문을 열어 줄 수밖에 없었다는 걸 후미야도 머리로는 알고 있었다.

문득 무언가가 타는 냄새가 자욱하게 피어올랐다.

"뭐야, 무슨 냄새야?"

"선생님, 뭐 하시는 거예요?"

"그거 구워도 돼요?"

가나에 무리가 시끄럽게 떠들어 댔다. 선생님은 아무 대꾸도 하지 않은 채 아까 후미야가 세제를 들이부은 볼 안의 반죽을 묵묵히 프라이팬에 굽고 있었다.

"어떡해? 왜 저러는 거야?"

"저걸 구워서 어쩌겠다고."

선생님은 무언가에 홀린 듯한 눈빛으로 세제가 들어간 팬케이크 세 장을 굽더니 나직한 목소리로 말했다.

"하마다 선생님이 여러분을 위해 만든 핫케이크니까 다 같이 먹어요."

"팬케이크인데요."

"핫케이크래. 지금이 80년대냐?"

아이들이 수군대며 낄낄거렸다. 선생님은 가나에를 지목했다.

"가나에는 먹을 수 있겠니?"

"네? 왜요?"

가나에가 싱글싱글 웃으며 덧붙였다.

"저를 죽이기라도 하시려고요?"

리쿠오가 끼어들어 추임새를 넣었다.

"그거 학생한테 먹이면 큰일 나요. 아동 학대로 신고당할걸요."

"왜 죽는다고 생각하죠?"

선생님은 표정 변화 없이 가나에에게 끈질기게 물었다.

"네? 어, 뭐……."

가나에는 여전히 선생님을 깔보면서도, 자기가 말실수했다는 사실을 깨달았는지 당황하는 기색을 보였다.

"왜냐고요? 그게 아까…… 야마가타 선생님이 그러셨잖아요. '유독 물질을 넣은 거라면'이라고……."

리쿠오가 시치미를 뚝 떼고 가나에를 도왔다. 선생님은 대꾸도 하지 않고 나이프와 포크로 팬케이크를 잘게 자르기 시작했다. 진짜로 먹일 생각인 듯했다.

"어, 진짜 큰일 나요. 그거."

사토시의 만류에도 선생님이 아랑곳하지 않자 이번에는 메구미가 다급하게 말했다.

"선생님, 그러니까 거기…… 세제가 들어갔다고요."

선생님이 그제야 손을 멈추고 메구미를 쳐다보았다.

"세제가 왜 들어갔죠?"

"그건…… 저도 모르겠어요."

"그럼 메구미는 여기에 세제가 들어갔다는 걸 어떻게 알았나요?"

"어, 거기서 거품이……."

"달걀흰자로도 거품은 나요. 세제가 들어갔다는 증거가 있나요?"

"엄청 따지고 드네. 어이없어."

누군가 크게 들으라는 듯이 중얼거렸다.

"학교 요리 실습 시간에 만든 팬케이크에 세제가 저절로 들어갈 리 없잖아요?"

선생님은 어느새 핫케이크를 팬케이크라고 고쳐 말했다.

"호노카가 넣은 것 같아요."

"맞다, 호노카가 그랬어요."

가나에의 말에 메구미가 어설프게 동조했다. 후미야는 누가 꽉 움켜쥐기라도 한 듯이 심장이 아팠다. 조금 전까지 들떠 있던 분위기가 어느새 딱딱하게 굳어 버렸다. 아무리 그래도 호노카 탓으로 돌리는 건 좀 그랬다. 후미야가 그렇게 느낄 정도였으니, 다른 아이들도 아마 비슷하게 생각할 터였다.

"호노카? 아이들 말이 맞나요?"

선생님이 차분하게 물었지만 호노카는 아무 대꾸도 하지 않았다.

후미야는 고개를 떨군 채 책상의 얼룩을 뚫어져라 바라보았다. 가나에와 메구미가 약속대로 자신을 감싸 주긴 했지만, 그렇다고 호노카의 이름을 대다니……. 하나도 고맙지 않았다. 지금 입을 다물고 있는 호노카야말로 자신을 감싸 주고 있는 셈이었다.

"호노카가 반죽에 세제를 넣었나요?"

선생님이 다시 한번 물었다. 왜 아무 말도 안 하는 걸까? 어서 아니라고 대답해.

"가나에는 호노카가 반죽에 세제 섞는 걸 직접 본 거죠?"

"봤다기보다는……."

"아까 호노카가 넣은 것 같다고 말했잖아요. 그렇게 생각했을 뿐이지, 넣는 걸 제대로 본 건 아니라는 말인가요? 호노카의 이름을 댄 근거가 뭐예요?"

선생님은 가나에의 말을 곧이곧대로 믿지 않았다. 가나에는 아무 말 없이 선생님을 노려보았다.

"선생님."

그때 조리대에서 가장 먼 구석 자리에 앉은 리쓰코가 손을 들었다.

"할 말이 있나요?"

"아까 야마가타 선생님이 한 얘기, 진짜예요? 경찰 조사를 받는다는 다는 거……."

"경우에 따라서는 그럴 수도 있어요."

"거짓말이죠?"

"여러분이 어떻게 하느냐에 달렸죠."

"에이, 그래도 저희는 아직 만 14세 미만이어서 경찰서에 잡혀가지 않을걸요."

"맞아! 촉법소년이잖아요."

리쿠오의 말에 아이들이 수군댔다.

"저희는 소년법이 지켜 주거든요."

"사람을 죽여도 무죄라고요."

"나도 알아, 그거."

야마가타 선생님이 옥죄어 놓은 분위기를 어떻게든 풀어 보려고 모두 입을 모아 떠들었다. 후미야도 '소년법, 소년법' 하면서 조금 전까지 생각지도 못한 단어를 몇 번이나 입에 올렸다.

"너희는……."

선생님이 말을 하려다 말고 물끄러미 아이들을 바라보았다. 심상치 않은 분위기에 소란이 조금씩 잦아들었다. 아이들이 조용해지자 선생님이 말을 이었다.

"너희는 어차피…… 대단한 어른이 되기는 글렀어."

"네?"

가나에가 실소를 터뜨리자 교실이 순식간에 시끄러워졌다. 하지만 선생님은 웃지 않았다.

"장래 희망이 유튜버? 백댄서? 축구 선수? 웃기는 소리지. 문제가 생기면 남 탓으로만 돌리는 인간이 뭐가 되겠다고."

이쿠타 선생님은 흡사 웃는 것처럼 보였지만, 가느다란 눈은 촉촉이 젖어 있었다. 얼굴 위쪽과 아래쪽이 조금도 조화롭지 않은, 이상한 표정이라고나 할까? 평소와 같은 분위기는 완전히 사라져서 전혀 다른 사람 같아 보였다. 허튼 말장난을 칠 수 없는 분위기가 풍겼다.

"선생님, 말씀이 좀 심하신 거 아니에요?"

가나에가 여전히 싱글거리며 물었다.

3반 교실 밖의 복도에는 아이들의 장래 희망을 적어 놓은 종이가 전시되어 있었다. 백댄서라고 쓴 아이는 가나에였다. 요즘 꽤 진지하게 춤을 배우고 있기에 선생님 말이 모욕적으로 들렸을 터였다. 후미야는 리쿠오를 힐끗 보았다. 리쿠오도 웃고 있었지만, 어딘가 억지웃음처럼 느껴졌다. 리쿠오의 꿈은 유튜브에서 자기 채널을 갖는 것이었다.

"소년법이 지켜 준다고? 그래, 촉법소년이니까 형사 처벌은 받지 않겠지. 하지만 유독 물질의 종류나 양에 따라서는 살인 미수 사건이 될 수도 있으니, 소년원 같은 보호 관찰 시설에 들어가게 될지도 몰라. 각

오해 두는 게 좋을 거야."

"어떡하냐? 선생님, 완전히 뚜껑 열렸어."

메구미의 말에 누군가 쿡쿡 웃는 소리가 들렸지만, 표정이 변한 아이들도 적지 않았다. 선생님은 무표정한 얼굴로 이야기를 이어 갔다.

"전과가 남지 않아도 기록은 남을 거야. 명문 학교 입학이나 취업, 혹은 결혼을 앞두고서 그런 기록이 문제가 된다면……, 그럴듯한 인생을 보내기는 아무래도 힘들지 않을까? 나도 이런 사건을 일으킨 아이들을 보는 건 처음이라 너희가 어떻게 될지 장담은 못 하겠어."

어느새 가사실의 공기가 차갑게 얼어붙었다. 함부로 떠드는 사람은 아무도 없었다.

"참, 너희는 그러거나 말거나 상관없을지도 모르겠네. 너희 인생을 걸고서라도 하마다 선생님을 죽이고 싶었던 거니까."

죽이고 싶었다니! 후미야는 숨이 턱 막혔다.

"아니에요! 내가 그런 게 아니라고요!"

리쿠오가 소리쳤다.

후미야는 리쿠오가 얼굴을 일그러뜨리며 외치는 것을 본 순간, 이쿠타 선생님이 어른이라는 걸 절감했다. 리쿠오와 자신, 그리고 모두는 철저히 어린아이에 불과했다. 마지막까지 싱글싱글 웃을 수 있는 아이는 아무도 없었다.

선생님은 팬케이크를 그릇에 옮겨 담았다.

"이미 저지른 일을 되돌릴 수는 없어. 하마다 선생님이 누군가 반죽에 독을 섞었다고 말씀하셨어. 나는 범인이 우리 반 학생이라 일을 크게 키우고 싶지 않았지만, 너희는 반성하는 모습을 조금도 보이지 않았지. 소년법이 지켜 주니 경찰에 신고해도 좋다고 했고. 그 이야기를 하마다 선생님과 출장 중이신 교장 선생님께 그대로 전할 생각이야."

선생님은 조리대 위에 놓인 세제 봉지를 다른 봉투에 담았다. 미세하게 손이 떨리고 있었다. 후미야는 선생님 스스로도 지금 무슨 말과 행동을 하는지, 그것이 과연 옳은지 그른지 제대로 판단하지 못하고 있다는 생각이 들었다.

"후미야! 당장 사과해! 선생님, 후미야가 반죽에 세제를 넣었어요! 다들 봤다고요!"

갑자기 리쿠오가 외쳤다. 선생님이 후미야를 바라보았다. 매우 고요한 눈빛이었다. 후미야는 허를 찔린 듯한 기분이 들었다.

"후미야, 일어나."

어딘가에서 울음을 삼키며 오열하는 소리가 들렸다. 호노카였다. 얼굴을 잔뜩 일그러뜨린 채 눈물범벅이 되었다. 그동안 이야기를 몇 번 나눠 본 적 없는 아이들 몇몇도 울음을 터뜨렸다. 후미야는 그제야 자신이 얼마나 어처구니없는 일을 벌였는지 깨달았다. 그리고 아이들이 자신을 탓하기는커녕 눈물을 흘리고 있는 것에 무척 놀랐다.

"후미야 혼자 그런 게 아니에요."

누군가 목소리를 쥐어짜듯 힘겹게 말했다.

"다 같이 그런 거예요."

후미야는 교실에 자신과 친하다고 여긴 아이들 말고도 많은 아이들이 있다는 사실을 처음으로 깨달았다.

"선생님, 죄송해요."

자신과 전혀 상관없는 일인데도 소스케가 울면서 사과를 했다.

"죄송합니다."

지호와 유이의 목소리도 들렸다.

"선생님, 다 같이 사과드렸으니까 용서해 주세요! 경찰까지 안 불러도 되잖아요!"

리쿠오가 따지고 들면서 후미야를 쳐다보았다. 그러면서 '널 감싸 주는 거야.'라고 말하는 듯이 고개를 끄덕였다. 후미야는 뉴스에서 본 '후미야 사건'이 떠올랐다. 그때 그 애는 어떤 기분이었을까? 친구들에게 죽임을 당하리라고는 상상도 못 했을 것이다. 그도 그럴 것이, 같은 반 친구였으니까. 자주 어울려 놀기도 하고, 평범하기 그지없는 대화도 수없이 나눈 사이였으니까.

같이 어울리는 사이라 해도 상하 관계가 분명 존재했을 것이다. 셔틀 취급을 당하고 걸핏하면 놀림을 받는 샌드백 같은 처지였어도, 자신이 약자라는 사실을 애써 모른 척하며 그들과 어울리는 걸 즐겁게 여기려 했을지도 모른다. 실제로 즐겁다고 느낀 순간도 몇 번쯤 있었겠지. 그래서 굴욕감이나 분노를 삼키며 관계를 질질 끌고 갔을 터였다.

물론 3반에는 집단 폭행으로 친구를 죽일 만한 아이들은 없었다. 리쿠오나 가나에도 그런 짓까지는 하지 않을 테니까. 이번 일도 '후미야 사건'과는 다르다. 죽이거나 죽임을 당하는, 그런 단계까지 갈 만한 게 아니다. 그런 일이 벌어질 정도라면 친구 사이를 끝내면 되는 것이다. 그런데…… 과연 그럴 수 있을까?

잠자코 있던 선생님이 입을 열었다.

"알겠어요. 이번엔 일이 커지지 않도록 하마다 선생님과 교장 선생님께 잘 말씀드릴게요. 후미야는 선생님이랑 따로 얘기 좀 하자. 이제 모두 뒷정리하고 교실로 돌아가서 청소를 시작하도록 해요."

후미야는 선생님을 따라 교무실로 향했다. 지금쯤 교무실에서는 경찰에 신고를 하느냐 마느냐로 한바탕 소동이 벌어졌을 거라고 예상했는데, 실제로는 그렇지 않았다. 하마다 선생님을 비롯해 몇몇 선생님들은 각자의 자리에서 조용히 일할 뿐, 이 사건에 관해 딱히 신경 쓰는 것 같지 않았다.

이쿠타 선생님은 후미야를 하마다 선생님에게 데려가더니 사과하라고 했다. 하마다 선생님은 생각보다 화를 내지 않았다. 평소보다 엄격한 표정으로 "장난이 도가 지나쳤다.", "먹는 걸로 장난치면 안 된다." 같은 설교는 했지만 그게 전부였다.

하마다 선생님에게서 풀려난 뒤에 이쿠타 선생님 자리로 가서 상담을 했다. 선생님이 왜 그런 일을 벌였는지 다그쳐 물었지만 후미야는 끝내 아무 대답도 하지 못했다.

"요리 재료에 세제를 넣은 게 잘못된 일이라는 건 알고 있었지?"

선생님이 재차 물었다. 후미야는 천천히 고개를 끄덕였다.

"다른 아이가 세제를 넣으라고 시켰니?"

선생님이 목소리를 낮추어 물었지만 후미야는 대답할 수가 없었다.

"다른 애가 시켰어?"

"모르겠어요."

"모르겠다고……."

선생님은 무표정한 얼굴로 되뇌었다. 후미야는 입술을 깨물었다. 가사실에서 나올 때 리쿠오와 눈이 마주쳤다. 리쿠오뿐만 아니라 반 아이들 모두가 자신을 보고 있는 게 느껴졌다. 뭘 물어볼까? 뭐라고 대답할까? 사토시도, 가나에도, 메구미도 모두 후미야의 등을 바라보았다.

리쿠오가 선생님에게 후미야의 이름을 댄 이유는 세제 봉지를 만진 사람이 자신과 후미야뿐이었기 때문이다. 용의선상에서 벗어나기 위해 후미야가 자백하도록 상황을 유도한 것이다.

"그렇다면 이 모든 일이 너 혼자 계획해서 저지른 게 되는데 그래도 괜찮단 말이지?"

후미야는 아니라고 반박하고 싶었지만 아무 말도 할 수가 없었다. 선생님은 다 안다는 듯한 얼굴을 하고 있었지만 사실은 아무것도 몰랐다. 위기에 빠진 자신을 결코 도울 수 없다는 생각이 들었다.

그때 교무실 문이 열리더니 야마가타 선생님이 들어왔다. 일이 어떻게 돌아가는지 보려고 온 모양이었다. 후미야는 몸을 움츠렸다.

"범인은 후미야였구먼!"

야마가타 선생님이 교무실이 떠나가라 큰 소리로 외쳤다. 그러고는 잔뜩 풀이 죽은 후미야를 내려다보며 으름장을 놓았다.

"너, 요즘 너무 나대는 거 아니야? 정도껏 해!"

"선생님, 그만하세요."

이쿠타 선생님이 단호하게 말하자 야마가타 선생님은 조금 놀란 눈치였다. 자기보다 한참 후배인 이쿠타 선생님의 말에 어이없어하면서도, 후미야나 다른 선생님들이 앞에 있어서인지 별다른 말을 하지 않았다.

이쿠타 선생님이 후미야를 똑바로 보며 말했다.

"만약에 다른 애가 시켜서 세제를 넣었지만 무서워서 그 아이를 감싸고 있는 거라면…….그래서 선생님이나 부모님이 사실을 밝혀서 너의 결백을 알아주길 바라는 거라면……."

선생님이 소리를 낮추어 아주 빠르게 말했기 때문에 군데군데 놓친 부분이 있었지만, 마지막 한 문장만은 똑똑히 들렸다.

"네가 변하지 않는 한 그 소원은 이루어지지 않아."

선생님의 말이 끝나기 무섭게 종소리가 크게 울렸다. 선생님이 후미야의 귓가에 얼굴을 대고 나지막하게 덧붙였다.

"부모님이나 선생님이 지켜 주는 세상은 언젠가 끝나거든."

종례 시간에 후미야는 선생님의 지시대로 모두에게 사과했다.

"제가 팬케이크 반죽에 세제를 넣었습니다. 저 혼자 생각한 거예요. 하마다 선생님과 반 친구들 모두 걱정하게 만들어서 미안합니다."

억울한 감정이 차올라서 두 눈에 눈물이 그렁그렁 고였다. 후미야는 고개를 들고 애써 눈에 힘을 주었다. 눈물 때문에 시야가 흐려져 교실 뒤편 게시판이 잘 보이지 않았다.

"이번 일은 후미야가 혼자 계획해서 저지른 일이라고 해요. 요리 실습을 하지 못해서 다들 아쉽겠지만, 후미야가 깊이 반성하고 있으니 다 같이 용서해 줍시다."

이쿠타 선생님이 말했다. 후미야는 사실 어제부터 팬케이크 만들기를 무척 기대하고 있었다. 다 같이 만들어서 맛있게 먹고 싶었다. 그러나 지금은 그 누구의 얼굴도 보고 싶지 않았다.

그때 호노카가 작은 목소리로 말했다.

"후미야 혼자 그런 게 아니에요."

후미야는 더 이상 참을 수가 없었다. 아래 눈꺼풀이 불룩해지더니 눈물이 방울방울 떨어졌다. 호노카의 말과 후미야의 눈물이 교실의 분위기를 한순간에 뒤바꾸었다. 언제나처럼 호노카를 탓하거나 무시하는 소리는 나오지 않았다. 대신 힘을 보태는 목소리가 대부분이었다. 리쿠오나 가나에의 이름을 대는 아이는 없었지만, "후미야 혼자서 그런 게 아니다.", "다 같이 한 거다."라고 입을 모아 말해 주었다.

"모두 조용히 하세요. 사실 하마다 선생님이나 나 또한 후미야 혼자서 그랬다고는 생각하지 않아요. 그래서 지금부터 익명으로 쓴 쪽지를 받으려고 해요."

후미야는 선생님을 쳐다보았다. 처음 듣는 얘기였다.

"사실 범인을 색출하는 것 같아서 이렇게까지 하고 싶진 않았지만, 후미야가 아무 말도 해 주지 않으니 어쩔 수가 없네요. 하마다 선생님께 전후 사정을 들어 보니, 자물쇠를 잠가서 주의를 흩뜨리는 일을 후미야 혼자서 했다고 판단하긴 어려워요. 다들 가사실에서 본 걸 잘 떠올려서 솔직하게 써 줬으면 해요. 누가 무얼 했는지 목격한 게 있으면 알려 주고요. 후미야랑 같이한 사람이나 후미야에게 시킨 사람도 마음에 걸리는 게 있다면 자수하세요. 참, 쓸 게 없다면 아무 글자라도 쓰도록 해요. 쪽지를 쓰는 사람이 튀지 않도록 모두 다 글자를 쓰라는 거예요."

"선생님, 저는 댄스 수업이 있어서 지금 가 봐야 하는데요."

가나에가 말했다. 선생님은 그 말을 무시하고 종이를 돌렸다.

"손으로 종이를 가리고 옆 친구에게 보이지 않도록 조심해서 쓴 다음에, 두 번 접어서 선생님에게 직접 제출하세요."

무시를 당한 가나에가 못마땅한 기색을 보이며 툴툴거렸지만, 메구미 외에는 다들 모른 척했다.

"이 쪽지들은 내일 야마가타 선생님과 하마다 선생님, 그리고 교장 선생님과 함께 확인한 뒤 부모님들에게 연락할 거예요. 그때까지 알아서 자수할 사람은 선생님을 찾아오도록 해요."

선생님은 아이들의 쪽지를 모두 회수한 뒤 교실 밖으로 나갔다.

며칠 후, 수업을 마치고 집으로 돌아가는 길이었다. 후미야와 나란히 걷던 리쿠오가 혀를 차면서 땅바닥의 돌멩이를 툭툭 걷어찼다.

"니쿠타 진짜 짜증 나지 않냐? 개짜증! 꼭 갚아 줄 거야."

사건이 일어난 날, 리쿠오와 사토시는 교무실에 잘못을 빌러 갔다. 가나에와 메구미, 리쓰코, 그리고 마야도 함께였다. 이유는 모르겠지만 호노카와 지호, 레이토처럼 이 사건과 전혀 관계없는 아이들까지 후미야를 막지 못해서 죄송하다며 용서를 빌었다고 한다.

자진해서 용서를 구하러 갔지만, 야마가타 선생님에게 모두 영혼까지 탈탈 털린 모양이었다. 리쿠오와 사토시는 도리어 화를 냈다.

"야마가타 선생님까지 있다니, 이건 말이 다르잖아!"

게다가 리쿠오 부모님에게까지 연락이 가서 선생님과 삼자 면담을 했다. 리쿠오가 이렇게까지 열받은 건 이쿠타 선생님의 설교도 한몫한 듯했다.

　"니쿠타 말이야. 학생한테 그런 말을 하다니, 교사 자격이 없는 거 아니야? 우리 엄마랑 아빠도 완전 열받았어! 교육청에 찔러서 잘라 버리겠다고 하던데."

　리쿠오가 투덜대자 사토시가 거들었다.

　"그래, 우리 복수하자! 여자애들도 얼마 전에 했잖아. 우리도 하면 되지!"

　사토시는 대단한 아이디어라도 떠올렸다는 듯이 얼굴에 생기가 돌았다.

　"좋아! 뭘 가져다 둘까?"

　리쿠오가 두 눈을 빛내며 합세했다.

　"협박 편지는 어때?"

　"흠."

　"아! 나, 뱀처럼 꾸불대는 장난감 있어."

　"그런 건 금방 눈치채잖아."

　"죽은 벌레는 어때?"

　"그보다 개똥 같은 건 어떨까?"

　"웩, 냄새는 어떡하고!"

　"그래도 임팩트 있잖아. 수업도 못 할걸."

　리쿠오가 후미야를 쳐다봤다.

"어때? 후미야."

"그게 좋겠네."

후미야는 건성으로 대충 대답했다.

"그럼 후미야 너만 믿을게!"

"그래, 후미야 너만 믿을게!"

사토시가 웃으며 리쿠오의 말을 따라 했다.

"응? 뭘?"

후미야는 당혹스러웠다.

"네가 우리 중에서 제일 권리가 있잖아."

"무슨 권리?"

"복수할 권리지. 그나저나 개똥은 어디서 구하냐?"

리쿠오가 사토시에게 물었다.

"근처 어딘가에 있겠지."

"개 키우는 애들 없나?"

"음, 있었던 것 같은데."

"후미야 똥으로 할까?"

"진짜?"

둘은 점점 이야기를 키워 가며 깔깔대고 웃었다.

개똥이든 사람 똥이든, 설마 진심으로 하는 얘기일 거라고는 생각하지 않았다. 그러나 팬케이크 사건 때도 처음에는 진짜 그런 일을 벌일 줄 몰랐던 게 떠올랐다. 후미야는 억지로 웃음을 지었다. "후미야, 그냥 확 해 버려!"

"복수해 줘! 우리도 응원할게!"

리쿠오와 사토시의 눈이 번쩍번쩍 빛나고 있었다. 조금 전까지 그렇게 화를 내다가 어떻게 저런 얼굴을 할 수 있는지 이해가 되지 않았다. 후미야는 불현듯이 '후미야 사건'이 생각났다. 그 아이는 어느 시점까지 웃을 수 있었을까? 마음 한편으로는 누군가 멈춰 주리라고 믿고 있었을 것이다. 아무도 도와주지 않는다는 걸 깨달은 건 언제였을까?

집단 폭행에 가담한 아이들은 후미야가 스스로 강에 뛰어들었다고 입을 모아 증언했다. TV에 나온 패널들은 그럴 리 없다고 말했다. 후미야 역시 그랬을 리 없다고 생각했다.

그러다 불쑥……, 후미야가 제 발로 강에 뛰어들었을지도 모른다는 생각이 들었다. 강물에 뛰어들면 어떻게 되는지 알고 있지만, 뛰어들지 않는 쪽이 더 무서웠던 건 아닐까? 등 뒤에는 강물보다 훨씬 더 무서운 '모두'가 버티고 있었을 테니까.

"후미야, 할 수 있지?"

후미야는 입을 달싹였지만 아무 대꾸도 할 수 없었다. 그저 한숨만 비어져 나올 뿐이었다. 입꼬리를 올릴 기운도 없었다. 이제 한계에 다다랐다.

'네가 변하지 않는 한 그 소원은 이루어지지 않아.'

후미야는 이쿠타 선생님의 말을 떠올리며 숨을 크게 들이마셨다.

어차피 이런 건
다 지나가는 거야

'어차피 이런 건, 다 지나가는 거야.'

아즈미는 습관적으로 이렇게 생각하는 버릇이 있다. 예를 들면 지금 등에 멘 가방도 '이런 것' 중 하나다. 소가죽으로 만든 빨간색 가방은 무척 튼튼했다. 초등학교 입학할 때 산 후로 육 년째 비바람을 맞고 있는데도 색이 거의 바래지 않았다. 엄마 말마따나 '평생 가는 물건'인 셈이었다. 가죽 전용 브러시를 사용한 적이 한 번도 없지만 여전히 새 제품처럼 부드러운 광택이 났다.

가방에서 필통과 교과서를 꺼내 책상 서랍에 넣는데 누군가 다가오는 기척이 느껴졌다.

"아즈미, 안녕! 혹시 숙제 다 했어?"

가나에와 메구미가 방긋방긋 웃으며 아즈미를 내려다보았다.

"소리 내서 책 읽는 숙제 말이야?"

아즈미는 안경을 고쳐 쓰면서 일부러 느릿느릿 물었다.

"아니, 그거 말고. 계산하는 거 있잖아."

"수학 숙제 말이야. 넌, 해 왔지?"

두 사람 얼굴에 약간의 초조함이 엿보였다. 좀 더 애간장을 태우고 싶었지만 해 오지 않았다고 대답할 용기는 없었다.

"응, 해 왔어. 볼래?"

아즈미는 자신의 공책을 내밀었다.

"어, 봐도 괜찮아?"

"진짜 다행이다."

둘은 짐짓 놀란 표정을 지은 뒤 곧 만족스러운 미소를 띠었다.

"너밖에 없엉!"

"아즈미, 넌 진짜 천사야."

숙제를 안 했다고 대답해 봤자 어차피 선생님한테 제출해야 해서 들통날 게 뻔했다. 그러고 나서 얼마나 심한 험담을 들을지 상상도 하고 싶지 않았다. 학교에서 내 주는 숙제 따위, 별로 어렵지도 않아서 보여 준다고 해도 딱히 손해날 것은 없었다. 그러니까 이 아이들에게 복종하는 게 아니라 그냥 자발적으로 보여 주는 것이다.

수업 전에 아즈미의 숙제를 필사적으로 베끼는 가나에와 메구미의 정수리 너머로 남자애들끼리 장난치는 모습이 보였다. 여자애들만큼 뚜렷하게 무리가 나뉜 것은 아니어도, 몇몇 마음 맞는 아이들끼리 엉성하게 뭉쳐 있는 남자애들은 자못 목소리가 큰 데다 말본새가 거칠었다. '주둥이 닥쳐라, 변태 새끼야, 뒈져라.' 같은 말들. 1반의 야마가타 선생님이 들으면 금방 호통칠 법한 말들이 예사로 날아다녔다. 학기 중에 담임 선생님이 바뀌어서일까? 3반의 쉬는 시간 풍경은 늘 이렇게 어수선했다.

숙제를 다 베껴 쓴 두 아이는 고맙다는 인사를 건성으로 한 뒤 바삐 자리를 떠났다. 형광 핑크색 머리끈으로 꽉 동여맨 포니테일 머리에, 검은색 티셔츠와 나풀거리는 흰색 치마, 그리고 회색 스타킹을 신은 가나에는 뒷모습까지 빈틈없이 완벽했다.

가나에는 얼마 전 외부 강사를 초빙해 진행한 '캘리그라피' 수업 때 장래 희망을 '백댄서'라고 썼다. 강사는 글자도 괜찮고 그림도 좋으니, 자기만의 글씨체로 장래 희망을 써 보라고 했다.

유이는 동글동글 아기자기한 글씨체로 파티시에의 'ㅇ'을 '♡'로 바꾸어 썼고, 지호는 단정한 글씨체로 '선생님'이라고 썼으며, 반에서 체구가 가장 큰 리쓰코는 덩치에 어울리지 않게 작은 글씨로 '올림픽 선수!!'라고 쓴 뒤 느낌표에 개성을 담았다.

리쿠오의 'YouTuber'는 영어라서 얼핏 눈에 띄는 듯했지만 똑같이 쓴 아이가 세 명이나 더 있어서 주목을 받지는 못했다. 사토시는 '축구 선수'라고 쓰고 옆에다 공을 그렸으며, 후미야는 '게임 디자이너'의 '게임'을 너무 크게 쓴 탓에 뒤로 갈수록 글씨가 작아져 힘이 빠져 보였다.

아즈미는 또박또박 정자로 '국제 연합 직원'이라고 썼다. 서예 교본에서 볼 법한 정돈된 글씨체여서 오히려 개성적인 글씨들 사이에서 돋보였다. 왜 그런 꿈을 갖게 되었냐고 물으면 난민을 구제하고 세계 평화를 바라기 때문이라고 대답할 생각이었다. 그러나 강사는 아즈미의 글씨를 그냥 지나쳤다. 딱히 상관은 없었다. 그 강사에게 글씨를 인정받는다고 해서 꿈이 이뤄지는 것도 아니니까.

아즈미는 성적이 좋은 아이들만 가는 사립 중학교에 들어가 영어 공부에 열중할 계획이었다. 국제 연합 직원은 전 세계에 도움이 되는 훌륭한 직업이다. 그래서 '백댄서 따위……'라고 생각했다. 누군가의 뒤에서 춤추는 게 뭐가 즐거운 걸까? 아즈미는 공부도 제대로 하지 않는 데다 다른 사람의 기분도 헤아리지 못하는 가나에보다는 자신이 훨씬 더 유명하고 훌륭한 사람이 될 거라고 생각했다.

가나에와 메구미는 교실 뒤쪽 창가에 있던 마야나 리쓰코같이 인기 많은 여자애들과 모여 깔깔거리며 떠들었다. 곧이어 그들은 몸을 흔들며 춤을 추었다. 한창 유행 중인 케이팝 그룹의 히트곡이라는 것쯤은 아즈미도 알고 있었다. 마치 교실에서 그쪽에만 밝은 빛이 비치는 듯 환했다. 아이들은 처다보지 않으면서도 그쪽으로 신경을 쏟고 있었다.

수업 시작종이 울리자 후지오카 선생님이 교실로 들어왔다. 임시로 3반 담임을 맡게 된 젊은 여자 선생님인데, 밤색 머리카락을 등 아래까지 늘어뜨린 채 언제나 하늘하늘한 소재의 옷을 입었다. 지난달까지 담임이었던 이쿠타 선생님은 지금 휴직 중이었다.

아즈미는 반에서 그런 소동이 있었으니 별수 없다고 생각했지만, 엄마는 졸업을 앞둔 아이들을 내팽개치는 것은 너무나 무책임한 행동이라고 분개했다. 휴직이라고 했으니 언젠가는 복귀하겠지만, 분명한 것은 3반이 졸업한 다음일 터였다. 그러는 편이 선생님에게도 좋겠지.

"안녕하세요?"

교단에 선 후지오카 선생님의 인사에 대답한 아이는 첫 줄에 앉은 호노카, 딱 한 명뿐이었다. 아즈미는 호노카의 큰 목소리를 들을 때마다 속으로 감탄했다. 부러운 것도 아니고, 저렇게 되고 싶은 것도 아니었다. 호노카는 아직도 수업 중에 던져지는 쉬운 질문에 "저요, 저요!" 하고 손을 들었고, 학급 회장 선거와 응원 단장 선거에 자진해서 후보로 나섰다. 하지만 그 무엇도 되지 못했다. 선생님과 학교를 절대적으로 따르는 호노카의 태도를 아즈미는 도무지 이해하기가 어려웠다.

"오늘 당번이 누구죠?"

"전데요."

후지오카 선생님이 묻자 가나에가 맥 빠진 목소리로 대꾸했다.

"칠판에 이름을 쓰지 않았네요."

가나에는 "네에." 하고 대답하고는 또 다른 당번인 후미야에게 나갔다 오라는 듯이 턱짓을 했다. 후미야는 자리에서 일어나 칠판 앞으로 가더니 삐뚤빼뚤한 글씨로 두 사람의 이름을 나란히 썼다.

이 교실은 뭔가 나사가 풀려 있는 것 같았다. 벌써 '그 일'을 모두 잊어버린 걸까? 아즈미는 호노카처럼 착한 척을 하고 싶은 건 아니었다. 그렇지만 다른 아이들의 단정하지 못한 모습에 짜증이 일었다.

지난달, 후미야가 요리 실습 시간에 팬케이크 반죽에다 세제를 넣는 어처구니없는 사고를 쳤다. 실과 선생님과 학년 부장 선생님이 불같이 화를 내는 바람에 큰 소동으로 번졌다. 그때 담임이었던 이쿠타 선생님은 "너희는 어차피 대단한 어른이 되기는 글렀어."라고 말했다. 어른이 그런 말을 하다니! 정말로 놀라웠다. 그 말이 빌미가 되어 휴직한 거라는 소문이 돌았다.

하지만 아즈미는 이쿠타 선생님 말이 맞다고 생각했다. 이 교실에 있는 아이들은 어차피 대단한 어른은 되지 못할 것이다. 물론, 자신은 예외라고 여겼다. 그저 학군 내의 공립 초등학교라서 어쩔 수 없이 다니고 있을 뿐이었다. 어차피 이런 건, 다 지나갈 것이다.

"숙제로 내 준 연산 연습 공책 제출하세요. 뒤에서부터 걷도록."

선생님 목소리에 힘이 하나도 없었다. 큰 문제를 일으켜서 전 담임 선생님을 휴직으로 몰아넣은 반이니, 몸을 사려야겠다고 생각하는 것인지도 몰랐다.

아즈미는 뒤에서부터 걷힌 공책 더미 위에 자신의 공책을 얹어서 앞으로 보냈다. 제출한 공책은 방과 후에 돌려받을 터였다. 매번 커다란 동그라미와 함께 '참 잘했어요!' 도장이 찍혀 있었다. 그런데 얼마 전, 공책에 그려진 동그라미 한가운데에서 계산 실수를 발견했다. 채점이 잘못된 것이었다. 선생님이 자기를 너무 믿는 게 아닌가, 하는 생각과 함께 어쩌면 공책을 제대로 살펴보지 않았을지도 모른다는 의심이 들었다.

그 후로 평소보다 주의 깊게 선생님의 행동을 관찰했다. 선생님은 점심시간에 교실에서 급식을 먹은 뒤 운동장을 둘러보았다. 수업과 수업 사이에 교무실로 돌아갈 때도 있지만, 딱 십 분뿐인 쉬는 시간에 채점을 다 할 수는 없을 터였다. 아마도 미술이나 음악처럼 전담 선생님이 따로 있는 수업 시간에 채점을 하는 듯했다. 어쨌든 서른 명이 넘는 아이들의 공책을 제대로 볼 여유가 없는 날도 분명히 있을 것이다.

아즈미는 후지오카 선생님을 동정했다. 작년에 수학반 동아리 담당

교사로 만났을 때는 좀 더 열정이 느껴졌다. 하지만 3반을 맡고부터 눈꼬리가 조금씩 치켜 올라가더니, 긴장되어 보이기도 하고 지쳐 보이기도 했다. 숙제 공책에 동그라미 치는 일 정도는 대충 하고 싶어지는 것도 어쩌면 당연했다.

당번인 가나에와 후미야가 일어나서 다 걷힌 공책을 모아 후지오카 선생님에게 건넸다. 선생님이 고맙다고 인사를 했지만, 둘 다 눈도 마주치지 않고 재빨리 자기 자리로 돌아갔다. 선생님을 무시하거나 괴롭히려는 것이 아니라 제 역할을 마쳤으니 그것으로 끝이라는 듯한 태도였다. 아즈미는 그런 행동을 볼 때면, 아이들에게는 자기 이외의 사람에게도 마음이 있다는 사실을 기억하지 않는, 지나친 단순함과 오만함이 깃들어 있다는 생각이 들었다.

조회가 끝나고 선생님이 교실을 나가자 주위가 일제히 떠들썩해졌다. 가나에는 친구들과 어울려 춤을 추기 시작했다. 머리가 나쁘니 뭐든 빨리 잊어버리는 모양이었다. 아즈미는 가나에가 "아즈미!" 하고 혀 짧은 소리로 자신을 부르면서 졸졸 쫓아다녔던 날들을 똑똑히 기억했다.

어린이집을 다닐 때만 해도 아즈미는 가나에와 '사이좋은 이인조'였다. 집이 가까워 엄마들끼리도 얼굴을 알고 지낸 데다, 어릴 때부터 쭉 붙어 다니다 보니 주변 아이들이나 선생님들이 둘을 지극한 단짝으로 여겼다. 그렇게 설정된 관계가 어린이집에서는 아예 단단히 굳어졌다.

그 무렵 아즈미는 또래 중에서 키가 가장 컸다. 유리드믹스 수업이나 체조 수업에서 뭘 하든 제일 잘했기 때문에, 못하는 아이들을 신기하게 여기곤 했다. 무엇보다 그림 그리기를 특히 잘했다. 다른 아이들은 사람을 도깨비처럼 그렸는데, 아즈미는 앞머리에 눈썹에 목덜미까지 섬세하게 그렸다. 어른들에게 칭찬받을 때면 자신이 특별한 아이라는 생각마저 들었다.

한번은 가나에가 커다란 동그라미를 그린 뒤 그 안에 부리부리하게 눈동자를 그려 넣더니, 완성된 그림을 다른 아이들에게 보여 주었다.

"아즈미야."

아즈미는 방긋방긋 웃는 가나에를 보자 화가 불쑥 치밀었다.

"아니야! 난 이렇게 생기지 않았어!"

스스로도 깜짝 놀랄 만큼 험악한 목소리가 튀어나왔다. 가나에는 바짝 얼어붙은 채 아무 말 없이 지우개로 그림을 쓱쓱 지웠다. 손가락이 빨개질 정도로 힘을 주는 바람에 종이가 북 찢어졌다. 아즈미는 미안해서 어쩔 줄 몰랐지만, 사과의 말은 도무지 입 밖으로 나오지 않았다.

그때의 일을 가나에는 잊어버린 걸까? 아즈미는 또렷이 기억하고 있었다. 어쩌면 그 무렵 엄마가 가나에 사진을 보면서 한 말 때문에 그렇듯 과격하게 반응을 한 건지도 모른다.

"얘는 나중에 크면 꽤나 미인이 되겠어."

한숨 섞인 목소리에 깊은 감동 같은 게 어려 있었다.

"그치만 가나에는 잘하는 게 하나도 없는걸."

"괜찮아. 이만큼 예쁘면 됐지. 너는 얼굴이 못났으니까 착실하게 공부해서 남한테 도움이 될 만한 일을 해야 해."

아즈미는 그때 엄마가 한 말이 잊히지 않았다.

그림 소동이 벌어지고 나서 얼마 후, 가나에는 어린이집을 그만두었다. 아즈미는 자기가 화를 심하게 내서 가나에의 마음이 상한 걸까 봐 속을 태우며 며칠 내내 후회했다. 그 일을 엄마에게 말했다가는 혼이 날 것만 같아서 입을 꾹 다물었다.

사실 가나에 엄마가 직장을 그만두는 바람에 어린이집을 옮기게 된 것이었지만, 네 살배기 아즈미가 그런 사정까지 알 수는 없었다. 그래서 일까? 초등학교 입학식 날, 가나에가 활짝 웃으며 다가와 주었을 때 아즈미는 갑자기 온 세상이 환해 보였다. 둘은 다시 만나 단짝이 되었다.

가을이 되자 학예회에서 〈백설 공주〉를 연극으로 공연하게 되었다. 각 배역이 발표되자 가나에가 불쑥 물었다.

"아즈미, 넌 무슨 역할을 하고 싶어?"

아즈미는 백설 공주 역할에 끌렸지만, 솔직하게 대답할 수가 없었다.

"나? 나레이터. 가나에 너는?"

"난 백설 공주 해 보려고."

야심에 찬 가나에의 두 눈이 반짝반짝 빛났다.

어느새 아즈미와 가나에 사이에서 힘의 상관관계가 변하고 있었다. 가나에는 교실에서 키가 가장 작고 생각하는 것도 유치했으며, 그림이나 글씨도 형편없는 데다 계산까지 느렸다. 모든 면에서 아즈미보다 못했지만 어느 것 하나 개의치 않아 했다. 매사에 기가 세고 제멋대로였는데, 아이들 사이에서 그게 통할 만큼의 매력과 힘을 갖기 시작했다.

"백설 공주는 대사도 별로 없잖아."

아즈미는 괜히 딴지를 걸었다. 백설 공주 역할은 다섯 명이라서 열 문장의 대사를 두 문장씩 나누어 맡을 예정이었다. 나레이터는 세 문장의 대사가 있었는데, 그보다 많은 대사가 있는 역할은 없었다. 선생님이 모두 똑같이 주목받을 수 있도록 어떤 역할을 하건 한두 문장의 대사를 할 수 있게끔 대본을 구성했기 때문이다.

"그래도 드레스를 입을 수 있는 건 백설 공주뿐인걸? 그리고 아즈미 너도 백설 공주 하면 같이 연습할 수 있잖아."

"어……?"

가나에가 생각지도 못한 말을 하는 바람에 아즈미는 곤란한 표정을 지었다.

"하자, 같이하자."

"그치만…… 어떡하지?"

달콤한 음식이 기습적으로 입안에 들어온 듯한 느낌이었다.

아즈미는 백설 공주 역할에 지원하기 위해 손을 들었다. 가슴이 두근거렸다. 지원자는 모두 다섯 명이었다. 탈락하는 사람 없이 사이좋게 백설 공주 역할을 맡게 되었다. 그제야 안도의 한숨이 새어 나왔다.

그날 저녁, 가나에와 같이 다니는 학원으로 마중을 나온 엄마들에게 학예회에서 백설 공주 역할을 맡았다고 이야기했다. 가나에 엄마는 딸과 하이 파이브를 하며 잘됐다고 좋아했지만, 아즈미 엄마는 탐탁지 않은 듯이 투덜댔다.

"아니, 다섯 명 중에 아즈미만 껵다리일 거 아냐. 배역이 바뀌어서 무대에 오르면 엄청 어색할 것 같은데."

가나에 엄마가 겸연쩍은 표정을 감추며 아즈미에게 말을 붙였다.

"아즈미랑 같이 백설 공주를 하게 되다니, 가나에는 진짜 좋겠네. 같이 드레스 입고 사진도 많이 찍자!"

"드레스는 부모가 만드는 건가? 가나에야 어울리겠지만 우리 애는 어떨지……."

아즈미 엄마는 여전히 구시렁대긴 했지만 아까보다는 눈빛이 한결 부드러웠다.

'같이 드레스 입고 사진도 많이 찍자!' 가나에 엄마의 말이 팝콘처럼 경쾌하게 터지며 귓가에 계속 맴돌았다. 그날, 아즈미와 가나에는 학원을 나와 아파트 근처의 갈림길에 도착할 때까지 손을 맞잡고 휘휘 저으며 씩씩하게 걸었다.

그러나 다음 날, 조회 시간에 선생님이 백설 공주 역할을 다시 정해야 한다고 했다. 어제 결석한 마야가 백설 공주 역할에 지원했기 때문이다. 모두가 보는 앞에서 여섯 명이 가위바위보를 했고, 그 결과 가나에가 졌다. 큰 소리로 울 줄 알았던 가나에는 무표정한 얼굴로 물러났다. 선생님이 뭐라고 위로의 말을 건넸지만 아무 대꾸도 하지 않았다.

쉬는 시간에도 가나에는 침묵했다. 아무와도 말을 섞지 않았다. 아즈미는 백설 공주 역할을 빼앗은 마야가 태연한 얼굴로 수업 받는 모습을 믿을 수 없다는 표정으로 쳐다보았다. 아즈미는 불편한 마음이 서서히 사슬이 되어 자신을 휘감는 듯한 기분을 느꼈다.

"아즈미……."

급식 준비 시간에 가나에가 말을 걸어왔을 때 아즈미는 드디어 사슬에서 풀려날 수 있겠다고 생각했다.

"아즈미 너는 처음에 백설 공주 하고 싶지 않다고 했지? 원래 나레이터 역할 하고 싶어 했잖아. 그러면……."

"나, 그만둬도 괜찮아."

가나에가 끝까지 이야기하지 않도록 아즈미가 먼저 말했다.

"어, 진짜?"

가나에의 얼굴이 반짝 빛났다.

"선생님한테 말하러 가자."

아즈미는 가나에의 손을 잡았다. 먼저 손을 잡는 것은 오랜만이었다.

"다행이다."

응, 다행이야. 원래 백설 공주 같은 건 하고 싶지 않았으니까. 대사 많은 나레이터를 하고 싶어 했으니까. 그런데도 선생님의 허락을 받아 공식적으로 백설 공주를 그만두자 돌이킬 수 없는 일을 저지른 듯한 기분이 들었다. 가나에는 성의 있게 부탁하지도 않았고, 고맙다는 인사도 하지 않았다. 갑자기 그런 생각이 들자 가나에를 원망하는 마음이 뭉게뭉게 솟아났다. 먼저 양보해 놓고서 왠지 모르게 몹시 부당한 일을 당한 것 같은 느낌이 들었다.

"아즈미가 우리 가나에한테 백설 공주 역할을 양보해 줬다고 하더라고. 정말 고마워. 아즈미는 어떻게 이렇듯 착해?"

며칠 뒤 아즈미는 학원을 나서다가 가나에 엄마가 자기 엄마에게 고맙다고 인사하는 걸 들었다. 아즈미 엄마는 그런 일이 있었는지도 몰라 잠깐 당황했지만, 닫힌 상자를 열어젖히듯이 미소를 활짝 지으며 대꾸했다.

"괜찮아, 괜찮아. 우리 애야 딱히 백설 공주 역할에 어울리지도 않고. 가나에가 하는 게 훨씬 보기 좋지."

그러고는 집으로 돌아와서 아즈미에게 이렇게 말했다.

"아즈미가 백설 공주 역할 그만둔 거 엄마는 몰랐어. 잘 참았구나."

참았다고? 껵다리에게는 어울리지 않는다고, 엄마가 몇 번이나 말해 놓고서!

"참은 거 아니야! 난 백설 공주 같은 거 원래도 하고 싶지 않았다고!"

엄마는 자신이 백설 공주를 하길 내심 바랐던 것이다. 그런 생각이 들자 '참았다'란 한마디 말이 줄칼이 되어 아즈미의 귓불을 아프게 쓸었다.

"다섯 명이 나눠서 하는 역할이라니. 바보 같아."

아무리 하늘하늘한 드레스를 입는다 해도, 대사가 두 문장인 백설 공주보다 세 문장을 말할 수 있는 나레이터를 고르는 것이 현명한 선택이다. 비록 무대에 오르지 못하고, 그 아래에서 마이크를 잡고 말하는 역할이라 할지라도.

3학년으로 올라가자 가나에와는 반이 갈렸다. 아즈미는 가나에 앞에서 짐짓 서운한 척을 했지만 마음속으로는 안도했다. 새로운 반에서 절친을 만들고 싶었다. 이 년 동안 가나에와 둘도 없는 단짝처럼 보였지만 진짜 절친은 아니었다. 가나에는 늘 제멋대로 구는 데다 변덕이

매우 심했다. 그 탓에 기분이 상하기라도 하면, 아즈미가 밑도 끝도 없이 화를 낸다고 주변에 없는 말을 퍼뜨리거나 가짜로 우는 척까지 했다. 생각이 떠오르는 대로 말을 툭툭 내던지는 천진난만한 가나에 옆에 있으면 즐거울 때도 있었지만, 신경이 곤두서거나 피곤한 일이 훨씬 더 많았다.

하지만 친구란 그렇게 간단히 만들어지는 것이 아니었다. 절친은커녕, 평범한 친구 한 명을 확보하는 일조차 어려웠다. 아즈미는 아이들이 신기할 따름이었다. 쉬는 시간이 되면 자석이 서로 끌어당기기라도 하는 듯이 자연스럽게 몇 개의 무리로 나뉘었다. 저 아이는 이 아이와 찰싹 붙어 있고, 이 아이는 저 아이와 속닥거리기 시작했다. 어떻게 모든 아이에게 '저 아이'가 있는 것일까? 어떻게 '이 아이'를 저토록 손쉽게 찾을 수 있는 거지?

나랑 친구할래? 아즈미는 그 한마디를 누군가 해 주길 바랐다. 하지만 그 누구도 같이 놀자고 말해 주지 않았다. 결국 자기가 하는 수밖에 없었다. 어떤 무리에 다가가 가위바위보에 끼기만 하면 그다음은 한결 수월했다. 가위바위보는 놀이의 일원으로 받아들여졌다는 증거니까.

아즈미는 항상 눈동자를 번득이며 가위바위보에 끼이려고 애썼다. 술래 정하기든 순서 정하기든, 어떤 놀이라도 좋았다. 이기고 지는 것도 상관없었다. 재미가 있든 없든, 아무래도 괜찮았다. 쉬는 시간을 누군가와 함께 보낼 수만 있다면 그것으로 충분했다.

하지만 아이라는 존재는 지독한 기분파에 언제나 제멋대로라서 다른 사람을 조금도 배려하지 않는다. 가위바위보에 끼지 못하는 경우가 몇 번이나 있었다. 말을 걸려고 했는데 상대가 달아나는 일도…….

아즈미는 눈을 크게 뜨고 운동장을 흘깃흘깃 둘러보다가 자신과 비슷한 처지의 아이를 발견하면 다가가서 말을 걸었다. 그런 아이가 보이지 않을 때는 마치 놀이 중에 누군가에게 쫓기고 있는 것처럼, 혹은 누군가를 쫓고 있는 것처럼 운동장을 빙글빙글 돌아다녔다.

4학년 1학기가 끝나 갈 무렵, 마침내 아즈미에게도 속할 곳이 생겼다. 같은 서예 학원에 다니는 유이가 말을 걸어 주었던 것이다. 무리에 들어간 후 4학년이 끝날 때까지는 비교적 평온하게 지냈다.

5학년 때는 다시 가나에와 같은 반이 되었다. 출석부를 보자마자 불안감이 엄습했다. 가나에와 엮여서 그 변덕을 다 감당하고 휘둘릴 걸 생각하니 벌써부터 진절머리가 났다. 하지만 교실에서 마주친 순간, 가나에의 시선이 자신을 그대로 스쳐 지나갔다. 저학년 때 단짝이었던 것을 깨끗이 잊어버린 듯했다.

가나에 옆에는 메구미라는, 그냥 봐도 보통은 아닐 것 같은 여자애가 찰싹 달라붙어 있었다. 백설 공주 역할을 가로챈 마야가 가나에 무리에 쏙 들어가 있는 것도 놀라웠다. 그리고 격투기로 표창장을 받은 커다란 체구의 여자애도 가나에 무리에 속했다. 아즈미는 그 애를 보고 속으로 보디가드냐, 하고 비웃었다. 그 아이들은 거리낌 없이 큰 소리로 떠들었고, 쉬는 시간에는 어김없이 춤을 추었다. 교실 안의 피라미드에서 가장 꼭대기를 차지했다는 걸 주변에서 먼저 인정하게 만드는 무리였다.

아즈미는 유이가 저학년일 때 친했던 지호와 그 애의 친구인 메이까지 넷이서 지내게 되었다. 이들은 다른 아이의 험담을 하지 않았고, 선생님에게 반항적인 태도를 보이지 않았다. 기껏해야 TV 프로그램이나 가족 얘기, 혹은 체육이 싫다는 둥의 푸념을 하고는 쿡쿡 웃었다. 아즈미는 얌전한 아이들 사이에 섞여서 지낼 수밖에 없는 지금의 자신을 가짜라고 생각했다.

아즈미는 학원을 가기 위해 전철을 타고 두 정거장을 지나 도착한 역에서 내렸다. 개찰구를 빠져나오자 역 앞 교차로 정면에 학원 간판이 보였다. 조금 있으면 수업이 시작될 터였다. 하루 중에서 아즈미의 기분이 가장 좋은 순간이었다. 신호가 깜빡거려서 뛰어가려는데, 뒤에서 누가 밝은 목소리로 이름을 불렀다.

"아즈미!"

아즈미 얼굴에 미소가 확 번졌다.

"아오이, 같은 전철 탔나 보네!"

"그랬나 봐."

노란 티셔츠에 청바지를 입은 아오이는 늘씬한 데다 얼굴이 조막만 했다. 머리칼을 짧게 잘라서 남자애로 오해받을 때도 있지만, 카드 지갑에는 작은 꽃무늬가 그려져 있고, 필통에서 꺼낸 샤프는 물방울 모양 천지로 은근히 귀여운 취향을 갖고 있었다.

"오늘 시험이네, 진짜 싫다."

아오이가 한숨을 푹 내쉬었다.

"진짜 싫지."

아즈미도 그렇게 대답한 뒤 문득 생각난 이야기를 꺼냈다.

"있지, 새로 온 선생님도 드디어 괴롭힘을 당하기 시작한 것 같아."

"엥, 또?"

"오늘 당번이 가나에였거든."

"아……."

아오이는 무슨 말인지 알겠다는 듯이 얼굴을 찌푸렸다. 아즈미가 자주 이야기해서 아오이도 3반의 관계도를 대강 알고 있었다.

"쓰레기통에 쓰레기가 넘쳐서 선생님이 잘 치우라고 했더니, 갑자기 가나에가 공책으로 책상을 탁 내리친 거야. 교실이 완전 얼어붙었다니까."

"정말? 너무 심한 거 아냐?"

아오이는 옆 동네의 공립 초등학교에 다니는데, 그곳에서는 학생이 선생님을 괴롭힌다는 것은 상상조차 할 수 없는 일이라고 했다. 자기 이야기에 매번 놀라면서도 흥미진진하게 듣는 아오이의 반응이 재미있어서 아즈미는 점점 더 과장해서 이야기하게 되었다. 아오이는 이쿠타 선생님이 휴직하게 된 이야기를 듣고도 무척 놀라워했다. 세제 사건보다는 선생님이 아이들에게 한 말이나 태도에 더 크게 놀란 듯했다.

"진짜 화나셨나 보네. 선생님이 그런 말까지 하게 만들다니, 아즈미 너네 반 애들 진짜 너무하다."

"그러게."

아오이가 심각한 표정으로 말해서 아즈미도 맞장구를 칠 수밖에 없었다. 정작 그때는 선생님 말을 그다지 무겁게 받아들이지 않았는데, 아오이 말을 듣고 보니 새삼 심각하게 와닿았다.

"공책으로 책상을 내리쳤다니, 진짜 대박이다. 새로 온 선생님도 부질없네."

아오이가 작고 하얀 이를 드러내며 웃었다. 아즈미는 낯선 단어를 듣고는 이럴 때 '부질없다'라고 말하는 거구나, 하고 생각했다. 아오이처럼 어휘력이 풍부한 친구가 있어서 좋았다. 아즈미는 아오이의 반응을 살피며 새로 온 후지오카 선생님이 얼마나 무력한지, 가나에가 얼마나 멍청하고 반항적인지……, 사실에 과장을 조금 보태서 신나게 떠들어 댔다.

사실 가나에가 공책으로 책상을 내리쳤다는 것은 거짓말이었다. 가나에는 선생님의 시선을 피한 채 "네에." 하고 말끝을 흐리며 조그맣게 대답했을 뿐이었다. 그러나 아즈미가 보기에는 충분히 불량한 태도였다.

가나에와 그 친구들은 후지오카 선생님 역시 완전히 얕잡아 보았다. 야마가타 선생님이나 교장 선생님이 때때로 감시하러 오는 바람에, 아이들이 수업 시작 전에 제자리에 앉아 있긴 했지만 마음가짐까지 바뀔 리는 없었다. 반 전체가 소리 없는 대화를 이어 가는 듯 조용한 술렁거림을 후지오카 선생님도 분명 느낄 터였다.

아즈미는 후지오카 선생님이 좋지도 싫지도 않았다. 수학 수업은 지루했지만, 어느 한 아이만을 편애하는 일도 없고 숙제 양도 적당했다. 가나에는 화장이 진하다는 둥 어려 보이려고 애쓴다는 둥, 하면서 제멋대로 떠들어 댔다. 사실 선생님은 교실의 그 누구도 건드리지 않았다. 그런데도 선생님의 신경을 긁어 대는 아이들의 심리가 어찌나 유치한지, 그저 한심하게 여겨질 정도였다.

아즈미는 학원 입구의 센서에 카드를 갖다 댔다. 곧 학원에 도착했다는 문자가 부모님에게 발송될 터였다. 오늘은 한 달에 한 번씩 치르는 월말 평가가 있는 날이었다. 학년 전체에서 일등을 하면 아빠가 3천엔(우리나라 돈으로 약 3만 원.—옮긴이)어치의 도서 상품권을 주기로 했다. 강의실로 향하는 아즈미의 발걸음에는 자신감이 흘러넘쳤다.

학원은 정정당당하게 경쟁할 수 있는 곳이어서 좋았다. 굳이 모르는 척을 할 필요도 없었다. 그에 비해 학교는 귀찮은 면이 많았다. 성적이 좋으면 공붓벌레라고 흉을 보고, 발표를 잘해서 칭찬을 받으면 너무 대단하다며 마음에도 없는 소리로 치켜세웠다. 숙제를 제대로 해 가도 얌체 같은 아이가 공책을 빌려 그대로 베끼니까 도리어 기분만 상할 뿐이었다.

학원에서는 시험 점수가 좋으면 부러움의 시선을 한몸에 받았다. 그래서 학교에서와는 전혀 다른 캐릭터가 되어 열심히 공부했다. 오늘도 머리에서 김이 날 정도로 집중해서 문제를 풀었다. 시험을 꽤 잘 본 것 같았다. 전체 일등을 노려봐도 될 듯했다.

시험을 마치고 집으로 돌아가는데 아오이의 표정이 썩 좋지 못했다.

"나, 망한 것 같아. 아랫반으로 떨어질 거야."

"걱정 마, 괜찮을 거야."

아즈미는 성적이 좋은 아오이가 떨어질 리 없다고 생각해 가볍게 대꾸했다.

"아즈미는 좋겠어. 내 기분 같은 건 전혀 모를걸."

아오이의 목소리가 차가워서 아즈미는 가슴이 철렁했다. 어떻게 대답해야 할지 몰라 난감했다.

"나, 진짜 망했다고. 우리 엄마한테 죽었어. 진짜 최악이야. 최악 중의 최악이라고. 아즈미는 수학 잘해서 정말 좋겠다."

"아오이, 넌 국어 잘하잖아. 난 국어를 망쳤는걸."

"그렇게 말해 놓고선 맨날 점수 높잖아."

"아니라니까……."

"엄마가 아즈미 좀 본받으라고 맨날 그러는걸. 본받으려고 해도 애초에 머리가 다른데 어쩌라고."

아즈미는 뭐라고 위로해야 할지 몰라서 화제를 얼른 돌려 버렸다.

"있잖아, 오늘 학교에서 선생님이 어떤 남자애한테 방과 후에 실내화 신고 현관 밖으로 나가지 말라고 했거든. 전에 얘기했던 사토시라는 애 말이야. 그랬더니 걔가 글쎄, 선생님한테 신발을 던진 거 있지? 그래 놓고 선생님더러 그걸 주워 달라고까지 했다니까? 선생님이 열받아서 빨리 제자리로 돌아가라고 소릴 질러도 완전 무시했어. 선생님도 부질없다니까."

"음……."

아오이는 개운치 않은 얼굴로 떨떠름하게 대답했다.

올려다보지 않아도 하늘이 무슨 색인지 알 수 있었다. 금방이라도 뭔가 내릴 듯이 무거운 회색, 즉 거무죽죽한 색이었다. 오늘은 수영 수업이 있는 날이었다. 아즈미는 갑자기 폭우가 퍼부어 수업이 취소되기를 간절히 바랐지만, 아무래도 이뤄질 것 같지 않았다. 예정대로 수영 수업을 한다는 선생님의 말에 환호성을 지르는 남자애들의 모습이 그저 멍청해 보였다.

아즈미는 수영이 정말 싫었다. 초등학교에 막 입학했을 무렵에는 수영장 물에 들어가는 것조차 공포였다. 지난 오 년 동안의 수업을 통해 어찌어찌 25미터 정도는 자유형으로 헤엄칠 수 있게 되었지만 딱히 기록을 재지는 않았다. 숨 쉴 때마다 물속으로 가라앉는 무거운 몸이 그저 밉기만 했다.

아즈미가 어렸을 때 수영을 가르치려고 엄마가 근처 수영장에 데려간 적이 있었다. 엄마는 그때 일을 떠올리며 이렇게 말했다.

"네가 싫다고 떼를 쓰면서 어찌나 울어 대던지. 그래서 수영 대신 영어 학원에 다니게 된 거잖아."

울든 말든 그때 엄마가 수영을 가르쳤다면 지금 이렇게 힘들지는 않을 텐데…….

아즈미는 유이, 지호와 함께 꾸물거리며 탈의실로 향했다. 꿉꿉한 데다 곰팡내까지 나서, 세상에서 제일 싫어하는 곳 중 하나였다. 큰 수건을 몸에 두른 뒤 수영복으로 갈아입었다. 수건을 개고 있을 때 갑자기 누가 말을 걸었다.

"우아, 저 털 좀 봐!"

메구미였다.

"엇, 미안! 미안해."

얼어붙은 아즈미를 본 메구미가 허둥지둥 사과했다. 일부러 그런 게 아니라 그 애도 모르게 튀어나온 말이어서, 아즈미는 더 크게 상처를 받았다.

"어떡해! 내가 아즈미를 화나게 만들어 버렸어."

메구미가 장난치듯 말하자 뒤에서 가나에가 얼굴을 살짝 내밀었다.

"진짜 미안. 얘 입에 브레이크가 안 달려서."

"윽, 말이 너무 심한 거 아니야?"

지원군을 얻기라도 한 듯이 메구미가 익살을 떨었다.

"쟤, 저래도 악의는 없으니까 용서해 줘."

아즈미는 짐짓 알랑거리는 가나에에게 괜찮다고 말했다. 일을 키우고 싶지 않아서였다. 잠시 후 탈의실 문이 열리더니 운동복 차림의 후지오카 선생님이 얼굴을 내밀었다.

"아직 준비가 안 됐니? 남자애들은 벌써 다 나왔어."

가나에와 메구미는 입으로는 알겠다고 대답하면서도 여전히 느긋하게 몸에다 자외선 차단제를 바르고 있었다.

아즈미는 유이의 손에 이끌려 밖으로 나갔다. 하늘이 흐린데도 눈이 부셨다. 수영장에서 소독약 냄새가 진하게 풍겨 왔다. 수경을 끼자 온 세상이 물에 젖은 듯 윤곽이 희미해졌다. 친구들의 얼굴마저 뿌옇게 보였다.

"메구미 말……, 신경 쓰지 마."

유이가 나지막하게 속삭였다. 가나에와 메구미가 없는 곳에 와서야 겨우 건네는 위로의 말이 하나도 기쁘지 않았다. 차라리 가만히 내버려 두는 게 나을 듯했다.

"아즈미, 괜찮아?"

지호도 걱정스럽다는 듯이 쳐다보았다.

"뭐가?"

아즈미가 낮은 목소리로 되묻자 지호가 흠칫 놀라 입을 다물었다. 얼마 없는 자기편을 이렇게 대하는 스스로가 싫었지만, 약하디약한 그 애들에게 화가 나서 참을 수가 없었다.

아즈미는 샤워를 한 후 허리 높이까지 물을 채운 풀에 들어갔다가 얼른 물 밖으로 나와 가장자리로 갔다. 다 같이 사용하는 풀이 너무나 불결하게 느껴져서 싫었다. 물에 젖은 팔에 소름이 오소소 돋았다. 아즈미는 춥다고 중얼거리며 양팔로 몸을 꺼안아 둥글게 말았다. 손가락 끝에 솜털이 미세하게 느껴졌다. 아즈미는 자기 몸에 털이 많다는 것을 오늘에서야 깨달았다.

남학생과 여학생은 수영장 가장자리의 오른쪽과 왼쪽으로 나뉘어 줄을 섰다. 반대편에 있는 남자애들한테는 몸이 또렷이 보이지 않을 것 같아서 그나마 다행이었다. 그러나 준비 운동을 할 때는 몸을 웅크리고 있을 수가 없었다. 팔이 무방비로 노출되었다.

가나에의 말이 고막에 들러붙기라도 한 듯이 계속 떠올랐다.

"쟤, 저래도 악의는 없으니까 용서해 줘."

가나에는 그렇게 말하며 웃었다. 악의가 없으면 다 용서해야 하는 걸까? 생각나는 대로 아무렇게나 내뱉은 말을 들은 사람은 이렇게 상처를 받았는데, 악의가 없으니 그저 받아들여야 한다고?

"준비 운동 시작!"

정면의 다이빙대 옆에서 야마가타 선생님이 구령을 외친 뒤 팔다리를 크게 흔들어 보였다. 수영복 차림의 아이들은 얼빠진 인형처럼 팔다리를 흔들어 댔다. 아즈미의 머릿속에서는 떨칠 수 없는 분노와 수치심이 소용돌이쳤다.

얼마 지나지 않아 하늘에서 빗방울이 톡, 떨어졌다. 앞에서 팔다리를 흔들던 지호가 뒤를 돌아보며 물었다.

"비지?"

"응, 비야."

다른 아이들도 웅성대기 시작했다. 수면에 빗방울이 떨어져 잔물결이 퍼져 나가는 게 보였다. 선생님들이 의논을 하는 동안에도 빗방울은 계속 아이들의 몸을 적셨다.

"수영 중지! 우선 다들 탈의실로 돌아가."

야마가타 선생님이 큰 소리로 말하자 아이들이 시끄럽게 떠들며 움직였다. 줄을 서지 않고 한꺼번에 움직이다 보니 남자애들과 여자애들이 뒤섞였다. 아즈미는 메구미에게 털이 많다는 소리를 들은 팔을 손으로 감쌌다. 아이들은 비를 피해 서둘러 탈의실로 달려갔다. 누구도 자신의 몸을 보지 않았다. 아즈미는 가벼운 소동에 안심하며 탈의실 안으로 들어갔다.

"아, 다 젖었잖아. 진짜 최악이야."

메구미와 가나에의 목소리가 쩌렁쩌렁 울려 퍼졌다. 아즈미는 옷을 갈아입기 전에 급하게 안경부터 꼈다.

"장난하냐고. 이게 뭐야? 쟤네는 왜 일기 예보도 안 봐?"

"진짜, 어이없어."

"야마가타, 최악이야."

"자기들은 운동복 입고 있으니 괜찮다, 이거지."

가나에 무리는 목소리를 한층 키워 불평을 마구 쏟아냈다. 다른 때는 그 분위기가 싫었지만, 아즈미도 이번 일은 그들과 생각이 같았다. 이렇게 될 거였으면 처음부터 수업을 취소했어야 했다.

바로 그때, 분위기를 깨뜨리는 소리가 났다. 호노카였다.

"있잖아, 그게……. 오늘 아침 일기 예보에는 흐림이라고만 나왔어. 일기 예보가 틀릴 때도 있잖아."

탈의실 안에 싸늘한 침묵이 흘렀다.

"그치, 그런 일도 있지."

누군가 이렇게 말하며 쿡쿡 웃었다.

"그건 그렇고 호노카, 그 수영복 언제부터 입은 거야?"

가나에가 호노카에게 다짜고짜 물었다.

"응?"

"매직으로 쓴 글씨가 거의 다 지워졌는데 어쩌냐?"

"이거 3이라고 쓴 거 아니야?"

"4가 지워져 있네."

"진정한 절약가 납셨네. 훌륭해."

메구미의 목소리가 밝게 울려 퍼졌다.

아즈미는 옷을 갈아입으며 아무 말도 못 들은 척했다. 예전부터 알고는 있었다. 호노카의 수영복 가슴 부근의 이름표에는 3-1, 4-1, 5-3이라고 예전에 쓴 글자가 지저분하게 지워져 있었고, 그 위에 6-3이라는 글자가 덧쓰여 있었다.

아즈미의 시선을 끈 것은 이름표보다는 해져서 얇아진 수영복의 엉덩이 부분이었다. 좀 더 있으면 안이 비쳐 보일 것 같았다. 만약에 헤엄치는 사이에 수영복이 찢어지기라도 한다면 어떻게 될까? 봐서는 안 될 것을 본 기분이 들어서 아즈미는 얼른 시선을 돌렸다. 다른 아이들이 눈치채지 못하면 좋겠다고 생각했다.

"그러지 마."

그때 지호의 가느다란 목소리가 들렸다. 예상치 못한 상황에 가나에와 메구미가 일순 어리둥절한 표정을 지었다. 다른 사람 앞에 나서서 말하는 법이 거의 없는 지호의 얼굴이 창백하게 질려 있었다. 문득 실과 시간에 가사실에서 있었던 '장난'으로 후미야가 궁지에 몰렸을 때 조용히 울던 지호의 모습이 떠올랐다.

"어……, 사실 실수로, 명품 수영복을 사 버렸거든. 그래서 학교에 입고 오질 못해서……."

호노카의 얼토당토않은 말을 들은 가나에의 얼굴이 활기를 되찾았다.

"어머! 진짜? 브랜드가 뭔데?"

"샤넬."

"샤넬?"

아이들이 술렁거렸다.

"호노카, 진짜 좋겠다!"

"샤넬 수영복이라니! 대박!"

왜 저렇게 멍청한 걸까? 아즈미는 억울한 기분까지 들었다. 지호가 있는 힘껏 도와주려고 했는데, 잠자코 있으면 될걸…….

"명품 수영복은 학교에 가지고 오면 안 된대서 급하게 작년 수영복을 입은 거야."

아즈미가 있는 자리에서는 호노카의 얼굴이 보이지 않았다. 어떤 표정으로 저런 말을 하고 있을까?

"그런데 샤넬 수영복은 어디서 팔아? 무슨 색인데?"

가나에가 호노카를 더욱 밀어붙였다.

"잘 모르겠어. 친척한테 받은 거거든."

"아니, 아까는 샀다고 했잖아."

"그래, 그랬지."

탈의실 전체에 비릿한 웃음이 퍼졌다.

"산 건지 받은 건지 제대로 물어보진 않았지만……. 아마도 받은 걸 거야."

호노카가 말했다.

"그 친척 진짜 멋있다. 있지, 그 수영복 나도 좀 구경하고 싶은데. 보여 줄 수 있어?"

"당연히 보여 줄 수 있지."

웬일로 호노카가 자신감에 찬 목소리로 대답했다.

"그럼, 다 같이 보러 갈래? 셀럽 호노카네 집에 가서 구경하자. 응? 오늘 학교 끝나고 호노카네 집 갈 사람?"

가나에가 묻자 메구미와 몇몇 애들이 서로 가겠다며 손을 들었다.

"좋아, 그런데 오늘은 일이 있어서 어려울 것 같아."

호노카가 핑계를 댔다.

"그럼, 내일은?"

"내일도 엄마가 볼일이 있다고 해서서 좀 그래."

"모레는?"

"모레도 엄마가 일이……."

"흐음, 엄마가 바쁘시구나. 무슨 일인데?"

쟤들은 왜 저렇게 심술을 부리는 걸까, 하고 생각한 순간 누군가가 소리쳤다.

"시끄러워!"

아즈미는 그게 자신의 목소리라는 걸 한 박자 늦게 깨달았다. 생각보다 큰 소리로 말했는지 모두가 자신을 쳐다보았다. 무슨 말이라도 더 해야 분위기가 진정될 것 같았다.

"남이야 어떻든 그냥 내버려 둬. 무슨 상관이야……."

말이 나온 김에 몇 마디 덧붙였지만, 가나에와 눈이 마주친 순간 쥐어 짜낸 용기가 다 빠져나가 버렸다.

"아즈미, 너 뭐야? 왜 그래?"

가나에가 웃으며 물었다.

"왜 우냐?"

메구미도 웃었다.

실패였다. 왜 입을 다물고 있지 못했을까? 적어도 말을 꺼냈으면, 울진 말았어야 했다. 왜 호노카를 감싸려고 한 걸까? 왜 다른 사람 일로 눈물을 흘린 걸까?

"아까 메구미가 너한테 털 많다고 말한 것 때문에 삐졌어?"

가나에가 짐짓 안쓰럽다는 듯한 표정을 지으며 물었다.

"진짜?"

"그건 진짜 학교 폭력이라니까, 메구미."

"어떡해, 미안. 나 좀 진짜 용서해 줘엉."

가나에와 메구미는 아즈미를 놀릴 만큼 놀리고는 깔깔 웃으며 탈의실을 나가 버렸다. 아즈미는 그 자리에서 꼼짝도 하지 않았다. 입술이 덜덜 떨리는 것이 단순히 추위 탓인지, 지독한 굴욕 탓인지 알 수가 없었다.

"아즈미, 미안해."

무슨 이유에선지 지호가 사과했다. 금세라도 울 것 같은 얼굴이었다. 아즈미는 시선을 피했다. 어차피 이런 건, 다 지나가는 거야. 마음속으로 스스로를 타일렀다.

'학교는 잠시 지내는 임시 장소야. 학원에서의 모습이 진짜 내 모습이고. 사립 중학교에 들어가면 흑역사는 모두 묻힐 거야. 새로운 곳에서 내 능력을 모두에게 인정받고, 선생님에게도 친구들에게도 주목받을 거니까.'

그러나 학원에서는 더 좋지 않은 일이 기다리고 있었다. 강의실에 가나에 무리 중 하나인 마야가 나타난 것이다.

"엇……."

두 사람은 몇 초간 어색하게 서로를 바라보다가 누가 먼저랄 것도 없이 눈인사를 나누었다. 아즈미는 아직 아오이가 오지 않은 것을 확인하고 안도했다. 마야 근처에 앉고 싶지는 않았지만, 같은 학교 애들끼리 떨어져 앉는 것도 부자연스러울 것 같아 망설여졌다. 다행히 마야 옆자리에는 다른 아이가 앉아 있었다. 아즈미는 마야 앞자리에 앉은 뒤 가방에서 공책과 문제집을 꺼냈다.

"아즈미, 이 학원이었구나."

뒤에서 마야가 말을 걸어왔다. 하는 수 없이 비스듬히 앉아서 응, 하고 고개를 끄덕였다.

"사립 중학교 입시 볼 거야?"

"응."

"그렇구나. 난 오늘부터 나온 건데, 지금까진 이 학원의 다른 센터에 다녔어."

"아……."

"내가 다니던 센터는 지망 학교별로 나뉜 반이 적어서, 엄마가 이쪽으로 바꾸는 게 좋겠다고 하셔서……."

마야는 물어보지도 않은 걸 술술 털어놓았다.

사실 마야는 가나에 무리에 속해 있으면서도 가나에나 메구미만큼의 공격성은 없었다. 자기주장이 없고 주위에 휩쓸리기 쉬운 유형이었지만, 가나에와 뭉쳐 다니는 것만으로도 적대시되곤 했다. 어쨌거나 사립 중학교 입시를 준비하는 학원에서 같은 반이 될 줄은 몰랐다. 공부를 못하진 않았지만 잘하는 것도 아니었기 때문이다.

학원에서 아즈미가 속해 있는 반은 성적이 가장 좋은 아이들만 모여 있었다. 레벨 테스트도 있어서 아무나 들어올 수 있는 반이 아니었다. 심지어 지난번에 본 월말 평가 결과로 반 아이들이 막 바뀐 참이었다. 그런 곳에 마야가 들어오다니……. 아즈미는 입술을 깨물었다.

마야에게 학원에서의 자기 캐릭터를 보여 줄 수는 없었다. 아오이처럼 명랑하고 예쁜, 학교의 중심에 있을 것 같은 아이와 같은 캐릭터로 대등하게 지내는 모습을 들킨다면 부끄러워서 죽고 싶을 것 같았다. 다행히 수업이 시작된 뒤에도 아오이는 나타나지 않았다.

"아즈미, 오늘은 기운이 없어 보이네. 하긴 아오이가 아랫반으로 내려가서 그렇겠구나."

수학 선생님의 말을 듣고서야 어떻게 된 일인지 알아차렸다. 지난번에 월말 평가를 망쳤다고 하더니……. 아오이와 다른 반이 된 것은 처음이었다. 아즈미는 아오이와 떨어진 게 무척 슬프면서도, 한편으로는 마야와 둘이서 마주치지 않게 되었다는 사실에 마음이 놓였다.

"그럼, 복습 문제를 풀어 봅시다."

수업이 끝날 때쯤, 선생님이 시험지를 나눠 주었다. 아즈미는 진지하게 문제를 풀었다. 시험 결과는 바로 발표되었다. 아즈미는 87점을 받아서 이등을 했고, 마야는 65점을 받아 십등을 했다.

"60점 이하는 남으세요."

선생님의 말에 기준점을 넘지 못한 아이들이 비명을 질렀다. 아즈미는 좋은 성적을 얻고도 충격을 받았다. 마야가 65점을 받으리라고는 생각지 못했던 것이다. 학원 시험과 학교 시험은 레벨이 완전히 달랐다. 학원에서 이 정도 수준의 문제를 풀 수 있다면, 학교에서 내 주는 숙제 따위는 여유롭게 풀 수 있을 터였다. 그런데 마야는 왜 가나에나 메구미에게 숙제를 보여 주지 않는 걸까?

"커트라인만 겨우 넘겼네."

마야가 천진난만한 목소리로 말을 걸었다.

"아즈미, 진짜 공부 잘한다. 87점이라니! 역시 머리가 좋구나."

마야가 자연스럽게 말을 걸어와서 나란히 복도를 걷게 되었다. 지나가면서 보니 아오이네 교실은 이미 텅 비어 있었다. 아즈미는 마야와 함께 계단을 내려갔다. 도중에 갑자기 마야가 사과를 했다.

"아즈미, 오늘 일 미안해."

아즈미는 학원에서 그런 얘기 따위는 듣고 싶지 않았다.

"탈의실에서 호노카를 감싸 준 거잖아. 대단하다고 생각했어. 호노카가 진짜 안쓰럽긴 했지. 가나에랑 메구미를 말리지 못해서, 미안."

"괜찮아."

아즈미는 이제 와서 자기만족을 위한 사과를 받아 본들, 하고 속으로 마야를 비웃었다. 그런데 마야는 용서를 받았다고 생각했는지 다짜고짜 가나에를 흉보기 시작했다.

"가나에가 좀 자기중심적이야. 우린 사실 가나에, 별로 좋아하지 않아. 이건 비밀인데……. 나만 그런 게 아니라 리쓰코랑 메구미랑 셋이 따로 있는 대화창에선 가나에 짜증 난다는 얘기도 하고 그래."

아즈미는 조심스럽게 듣고만 있었다.

"있잖아, 너도 채팅 어플 쓰지? 같이할래?"

요즘은 다들 채팅 어플로 대화를 주고받는다는 걸 알고 있지만, 아즈미는 아직 휴대폰조차 갖고 있지 않았다.

"진짜?! 그럼 학원 끝나고 집으로 돌아갈 때 어떻게 해?"

마야는 마치 희귀한 동물이라도 본 듯한 표정이었다.

"어떻게 하나니, 무슨 말이야?"

"엄마한테 전화해서 데리러 오라거나 하지 않아?"

"역에서 버스 타면 아파트 앞까지 가니까. 엄마가 데리러 온 적은 없는데?"

"아, 그렇구나. 너는 아무튼 가나에랑 집이 가깝지?"

'아무튼'이라니? 무슨 뜻일까? 친하지도 않은데, 혹은 전혀 다른 성향이라는 의미일까?

1층에 막 도착했을 때 누가 "아즈미!" 하고 불렀다. 안내 데스크 앞 소파에 아오이가 앉아 있었다.

"수업이 늦게 끝났네?"

아즈미는 마음이 찡하면서도 기뻤다. 일단은 아오이가 기죽어 보이지 않아서 안도했다. 한편으로는 학원 친구랑 명랑하게 수다 떠는 모습을 마야에게 들키고 싶지 않아서 불안하기도 했다. 마야가 의외로 싹싹한 성격인 데다 자신을 무시하지 않는다는 걸 알고 처음 느낀 두려움은 옅어졌지만, 그래도 가나에 무리에게 학원에서의 자기 모습을 들키고 싶지는 않았다. 아오이는 호기심 어린 표정으로 마야를 보며 미소를 지었다.

"새로 온 친구?"

아오이는 역시 붙임성이 좋았다. 그래서 아즈미와도 금방 친해졌다.

학교에서도 아마 같은 캐릭터로 지낼 터였다. 아즈미는 아오이에게 마야를 소개했다.

"응, 나랑 같은 반인 이다 마야. 다른 센터에서 여기로 옮겨 왔대."

아오이는 아즈미가 모르는 연예인의 이름을 대며 진짜 닮은 것 같다고 신나게 떠들어 대더니 마야에게 직접 물었다.

"어느 센터에서 왔어?"

그사이에 세 사람은 학원 건물 밖으로 나와 나란히 걸었다.

"니시혼마치 센터."

마야가 대답하자 아오이가 한층 더 흥분해서 말했다.

"진짜? 내 친구들, 거의 다 거기 다니거든. 나, 니시혼마치 초등학교라서."

"아……."

아즈미는 마야가 긴장하는 걸 얼핏 느꼈다. 아까부터 마야는 아오이와 미묘하게 거리를 두었다. 말수도 눈에 띄게 적어졌다. 당당한 태도로 사람을 대하는 기가 센 아이라고 생각했는데, 의외로 낯을 가리는 섬세한 아이인지도 몰랐다. 아즈미가 학교에서 조용한 캐릭터라는 사실을 밝힐 낌새도 보이지 않았다. 아즈미는 마야가 은근히 마음에 들었다.

아오이가 니시혼마치 센터에 다니는 자기 학교 아이들의 이름을 몇 명인가 꺼내며 물었다.

"……미안, 잘 모르겠어. 기억력이 나빠서."

"아, 아쉽네. 분명히 우리 학교 남자애들은 마야를 알고 있을 텐데.

너무 예쁘니까 말이야."

마야는 아오이가 주책맞아 보일 정도로 칭찬을 해도 그다지 기뻐하지 않았다. 그런 말을 하도 많이 들어서 익숙해진 걸까? 셋은 함께 전철을 타고 집으로 돌아갔다.

다음 날 아침, 아즈미가 학교에 가자 마야가 현관에서 기다리고 있었다.

"아즈미."

조금 당황했지만, 한편으로는 기뻤다.

"안녕, 무슨 일이야?"

마야가 몇 걸음 다가오더니 불쌍할 만큼 달달 떨면서 말했다.

"아즈미, 좀 이상한 부탁이긴 한데……."

"무슨 일인데?"

"가나에랑 메구미한테 내가 입시 준비하고 있다는 거 비밀로 해 줄 수 있을까 해서."

"아, 응."

아즈미는 마야의 마음을 순식간에 이해했다. 마야는 친하게 지내는 아이들 중에서 자기만 사립 중학교로 진학한다는 것을 비밀로 하고 싶은 것이다. 그 기분이 뭔지 알 것 같았다.

"오케이. 알았어, 알았어."

아즈미는 마야를 안심시키기 위해 고개를 크게 끄덕여 보였다.

"고마워."

마야는 그렇게 속삭이며 부드러운 미소를 지었다. 이 말을 하려고 일찍 와서 기다린 걸까?

"마야마야!"

큰 소리가 들려서 돌아보니 가나에와 아이들이 현관으로 우르르 들어오고 있었다. 가나에는 마야를 '마야마야'라고 불렀다. 정해진 아이들만 그런 식으로 부를 수 있었다. 그곳이 마야가 속한 곳이었다. 친구가 부르자마자 마야는 아즈미에게서 금방 멀어졌다.

그다음 주에 학원에서 여름 특강 시간표를 나눠 주었다. 특강반의 레벨 테스트를 위한 시험 범위도 알려 주었다.

"지금부터 선생님이 훌륭한 격언을 말할 테니까 귓구멍 크게 열고 잘 들어. 바로 '여름 방학을 지배하는 자가 입시에서 성공한다.'는 말인데……."

항상 농담만 하는 과학 선생님이 엄격한 얼굴로 그럴듯한 말을 했지만 짓궂은 남자애들은 그저 농담 따먹기를 하느라 바빴다.

"17차를 지배하는 자가 입시에 성공한다.'는 말인데……."

아즈미는 페트병을 손에 들고 광고를 따라 하는 남자애 때문에 웃고 말았다. 마야도 피식 웃었다. 그 뒤에도 맥도날드를 지배하고, 지우개를 지배하고, 아이들의 농담은 끝이 없었다.

"그게 뭔 소리야!"

선생님마저 웃음을 터뜨리는 바람에 교실은 금세 폭소에 휩싸였다. 역시 학원이 학교보다 훨씬, 훨씬 재미있었다. 아즈미는 이미 수백 번이나 생각한 것을 새삼스럽게 떠올렸다. 학원에서는 질문도 잘했고 성적도 톱이었다. 시험 성적이 좋으면 "역시 아즈미!" 하면서 선생님이 모두가 보는 앞에서 아낌없이 칭찬해 주었다. 노력한 만큼 점수로 나타나서, 모두에게 인정받을 수 있는 세계였다.

아즈미는 마야 또한 학교와 학원을 다른 세계로 분리해 놓고 있다는 걸 알고 무척이나 기뻤다. 마야는 학원에서의 아즈미를 깨끗하게 받아들였다. 마야도 학교에서보다 활기차 보였다. 선생님을 놀리는 데 동참하면서 익살맞은 면모를 보이기도 했다. 무엇보다 가나에 무리에게 입시 준비를 숨기고 있다는 사실을 알고 나서는 부쩍 친근감을 느꼈다. 아즈미는 마야가 니시혼마치 센터보다 이곳을 더 마음에 들어 했으면 좋겠다고 생각했다.

이곳의 최상위반 남자애들은 선생님을 우습게 여기는 게 아니라 함께 장난을 치며 즐겁게 수업 분위기를 만들어 갔다. 학교의 남자애들보다 이야깃거리도 풍부해서 재미있었고, 착실히 노력하는 모습이 보여서 존중감이 일었다. 남녀를 불문하고 서로가 서로를 라이벌로 인식했다. 학교 대신 학원을 매일 다니고 싶을 정도였다.

웃음이 끊이지 않던 과학 수업이 끝난 뒤, 아즈미는 마야와 같이 화장실에 가려고 밖으로 나왔다. 그런데 복도에 아오이가 서 있었다.

"아즈미, 공부하다 뭐 좀 물어볼 게 있어서. 이리 좀 와 봐."

아오이가 어리둥절해하는 아즈미의 손을 잡아끌며 빠른 걸음으로 계단을 내려갔다. 왠지 모르지만 마야를 피하는 듯했다. 다른 학년 아이들이 수업을 받는 층으로 내려가 복도 구석까지 가자 단둘만 남아 있게 되었다.

"뭐야, 왜 그래? 물어보고 싶은 게 뭔데?"

"사실 물어보고 싶은 게 아니라 말하고 싶은 게 있어. 이렇게 하지 않으면 걔가 따라올 것 같아서. 이다 마야 말이야. 왜 니시혼마치 센터에서 이쪽으로 옮겨 온 줄 알아?"

아즈미는 순간적으로 듣고 싶지 않다고 생각했다.

"커닝했대."

마치 흥미로운 일이라도 되는 것마냥 신이 난 표정으로 귓속말을 하는 아오이의 얼굴을 보고 싶지 않았다.

"우리 학교 애한테 들었는데, 그걸 들켜서 다들 무시하니까 그만둔 거래. 입시를 포기한 거 아니냐는 소문이 돌았다는데, 아무도 몰래 우리 센터로 옮긴 건가 봐. 애들이 다 고개를 절레절레 내젓던데."

"대박이다, 진짜……."

아즈미는 맞장구를 치는 자기 목소리가 타인의 것처럼 아득하게 들려서 마음이 얼어붙는 듯했다.

"아즈미, 너도 조심하라고. 가까이 앉게 되면 답지를 잘 숨겨. 안 그러면 걔가 커닝할지도 모르니까."

"응, 알았어."

늘 그렇듯이 따분한 학교 수업이 시작되었다. 3교시와 4교시에는 수영 수업도 있었다. 하늘이 몹시 흐렸다. 아즈미는 티셔츠 위에 카디건을 걸쳐 입었다. 아무리 싫어도 수영복을 입어야겠지. 그리고 호노카의 수영복을 또 봐야 할 터였다.

'여름 방학까지만 참자. 수영 그까짓 거, 앞으로 몇 번만 더 하면 되잖아.'

아즈미에게는 그 '몇 번'이 영원처럼 길게 느껴졌다. 게다가 여름 방학이라 해도 이제는 진짜 '방학' 같은 날은 하루도 없을 터였다. 그동안 의욕적으로 공부했던 게 거짓말이었던 것처럼 지금은 학원이나 입시 따위에 별 신경을 쓰고 싶지 않았다. 뭐가 어떻게 되든 다 모르겠고, 그냥 잠만 자고 싶었다. 아직 아침인데도 그랬다. 밤에 공부하는 시간을 늘렸더니 매일 조금씩 졸린 상태로 지냈다.

아즈미는 가방을 책상에 올리고 그 위에 엎드려 눈을 감았다. 교실은 늘 그렇듯이 떠들썩했다. 가까이 다가와 걱정하거나 다독여 주는 아이는 아무도 없었다. 아즈미는 조용히 얼굴을 들고 가방 안에 든 것을 느릿느릿 꺼내기 시작했다. 새삼스럽게 이 가방을 선택하길 잘했다는 생각이 들었다. 머리를 대고 엎드려도 모양이 흐트러지지 않았다. 귀여운 장식 하나 달려 있지 않은 채 그저 평범했는데, 지금으로선 그것이 오히려 더 좋았다.

원래는 인조 다이아몬드가 장식된 스타 퍼플이라는 브랜드의 가방을 갖고 싶었지만 엄마가 단호하게 반대했다.

"너는 얼굴이 못나서 그렇게 화려한 건 안 어울려."

'얼굴이 못났다'는 말은 엄마의 입버릇이었다. 얼굴이 못났으니 이런 걸 입어라, 저런 걸 사라, 착실히 공부해라……. 옆에서 그 말을 엉겁결에 들은 가나에 엄마가 '아니야, 아즈미 정도면 예쁘지.'라고 살짝 귀엣말을 해 주었던 적도 있다. 아즈미와 가나에가 한창 친하게 지내던 때였다. 물론 아즈미는 동물적인 감각으로 그 말이 거짓이라고 생각했다.

"겉만 번지르르한 빛 좋은 개살구보다 이 가방이 훨씬 더 품질이 좋아. 평생 쓸 가죽 제품인데, 장인이 직접 만들어서 엄청 튼튼하잖아. 모처럼 할머니가 사 주신다고 하니까 이 가방으로 하자."

아즈미는 엄마 의견을 순순히 받아들였다. 엄마가 고른 가방이 실제로 훨씬 비쌌다. 어린 마음에도 비싼 게 더 좋을 거라고 막연히 생각했다. 그때 크게 소리 내어 울었더라면 무언가가 바뀌었을까? 화려한 걸 사고 싶어, 나도 예뻐지고 싶어, 라고 소리쳤다면? 나 자신을 부끄러워하지 않는, 그런 사람이 되었을까?

초등학교 입학식 날, 교통안전을 위해 노란색 덮개를 나누어 주면서 일 년 동안 책가방에 씌우고 다니라는 안내를 받았다. 모든 아이의 책가방이 노란색으로 바뀌었고, 장식이나 자수도 덮개로 가려져 버렸다.

2학년이 되어 덮개를 벗길 무렵에는 책가방의 색깔이나 장식을 신경 쓰는 아이가 아무도 없었다. 지금 와서 생각하면 색깔이나 장식이 어떻든 책가방은 그저 가벼울수록 좋을 뿐인, 교과서와 학용품을 들고 다니기 위한 물건일 뿐이었다. 그러니 이 부드럽고 튼튼한 가방을 산 것은 옳은 결정이었다.

아즈미가 그런 생각에 빠져 있는데, 누군가 타박타박 발소리를 내며 다가와 말을 걸었다.

"아즈미, 도와줘."

"연산 문제 말이야?"

"응, 그거. 해 왔지?"

가나에와 메구미였다. 아즈미는 지난주에 수영장에서 그런 일이 있었는데, 이런 부탁을 잘도 한다는 생각에 둘을 물끄러미 쳐다보았다. 메구미가 뭔가 깨달은 듯이 한숨을 푹 내쉬더니 애써 불쌍한 표정을 지었다.

"설마 지난번 일 때문에 아직 화나 있는 거야? 안미안미!"

그 모습을 보고 가나에가 웃음을 터뜨렸다.

"안미안미? 그게 뭐야!"

"우리 엄빠가 쓰는 말."

둘은 동시에 웃음을 터뜨렸다.

"자, 이거."

아즈미는 웃음기 없는 얼굴로 준비해 둔 공책을 내밀었다. 둘은 고맙다고 말하며 급히 공책의 숫자를 베꼈다.

"있잖아. 앞으로는 마야한테 보여 달라고 하는 게 어때?"

아즈미는 호흡을 가다듬어 최대한 자연스러운 어투로 말하려고 노력했다.

"뭐라고? 잠깐만 기다려!"

"지금 좀 바쁘거든!"

둘은 아즈미의 말을 듣는 둥 마는 둥 하며 숙제를 다 베끼고는 볼일이 끝나자 서둘러 자리에서 일어났다.

"아, 끝났다!"

"땡큐!"

아즈미는 단호하게 말했다.

"이제부터 너희 친구한테 도와 달라고 해."

"뭐? 우리……, 친구 아니었어?"

가나에가 새된 목소리로 과장되게 말하자 메구미가 깔깔 웃었다.

"아즈미, 아직도 몸에 털이 많다고 얘기한 거 때문에 화내는 거야?"

메구미가 큰 목소리로 떠들어 댔다. 아즈미는 손바닥으로 팔을 감 쌌다. 이렇게 더운 날에도 매일같이 카디건을 입는 이유를 다른 아이 들은 상상조차 하지 못할 터였다.

"미안, 미안."

"메구미가 사과했으니까, 이제 괜찮지?"

"그래, 화해하자."

'사과하면 다야? 내 몸도, 호노카의 수영복도 너희랑은 아무 관계 없잖아. 상관도 없는 일을 일부러 들추고……. 그럴 작정이 아니었어 도 눈에 보이는 대로 아무렇게나 지껄여 놓고. 그렇게 사람을 깔보고 조롱하면 기분이 좋니? 너희가 그렇게 나오는데, 나나 호노카가 반응 을 안 할 수가 없잖아. 그걸 보면서 또 웃다니 비겁해. 너희는 너무 비 겁하다고!'

아즈미는 속이 부글부글 끓었지만 결국 한마디도 하지 못했다. 그 저 가나에와 메구미가 멀어져 가는 걸 말없이 바라만 보았다. 머리로 피가 몰리는 것 같았다. 자기가 싸움을 걸면 그 순간부터 괴롭힘이 시 작되겠지. 그러면 유이나 지호가 자기편을 들며 감싸 줄까? 기대하기 힘들었다. 그 아이들은 가나에의 눈이 무서워 모른 척하다가 뒤에서 몰래 미안하다며 사과를 하겠지. 자기 주위에 있는 사람은 결국 그저 그런 약자들뿐이었다.

얼마 전에 엄마가 물었다.

"너희 반, 분위기가 엉망진창이라던데 진짜야?"

아즈미는 아무 대꾸 하지 않고 속으로만 생각했다. 진짜고말고. 완전히 망했어. 우리 반은 정말 최악이야.

후지오카 선생님이 교실로 들어왔다. 아이들은 인사를 하고 평소처럼 숙제를 걷기 시작했다. 아즈미는 가나에와 메구미의 공책이 걷혀서 쌓여 있는 걸 보자 심장이 벌렁벌렁 떨렸다. 엄청난 일을 저질러 버렸다는 생각과 어디 한번 쓴맛 좀 보라는 마음이 교차했다.

둘이 베껴 쓴 답은 모두 오답이었다. 1보다 작은 분수 3개를 곱한 것의 답이 백을 넘는 등 말도 안 되는 숫자를 써 놓았다. 스스로 계산도 못하고 바보처럼 숫자만 베끼는 둘을 비웃어 줄 생각이었는데, 이제는 너무 겁이 나서 다 털어놓고만 싶어졌다. 선생님이 공책 더미를 들고 교실 밖으로 나갔다.

아무것도 모르는 가나에와 메구미는 언제나처럼 모여서 시시덕거리며 춤을 추었다. 이렇게 자그마한, 심지어 기간이 정해져 있는 왕국에서 서열을 매긴 인형을 가지고 줄 세우기 놀이를 하는 듯이 보였다. 휴대폰 속 비밀 대화창에서 가나에를 흉본다고 했던 세 아이는 밝게 웃으며 손뼉을 치고 있었다.

과연 후지오카 선생님은 이 일을 알아차리게 될까? 설령 알아차린다고 한들 저 두 아이에게 어떻게 된 일이냐며 따져 물을 수 있을까?

너무 바쁜 나머지 눈치채지 못할 수도 있다. 알아차리고도 못 본 척 지나갈 수도 있고.

거기까지 생각이 미치자 마음이 조금 진정되었다. 그러나 잔잔해진 마음은 곧 거울이 되어 자신의 나약함을 비춰 보였다. 멋지게 복수했다고 생각할 배짱도 없었고, 호노카를 제대로 감싸지도 못했으며, 터질 듯한 분노를 내비치지도 못한 자신을.

아즈미는 속으로 되뇌었다.

'어차피 이런 건 다 지나가는 거야. 입시만 치르고 나면, 여기에 있는 애들이랑은 완전히 다른 세계로 갈 거야.'

엄마가 한 말 중에 딱 하나 틀린 것이 있었다. 평생 가는 책가방 따위는 존재하지 않는다. 그저 한 시기에만 쓸 뿐이다. 언젠가 이 순간도 어떠했는지 상관없는 시절이 될 것이다. 그런 확신이 들었다.

그러나 무시하면 할수록 이 시절의 왕국은 눈부시게 빛나며 아즈미를 가두었다. 이 순간의 삶이 곧 전부이고, 다른 시간 따위는 없다는 듯이 압박해 왔다. 아즈미는 산소가 부족한 물고기처럼 필사적으로 자신이 속할 곳을 찾아 퍼덕거렸다.

TV 프로그램 이야기로 한창 떠들던 유이와 지호는 아즈미가 다가가자 자연스레 날씨 이야기로 화제를 바꾸었다.

"오늘은 수영하려나?"

"수영 진짜 싫은데. 난 그냥 구경만 했으면 좋겠어."

아즈미는 자기 말에 동조해 주는 아이들의 따뜻한 미소가 참 보잘것없다고 생각했다. '어차피 이런 건 다 지나가는 거야.'라고 큰소리칠

수 있는 것은 그 애들이 바로 지금 옆에 있어 준 덕분이라는 것을, 아
즈미는 미처 깨닫지 못했다.

언젠가는, 드래건

아침 6시 15분, 길을 걷던 요타가 바지 주머니에서 손바닥만 한 크기의 디지털 온도계를 꺼냈다. 28.2도였다. 밖에 나온 지 십 분도 채 되지 않았는데, 벌써 이마에 진득하게 땀이 배어 나왔다. 점점 더워질 터였다. 요타는 집 근처 대학교의 운동장에서 열리는 라디오 체조에 참여하러 가는 중이었다.

"요타, 오늘도 일등으로 왔구나."

운동장에 도착하자 밀짚 씨가 말을 걸었다.

밀짚 씨는 학교 운영 위원회의 임원이다. 누구의 엄마인지는 몰라도 요타에게 자주 말을 걸었다. 늘 리본이 달린 밀짚모자를 쓰고 있어서 남몰래 '밀짚 씨'라는 별명을 붙였다. 어느새 사람들이 속속 모여들어 라디오 체조가 시작되었다.

♪ 팔을 앞에서부터 위로 올리면서 높이 뻗어요. 참 잘했어요!

요타는 라디오에서 흘러나오는 지시에 따라 팔을 높이 들어 올렸다. 아침의 청량한 공기를 들이마시고 내쉬었다. 스피커 음량을 끝까지 올려서인지 가끔씩 찢어지는 듯한 소리가 났다.

어쨌거나 맑게 갠 푸른 하늘이 눈부셨다. 체조를 마친 뒤에는 스무 명 정도 되는 아이들 사이에 섞여서 출석 도장을 받기 위해 줄을 섰다. 자신의 차례가 되어 머리를 꾸벅 숙이며 카드를 내밀자 밀짚 씨가 반달눈으로 웃으며 말했다.

"요타, 대단해. 오늘까지 하루도 안 쉬었네."

요타는 입을 굳게 다물고 고개를 끄덕였다. 칭찬을 받을 때 어떤 얼굴을 하는 게 좋을까? 엄마나 선생님 외의 어른과는 어떻게 이야기를 나눠야 하는지 도통 잘 모르겠다.

"우아, 하루도 안 빠지고 전부 다 나왔어요?"

밀짚 씨랑 잘 아는 파마 씨가 흥미로운 듯이 말을 걸었다.

"응, 요타는 작년에도 개근했대."

"세상에, 정말 훌륭하네. 우리 애는 아직 쿨쿨 자고 있는데."

"우리 애도 마찬가지야. 어제 밤늦게까지 TV를 봤으니 일어날 리가 있나."

"엄마는 이렇게 열심인데 말이야."

"내 말이 그 말이야."

밀짚 씨와 파마 씨는 쾌활하게 이야기를 나누며 요타에게 카드를 돌려주었다. 카드에는 출석 도장이 꽉꽉 채워져 있었다.

요타는 바닥의 조약돌을 툭툭 걷어차며 길을 걸었다. 이제 무얼 하면서 시간을 보내지? 학교에서 방학 동안 운영하는 수영 수업과 방과 후 프로그램은 지난주에 다 끝났다. 이미 여름 방학 숙제도, 자율 탐구 보고서도 다 해 버렸다.

그저께 도서관에서 돌아오는 길에 우연히 레이토를 만나 게임 센터에 갔는데, 구경만 해서 그런지 별로 즐겁지 않았다. 레이토가 또 가자고 했지만 다시 갈 생각은 없었다.

작년까지는 지역 아동 센터에 가면 또래 친구를 만날 수 있었다. 그러나 6학년이 된 후로는 아동 센터에 고학년 아이들은 거의 없었다. 1학기 종업식 다음 날에도 가 보았지만 저학년 아이들만 바글바글했다. 놀이방 구석에서 책을 읽다가 날아오는 고무공에 머리를 맞기까지 했다. 공을 던진 아이는 요타와 눈이 마주치자 그대로 굳어서 울 것 같은 표정을 지었다. 그날 이후로 아동 센터에도 가지 않았다.

문득 교내 알림판이 눈에 들어왔다. 사실 어제부터 그곳에 뭔가 신경 쓰이는 게 있다는 걸 의식하고 있었다. 대학생을 위한 알림판이니까 자신과는 상관없는 일일 거라고 생각해서 일부러 못 본 척하며 지나쳤다. 그런데 오늘은 왠지 알 수 없는 힘에 이끌려 알림판 앞으로 다가가 멈춰 섰다.

거기에는 처음 보는 복잡한 모양의 거대한 종이접기 작품 사진을 인쇄한 종이가 붙어 있었다.

"앗, 드래건이다."

~~~~

〈ORI엔탈 판타지〉

매력 넘치는 종이접기의 세계로 오세요.

기초부터 응용까지 함께 접어 봐요.

초보자 대환영!

· 일시 : 8월 3일, 오후 1시

· 장소 : 학생 회관 B동 105호실

· 주최 : ORI엔탈 판타지

~~~~~

8월 3일이면 바로 오늘이었다. 요타는 넋을 잃고 드래건을 한참 동안 바라보았다. 눈을 그려 넣은 것도 아닌데, 이쪽을 노려보고 있다는 확신이 들었다. 대체 종이를 몇 장이나 써서 만들었을까? 어떻게 조립한 거지?

예전에 할머니랑 종이학을 접은 적이 있었다. 할아버지가 입원했을 때 병실에서 함께 접었다. 요타 혼자서 사백 개가 넘는 학을 접은 뒤 그것을 끈으로 연결했다. 주위 사람들은 아이 혼자서 그만한 양을 접었다는 사실에 놀라워했지만, 요타는 그저 종이를 계속해서 접었을 뿐이었기에 오히려 사람들이 놀라는 게 신기했다.

시간과 장소를 잊지 않으려고 반복해서 읊조렸다. 이따 가 봐야지. 숨길 수 없는 기대감으로 광대가 자꾸 솟아올랐다. 무엇보다 갈 곳이 생겨서 기뻤다.

요타는 아파트 현관문을 열기 전에 작은 목소리로 "다녀왔습니다."

하고 말했다. 안쪽에 '문단속! 불조심!'이라고 쓴 종이가 붙어 있는 무거운 문을 조심스레 여닫았다.

집 안은 언제나처럼 고요했다. 커튼이 쳐져 있어서 몹시 어두침침했다. 요타는 냉장고 문을 열어 잠시 냉기를 느낀 뒤 우유와 식빵 봉지를 꺼냈다. 탁자 위에는 엄마가 만들어 놓은 도시락이 놓여 있었다. 도시락은 점심에 먹을 생각이었다.

우유와 빵으로 아침을 간단하게 때워서 그런지 속이 헛헛했다. 요즘 요타는 항상 배가 고팠다. 먹어도 먹어도 채워지지 않는 느낌이었다. 성장기라서 그런 걸까? 매일같이 고기가 먹고 싶었다.

거실에 가서 선풍기를 켰다. 엄마가 옆방에서 자고 있기 때문에 일부러 TV는 켜지 않았다. 오래된 에어컨에서 달달거리는 소리가 들려왔다. 요타는 조심스럽게 서랍을 열었다. 서류와 학용품이 뒤섞여 있는 서랍은 덜거덕덜거덕 요란한 소리를 냈다. 손을 뻗어 안쪽 깊숙한 곳에 처박혀 있는 색종이 다발과 종이접기 책을 꺼낸 뒤 손가방에 도시락과 함께 챙겨 넣었다. 재작년 크리스마스 때 아빠가 사 준 소형 게임기도 챙겼다.

시민 회관은 아침 9시면 문을 열었다. 구립 도서관과 지역 아동 센터는 9시 30분, 복합 커뮤니티 센터는 10시가 되어야 했다. 온도계를 꺼내 보니 31.2도였다. 아직 7시 24분밖에 되지 않았다. 오늘은 몇 도까지 오를까?

요타는 손가방을 들고 현관문을 나섰다. 보관대에서 자전거를 꺼낸 다음 그 위로 올라탔다. 학교로 가는 길에 늘어선 아파트 단지 안쪽에 넓은 공원이 있는데, 공원 한쪽 구석에 화재 감시대 모양으로 만든 목조 시설이 있었다.

사다리를 타고 이층으로 올라가면 좀 좁기는 해도 아이 한 명이 앉기에는 충분한 공간이 나왔다. 바람이 잘 통하는 데다 전망도 꽤 좋았다. 낮에는 어린아이들로 북적였지만, 아침과 밤 시간에는 아무도 없어서 이곳을 비밀 기지로 이용하는 중이었다.

게임기의 전원을 켜자 뿅뿅, 익숙한 소리와 함께 화면이 밝아졌다. 작은 괴물 캐릭터가 에너지원이 되는 색색의 공을 먹으면서 차츰 거대해지는 게임이었다. 스테이지가 올라갈수록 공을 구하기가 어려웠다. 하지만 요타는 점점 복잡해지는 스테이지를 차례차례 깨고 그만큼 더 강해지는 적을 하나하나 해치웠다. 이 게임만큼은 완벽하게 파악하고 있었다. 마지막 스테이지를 이미 열네 번이나 뚫었다. 보너스 스테이지까지 속속들이 다 꿰고 있었다. 일 년 반 동안 이것만 했으니까.

아빠와 이혼한 뒤 엄마는 밤낮으로 일했다. 요타네는 아빠 말마따나 전보다 '더 가난'해졌기 때문에, 엄마한테 새로운 게임을 사 달라는 말을 할 수가 없었다. 같은 게임을 계속해도 질리지 않았고, 딱히 새로운 걸 갖고 싶은 것도 아니어서 그럭저럭 괜찮았다.

그렇게 두 시간 정도 게임을 한 뒤 슬라이드 봉을 타고 땅으로 내려왔다. 그새 봉이 제법 뜨끈뜨끈해졌다. 온도계를 보니 32도까지 올라가 있었다. 자전거에 올라 페달을 밟았다. 구립 도서관이 문을 열 시각이었다.

도서관은 일단 시원해서 좋았다. 책 냄새도 참 근사했다. 문을 연 지 고작 십 분이 지났을 뿐인데, 방학이라 그런지 아침부터 혼잡했다. 공부하러 온 학생도 많았다. 요타는 곧장 이층으로 향했다. 안쪽에 어린이 책 서가가 있는데, 카펫이 깔려 있어서 바닥에 털썩 주저앉아도 되었다. 어제 읽다 만《붉은 드래건 마법사 이야기》를 찾아서 손에 들고는 한쪽 구석의 둥근 의자에 앉아 읽기 시작했다.

요타는 '마법의 시간 여행' 시리즈나 '쾌걸 조로리' 시리즈처럼 그림도 있고 글자도 큰 책을 좋아했다. 그러다 올여름에는 글로만 된 책도 큰따옴표 안의 대화를 읽는 것만으로도 대충 문맥이 이해가 된다는 걸 깨달았다. 그래서 '델토라 왕국', '퍼시 잭슨과 올림포스의 신', '해리 포터' 시리즈 등 그림이 거의 없는 두꺼운 책을 집어 들고 큰따옴표 안의 글씨가 춤추는 듯한 부분을 중점적으로 읽었다. 그 정도로도 내용이 웬만큼 파악이 되었고, 등장인물의 성격도 알아차렸다.

흡혈귀나 신, 혹은 마법사가 있는 세계를 상상하면 가슴이 두근거렸다. 신나게 모험을 하며 앞으로 죽죽 나아가는 주인공과 그 친구들이 한없이 부러웠다. 그렇다고 책 속 세계로 들어가고 싶은 것은 아니었다. 흡혈귀도, 오래된 신도, 마법사도 때로는 무서운 존재였다. 무엇보다 그 세계에는 엄마가 없으니까.

《붉은 드래건 마법사 이야기》도 판타지 소설이다. 주인공 알리는 요타와 동갑인 열두 살 소년으로, 모두가 잃어버린 '드래건과 대화할 수 있는 능력'을 가진 유일한 아이였다. 요타는 큰따옴표 안의 내용만 읽으며 알리를 쫓아갔는데, 마침내 환상의 블랙 드래건을 만나는 장면이 나왔다.

"내 비늘은 지금 앓고 있는 병 때문에 이런 색깔이다. 원래는 불꽃보다 더 붉은색이지."

요타는 아까 본 'ORI엔탈 판타지'의 포스터를 떠올렸다. 검게 빛나던 그 드래건! 그다음, 또 그다음 장면! 조급한 마음이 페이지를 넘기는 손가락을 보챘다. 시간이 얼마나 흘렀을까? 시계를 보니 어느새 12시 52분이었다. 급히 책장을 덮은 뒤 후다닥 발소리를 내며 계단을 내려갔다. 책을 읽을 때면 시간이 흐르는 걸 잊곤 했다.

"먼 옛날, 우리 종족은 비늘을 노리는 이들에게 쫓겨 허둥지둥 도망쳐야만 했다. 너도 그들과 한패일 테지."
드래건이 당장이라도 불을 내뿜을 듯이 적의를 드러내며 알리에게 말했다. 알리는 무서워서 몸을 움츠리면서도 큰 소리로 대답했다.
"나는 속해 있는 무리가 없어! 그리고 네 비늘 따위 갖고 싶지 않아!"

요타는 드래건이 알리를 덮치진 않을지 걱정이 되었다. 불을 뿜는 장면에서 1권이 끝났기 때문이다. 알리는 주인공이니까 괜찮을 거라고 생각하면서도 가슴이 쿵쿵 뛰었다.
하지만 별수가 없었다. 대출 카드가 없어서 책을 빌릴 수 없었으니까. 엄마에게 부탁하면 분명 대출 카드를 만들어 주겠지만 마음이 썩 내키지 않았다. 엄마를 도서관까지 데리고 가기가 싫었다. 그럴 시간이 있으면 일 분이라도 더 푹 자기를 바랐다.

자전거 페달을 열심히 밟아 아까 그 대학교로 향했다. 보관대에 자전거를 세운 뒤 안내도에서 학생 회관 B동을 찾아 힘껏 뛰었다. 대학교는 상상한 것보다 더 넓었다. 방학이라 교내가 한산해서 더 넓게 느껴지는 걸지도 모르겠다. 요타는 땀으로 흠뻑 젖은 채 허겁지겁 학생 회관 B동에 도착했다.

대학교 강의실에 들어가는 것은 처음이었다. 여유가 있었다면 망설이다가 들어가기를 포기했을지도 모르지만, 시간이 촉박해서 문을 열고 무작정 안으로 뛰어 들어갔다. 휑하니 넓은 강의실에는 책상과 의자가 엄청나게 많았다. 커다란 칠판이 달린 교단 앞에 남자 세 명이 서 있었다. 많은 사람들이 모여서 왁자지껄하게 떠들며 즐겁게 종이접기를 하고 있을 거라 생각했는데…….

요타는 멀뚱히 서서 남자들을 바라보았다. 장소나 시간을 착각한 줄 알고 다시 밖으로 나가려는데, 키가 크고 둥근 은테 안경을 낀 남자가 인사를 건넸다. 뒤이어 머리가 덥수룩한 남자가 교단에서 내려와 요타 쪽으로 걸어왔다.

"어떻게 왔니?"

덥수룩 머리가 조금 쑥스러운 듯한 얼굴로 물었다. 요타가 우물쭈물하자 은테 안경이 정중한 어투로 다시금 질문했다.

"혹시 종이접기하러 온 거니?"

요타는 그제야 고개를 크게 끄덕였다.

"아, 어쩔 거야? 초등학생이 왔잖아."

교단에서 움직이지 않고 있던 통통한 남자가 킬킬거리며 웃었다.

요타는 자신이 환영받지 못하고 있다는 걸 느끼고 시선을 바닥으로 떨구었다. 덥수룩 머리가 통통이한테 나무라는 듯한 말을 하자 은테 안경이 점잖게 둘을 달랬다. 요타의 마음은 순식간에 딱딱하게 굳어 갔다.

덥수룩 머리가 씁쓰레한 미소를 지으며 입을 열었다.

"사실 우리가 종이접기 동호회를 만들었는데, 부원이 이 세 명밖에 없거든. 그래서 신입생 환영회를 하려고 한 건데……. 신청자들이 갑자기 취소를 해 버려서 이러고 있는 거야."

알 듯 모를 듯한 얘기였지만, 아무튼 요타가 생각한 것과는 매우 달랐다.

"그래서 우리도 슬슬 돌아가려던 참이었거든. 게시물에 정확하게 쓰지 않아서 미안한데, 이 모임은 대학생을 위한 거야."

요타는 몸을 돌려 강의실 밖으로 뛰어나갔다. 뒤이어 덥수룩 머리의 목소리가 들려왔지만 애써 뒤를 돌아보지 않았다.

요타는 여름 방학 동안 하루도 쉬지 않고 라디오 체조에 참여해서 개근상 메달과 공책, 그리고 볼펜을 상품으로 받았다. 밀짚 씨가 아주 큰 목소리로 칭찬해 주었다. 방학 마지막 날 밤에도 여느 때처럼 혼자 집에 있었다. 엄마가 만들어 준 야키소바를 먹으며 TV 퀴즈 프로그램을 보았다.

그러다가 퍼뜩 생각이 나서 손가방에 넣어 둔 색종이를 꺼냈다. 예전에 할머니가 자주 만들었던 구스다마(같은 모양으로 접은 부품을 여러

개 모아 조립해서 만드는 공 모양의 종이접기.─옮긴이)를 만들어 볼까 싶었다. 종이를 접어 백합꽃 모양과 비슷한 원뿔을 만들고 그 앞부분을 한데 모아 실로 이으면 완성이었다.

원뿔을 접는 것은 별로 어렵지 않았다. 하지만 원뿔 하나하나가 모두 중요한 부품이어서, 접는 선이 1밀리미터도 어긋나지 않도록 정교하게 만들어야만 했다. 요타는 한참 동안 원뿔을 만드는 데 열중했다.

드디어 개학을 했다. 2학기 첫 등교일, 아침부터 공기가 끈적끈적하고 태양이 번쩍번쩍 빛났다. 요타는 교문 앞에서 레이토를 만났다.

"여름 방학 어땠어?"

레이토가 물었다.

요타는 이런 질문을 받으면 일단 당황스러웠다. '어땠어?'라는 질문에는 대체 뭐라고 대답해야 하는 걸까? 방학 기간 중의 무엇에 관해서 어땠냐고 묻는지 알 수가 없었다. 레이토는 요타의 대답을 기다리지 않고 먼저 이야기를 꺼냈다.

"난 진짜 힘들었어. 아빠가 억지로 가라고 해서 학원의 여름 방학 특강을 들었는데, 갑자기 도립 중학교 입시를 보라는 거야. 누나는 떨어질 게 뻔하다고 날 아주 바보 취급을 했지만. 결국 떨어진다 해도 중학교 가서 할 공부에 도움이 될 거라면서 이것저것 해 놓으라는 거 있지? 진짜 이번 방학 때는 공부만 했다니까! 거의 죽, 는, 줄. 진짜로!"

힘들었다는 둥, 죽을 뻔했다는 둥 하면서도 레이토는 왠지 자랑하는 기색이 역력했다.

"나, 나는, 종이접기로 구스다마를 만들었어."

"구스다마? 그게 뭐야, 만들기 숙제?"

"아니, 그건 아니고."

요타는 종이접기를 만들기 숙제로 내도 되겠다는 생각에 눈이 번쩍 뜨였다. 자율 탐구 혹은 만들기 중 하나를 선택해서 특정 주제에 관한 보고서를 작성하거나 작품을 만들어서 제출하는 숙제가 있었다.

사실 요타는 풀숲에서 본 매미 허물을 점묘화로 그린 걸 제출할 생각이었다. 점묘화는 요타의 특기 중 하나였다. 그런데 구스다마를 제출해도 되는 셈이었다. 할머니가 자주 만들던 동그란 구스다마를 교실 뒤에 장식할 상상을 하자 갑자기 기분이 좋아졌다. 만들기 숙제 제출일은 다음 주여서 아직 시간이 넉넉했다.

"우리 엄마 말로는 너, 계속 라디오 체조 나갔다면서?"

"응, 매일 나갔어."

"진짜? 매일? 대박! 우리 누나가 6학년씩이나 돼서 라디오 체조를 할 애는 없다고 했거든."

"매일 온 건 나뿐이었어."

"공부도 좀 해야지. 안 그러면 남들보다 뒤처져."

갑자기 레이토가 앞으로 고꾸라질 듯이 휘청였다.

"야, 뭐야! 이 대갈통은."

뒤에서 나타난 것은 리쿠오와 사토시, 그리고 후미야였다. 리쿠오는 여름 방학 동안 키가 제법 자란 듯했다. 3반에서 가장 키가 큰 아이는 요타였는데, 어쩌면 자리가 바뀔지도 모르겠다.

"아, 이거…… 누나가 이런 거야."

리쿠오에게 떠밀려 두세 발짝 앞으로 나간 레이토가 자세를 고쳐
서며 쑥스러운 듯이 웃었다.

"진짜 촌스러워!"

리쿠오가 레이토를 손가락질하며 배를 잡고 웃었다. 사토시와 후미
야도 따라 웃었다. 요타는 아까 레이토를 봤을 때 분위기가 좀 달라
진 것 같다고 느꼈을 뿐 그게 뭔지 확실히 알아차리진 못했다. 듣고 보
니 머리 색깔이 이전과 달랐다. 금발은 아니었지만 기묘하게 밝은색이
었다.

"누나가 시킨 거라고……. 무슨 사진을 찍겠다면서. 어차피 도립 중
학교에 원서 낼 때는 머리카락을 잘라야 하니까, 그때 다시 염색하면
된다는 거야. 난 별로 하고 싶지 않았는데."

요타는 레이토가 다른 애들한테 설명하는 걸 무심히 듣다가 주머니
에서 온도계를 꺼냈다. 29.8도, 점점 더 더워질 터였다.

교실에 들어가자 레이토는 더욱더 주목을 받았다. 요란하기 짝이
없는 가나에 무리가 모여들어서, 사회 부적응자 같다는 둥 촌구석 양
아치 같다는 둥 하면서 놀려 댔다. 레이토는 그런 관심이 즐거운 듯 함
께 웃고 있었다.

요타는 눈으로 호노카를 찾았다. 교실이 이렇게 시끄러울 때, 그 애
가 어떤 표정을 짓는지 확인하고 싶어서였다. 그런데 화장실에 갔는지
아무리 둘러봐도 보이지 않았다.

문득 자신이 '외톨이'라는 생각이 들었다. 왜 이런 일로 모두가 깔깔
웃는 것인지 알 수가 없었다. 외톨이라는 사실이 새삼스레 자기에게

별 의미가 있는 건 아니지만, 그것이 엄마를 슬프게 만들고 힘들게 한다는 걸 알고 있어서 괜스레 미안했다.

언젠가 아빠에게 "다른 사람의 마음을 전혀 모른다고!"라는 말을 들은 적이 있었다. 그 순간 엄마는 "얘는 누구보다 잘 알고 있어요!"라고 되받아쳤다. 그때는 부모님이 이혼하기 전이었다. 더 오래된 기억 속에서도 아빠가 엄마에게 소리치며 화를 낸 적이 있는데, 그때도 역시 요타 때문이었다. 무슨 일이었는지는 뚜렷이 기억나지 않지만, 자신이 어떤 문제를 일으켜서 엄마가 학교에 불려 갔을 때였다.

그날 밤 아빠가 엄마에게 고래고래 소리를 질렀다. 요타는 잠결에 아빠가 '네가 잘못 키워서', '저놈은 이대로라면' 같은 말을 하며 엄마를 탓하는 소리를 확실히 들었다. 엄마가 소곤소곤 작은 소리로만 대답해서 이야기의 전체 내용을 알 수는 없었다. 아무튼 아빠가 자기를 어딘가로 데려가려 하자 엄마가 반대하는 것 같았다. 요타는 이불 속에서 몸을 잔뜩 웅크렸다.

그 후 엄마가 몇 차례 학교에 들러 선생님과 이야기를 나누었다. 언젠가 함께 집으로 돌아오던 길에 엄마가 말했다.

"요타는 지금 그대로도 괜찮아. 엄마는 그런 요타를 정말 사랑해."

어차피 지금의 자신 말고 다른 요타는 없는데……. 엄마가 참 희한한 말을 한다고 생각했다. 그 말보다는 엄마 눈에 그렁그렁 맺혀 있던 투명한 막이 요타를 바짝 긴장시켰다. 금방이라도 물이 되어 흘러넘칠 것 같아서 보고 있는 것만으로도 심장이 두근두근 뛰었다. 요타는 온 힘을 다해 엄마를 구해 주고 싶었다.

시간이 좀 더 흘러 초등학교 4학년이 되었을 때, 요타는 부모님이 헤어지기로 했다는 이야기를 들었다.

"너, 이대로라면 엄마랑 같이 살게 되는 거야. 지금보다 더 가난해지는 건데, 그게 좋아?"

요타는 아빠의 질문을 제대로 이해하고 싶었다. 여느 때와 달리 무척 중요한 말을 들은 것 같았기 때문이다.

"야, 뭐라고 대답을 해."

요타의 머릿속은 물음표로 가득했다. '이대로라면'이라는 말은 아직 확실히 정해지지 않았다는 뜻일까? 자기가 잘하면 엄마와 아빠가 헤어지지 않는다는 뜻일까? '엄마랑 같이 살게 되는 거'라는 말은 아빠만 집을 나간다는 뜻일까? 아니면 엄마와 자신이 나가야 한다는 뜻일까? '더 가난해지는 거'라는 말은 지금도 가난하다는 뜻일까?

요타는 지금껏 자신이 가난하다고 생각해 본 적이 없었다. 더 가난해진다면 어떻게 되는 걸까? TV에서 본 외국 아이들처럼 쓰레기 산에서 음식을 뒤지는 생활을 하게 되는 걸까? 쓰레기 산이 우리나라에 있기는 한 걸까?

그때 갑자기 귀가 뜨겁게 달아올랐다. 무슨 일이 일어났는지 알 수 없었다. 요타는 양손을 귓가에 대고 바닥에 주저앉았다. 난생처음 아빠한테 맞은 것이었다. 엄마와 요타에게 큰 소리를 자주 내곤 했지만 손찌검을 하지는 않았는데. 아빠도 놀란 듯 넋이 나간 표정이었다.

엄마는 지금껏 한 번도 들어 본 적 없는 큰 소리로 아빠에게 화를 내며 울부짖었다. 곧이어 아빠가 요타를 가리키며 소리쳤다.

"이놈은 다른 사람의 마음을 전혀 모른다고!"

엄마는 요타를 와락 끌어안았다.

"애는 누구보다 잘 알고 있어요!"

요타는 얼얼한 귀로 엄마의 쿵쾅대는 심장 소리를 들었다.

"……브라질이 되었습니다."

요타는 후지오카 선생님의 목소리에 정신이 번뜩 들었다. 브라질이라니, 대체 무슨 얘기지? 다른 아이에게 물어보려는데 종소리가 크게 울렸다. 뒤이어 스피커에서 교장 선생님의 목소리가 나왔다. 개학식을 하는 모양이었다. 브라질 얘기도, 교장 선생님 얘기도 머릿속에 하나도 들어오지 않고 그저 귓가를 스칠 뿐이었다.

요타에게는 이런 일이 잦았다. 무언가를 떠올리거나 생각하고 있을 때면 시간이 어그러져 고스란히 날아가 버렸다. 그래서 지금 당장 진행되는 화제를 따라가지 못했다. 교실 창가 마지막 줄 자리에서 멍하니 운동장을 내려다보고 있는데, 앞자리에 앉은 아이가 빈 종잇장을 전달했다. 무슨 종이일까? 요타는 주변을 두리번거렸다.

"쌤, 맞선제로 하는 거 아니었어요?"

가나에가 큰 소리로 선생님에게 물었다. 이건 또 무슨 소리지? 요타가 따라가지 못하는 사이에 담임 선생님까지 바뀌어 있었다. 예전의 이쿠타 선생님은 요타와 눈을 맞추는 일이 별로 없었는데, 후지오카 선생님에게서는 뭔가 보살핌을 받는 듯한 기분이 들었다.

요타가 혼자 있으면 가까이 다가와 "어때?"라든가 "괜찮아?" 하고 물어보았다. 그러면 어떻게 대답해야 할지 몰라서 입안에서 웅얼거리다 말곤 했다. 그냥 가만히 내버려 두었으면, 다른 아이들과 똑같이 대해 주었으면 좋겠다는 생각이 들었다. 이쿠타 선생님처럼.

"여러분, 1학기 때 조사했던 거 기억나요?"

선생님이 묻자 가나에가 다 들으라는 듯이 중얼거렸다.

"기억 안 나는데."

처음 가나에와 같은 반이 되었을 때만 해도 어떻게 선생님한테 그토록 막무가내로 굴 수 있는지 의아했지만, 이제는 익숙해져서 아무렇지도 않게 느껴졌다. 그냥 누구에게나 그런 식으로 말하는 아이였다. 요타는 그저 가나에의 목소리가 맑고 예쁘다고 생각했다.

"그때 자리 바꾸기를 제비뽑기로 할지, 맞선제로 할지 조사를 했어요. 제비뽑기를 희망하는 사람이 많아서 이번에는 그걸 적용하기로 한 거고요."

"헐! 진짜요?"

사토시가 큰 소리를 낸 게 기폭제가 되어 교실 안이 급작스레 소란스러워졌다. 지금까지는 쭉 맞선제로 자리를 정해 왔다. 남학생 전원이 교실 밖으로 나가면 여학생이 각 줄의 오른쪽 자리를 골랐다. 그다음에 여학생이 복도로 나가면 남학생이 들어와 각 줄의 왼쪽 자리를 골라 앉았다. 마지막으로 여학생이 들어와 자기 자리에 앉으면 누가 옆자리인지를 알게 되는 셈이었다. 그래서 가나에와 메구미는 늘 앞뒤로 붙어 앉았고, 맨 앞에는 호노카가 앉는 걸로 고정되다시피 했다.

"오늘은 선생님이 추첨으로 자리를 정할 생각이에요. 그 전에 여러분의 NG 포인트를 알고 싶어요."

누군가 "NG 포인트래. 개구려." 하고 말하며 킥킥 웃는 소리가 들려왔다. 대체 뭐가 웃긴 거지? 요타는 도무지 알 수가 없었다.

"NG 포인트란, 시력이 나빠서 되도록 앞쪽 자리가 좋다든가, 혹은…… 항상 어떤 아이와 가까이 있었으니까 이번엔 다른 친구와 앉아 보고 싶다든가, 아니면 어떤 아이 옆에 있으면 공부하는 데 방해를 받아서 꼭 바꾸고 싶다든가……. 그런 걸 말하는 거예요."

"그, 런, 거."

장난치기 좋아하는 사토시가 선생님 말투를 따라 하자 키득키득 웃음소리가 퍼져 나갔다. 선생님도 이제 이런 분위기에 익숙해졌는지 별다른 반응을 보이지 않았다.

"지금 나눠 준 종이에 써서 제출하면 참고할게요."

선생님 말이 끝나기 무섭게 가나에가 투덜거렸다.

"아, 진짜……. 쓸 게 없는데!"

아이들은 메모를 하는 둥 마는 둥 하다가 차례로 일어나 선생님에게 종이를 내밀었다. 자리에서 일어난 김에 멋대로 다른 아이한테 가거나 교실 뒤로 가서 장난을 치기까지 해서, 교실 안은 쉬는 시간인 것마냥 와자지껄하게 시끄러워졌다.

요타는 주위를 신경 쓰지 않고 자리 바꾸기의 NG 포인트를 적었다. 중요한 일이라고 생각해서 신중하게 쓰느라 가장 늦게 제출했다. 뒤에서 재촉하는 소리가 들리더니, 누군가 손을 뻗어 종이를 가로채려 했다. 요타는 깜짝 놀라서 순간적으로 그 손을 뿌리쳤다. 그 서슬에 떠밀린 아이가 쾅, 하는 소리와 함께 바닥에 넘어졌다. 후미야였다.

"뭐야, 쪽팔리게!"

"바닥에 자빠진 것 좀 봐."

리쿠오와 사토시가 후미야를 손가락질하며 비웃었다. 후미야는 괜찮은지 살펴지도 않고 곧장 요타의 종이에 손을 뻗었다. 사토시가 종이를 잽싸게 낚아채서 읽어 보더니 흥미 잃은 얼굴로 곧장 돌려주었다. '저는 뒷자리를 희망합니다. 키가 큰 제가 앞에 앉으면 뒤에 앉은 사람이 칠판을 볼 수 없기 때문입니다.'라고 적었다.

요타에게는 매우 중요한 NG 포인트였다. 앞에서 두 번째 자리에 앉았을 때 뒷자리의 아이에게서 "안 보이잖아.", "뒈져.", "꺼져!" 같은 소리를 들은 적이 있기 때문이었다. 자 모서리로 등을 쿡쿡 찌르며 집요하게 굴어서 참다못한 요타가 그 아이 책상을 홱 밀치며 고함을 지른 일도 있었다.

그때 그 아이가 바닥으로 넘어지는 바람에 요타만 교장 선생님에게 불려 가서 혼쭐이 났다. 연거푸 죄송하다고 사과하는 엄마를 본 이후, 요타는 항상 제일 뒷자리를 희망했다.

리쿠오와 사토시는 요타가 쓴 쪽지 내용에 실망한 듯이 어딘가로 홱 가버렸다. 바닥에 쓰러진 후미야에게 다가간 것은 뜻밖에도 호노카였다.

"후미야, 괜찮아?"

요타는 호노카를 보면 어쩐지 안심이 되었다. 어려운 상황에 처한 사람을 지나치지 않고 곧장 다가가 걱정하는 호노카가 마치 선생님 같았다. 후미야는 머리를 손으로 짚은 채 천천히 일어난 뒤 호노카를 무시하고서 요타에게 괜찮다며 웃어 보였다. 키가 큰 요타가 혹시라도 정수리에 혹이 나거나 피가 묻어 있지는 않은지 주의 깊게 살피자 후미야는 조금 불안한 얼굴로 미안하다며 사과를 했다.

호노카는 후미야에게 보건실에 가 보는 게 어떻겠느냐고 물었다. 요타는 NG 포인트를 쓴 종이를 선생님께 제출하면서 후미야가 넘어지면서 바닥에 머리를 찧었다고 알렸다. 선생님은 눈살을 찌푸린 채 교실을 둘러보았다. 정작 후미야는 리쿠오랑 사토시와 함께 시시덕거리고 있었다.

"괜찮아 보이네."

선생님은 그렇게 말한 뒤 NG 포인트가 적힌 종이 뭉치를 교탁에 탁탁 쳐서 정리하고는 교실을 나갔다.

개학날 마지막 시간은 인계 훈련이었다. 교실 밖 복도에는 아이들을 데리러 온 보호자들이 줄지어 서 있었다. 보호자가 줄 선 순서대로 아이의 이름과 얼굴을 확인한 뒤 서명을 하고 집으로 데려갔다. 데리러 오는 사람이 없는 요타는 늘 마지막까지 교실에 남아 있었다. 그런데 오늘은 뜻밖에도 엄마가 복도에 와 있었다.

"어어?!"

요타는 깜짝 놀라 자리에서 벌떡 일어섰다. 괴상한 소리를 지르는 바람에 아이들이 뒤돌아보며 킬킬 웃었다. 제일 환하게 웃고 있는 사람은 엄마였다. 아이들의 웃음소리는 요타의 귀에 하나도 들리지 않았다.

"자, 모두 조용히 하세요. 요타, 엄마가 오셨으니 앞으로 나오렴."

요타는 큰 소리로 대답하고 앞으로 나갔다. 다른 아이들이 했던 것처럼 "다케이치 요타입니다." 하고 이름을 말하는데 자꾸만 마음이 간질거렸다. 엄마가 선생님이 들고 있는 명부에 서명을 했다. 난생처음 해 보는 인계 훈련이었다.

"깜짝 놀랐어?"

교문을 나설 때 엄마가 재미있었다는 듯이 빙그레 웃으며 물었다.

"깜짝 놀랐지! 학교에 올 거라는 말 안 했잖아!"

"쉿! 조용히, 조용히. 미안해, 놀라게 해서. 엄마도 아까 갑자기 생각이 나서 휴가를 쓴 거야. 여름 동안 열심히 했으니까 가끔은 괜찮겠지, 뭐. 점심 먹고 가자."

"진짜? 괜찮아?"

"그럼, 라멘 먹으러 가자."

"우아! 오늘 되게 좋은 날이다!"

"응, 엄마도 요타랑 지낼 수 있어서 정말 좋아."

온도계를 보지 않아도 35도를 훌쩍 넘어섰다는 걸 알 수 있을 만큼 무더웠다. 요타는 엄마 손을 잡고 주택가 골목의 그늘을 따라 걸었다. 매미 울음소리가 자못 시끄러웠다.

점묘화를 그릴 때 매미에 관한 설명을 덧붙이느라 도서관에서 책을 찾아본 적이 있었다. 매앰매앰은 참매미, 지잉지잉은 기름매미, 쓰름쓰름 하고 우는 것은 쓰름매미다. 푸르게 반짝이는 여름의 빛깔이 요타의 마음을 구석구석 채워 주었다.

그날, 집에 돌아와 저녁을 먹으려는데 전화벨이 요란하게 울렸다. 밝은 목소리로 전화를 받던 엄마 목소리가 점점 낮아졌다.

"죄송하지만 저희 아이 얘기도 좀 듣고 싶어서요."

전화를 끊은 엄마의 얼굴이 조금 창백했다.

"요타, 오늘 후미야하고 무슨 일 있었어?"

엄마는 화가 나거나 슬픈 게 아니라 당혹스러운 듯한 표정을 지었다. 그제야 학교에서 있었던 일이 떠올랐다.

"아, 그건가? 그때 일 말이야?"

"그때라니?"

"후미야가 넘어져서 바닥에 머리를 찧었던 것 같아."

"맞아, 병원에 다녀왔다나 봐."

"병원에?"

"집에서 막 토해서…… 병원에 가서 여러 가지 검사를 받았대."

요타는 쾅 하는 소리가 떠올라 불현듯 무서워졌다.

"요타가 그런 거야?"

"응."

"왜?"

"그때는 내가……, 그러니까 NG 포인트를 쓴 종이를 빼앗길 것 같아서. 후미야가……, 머리를 진짜 찧은 거구나. 그때 쾅 하고, 내가 들었어. 쾅 소리가 나서, 난, 나는…….”

요타는 '그것'이 왔다는 걸 알아차렸다. 마음속이 부지깽이 같은 걸로 마구 헤집어져서 이러지도 저러지도 못하는 느낌. 심장이 터질 것처럼 뛰기 시작하면 늘 '그것'에 둘러싸였다. 입만 벙긋벙긋했다. 목소리가 제대로 나오지 않았다. 투명한 솜 같은 것이 목구멍을 꽉 틀어막는 듯한 느낌이 들었다. 숨이 가빠졌다.

"나, 나, 나는……."

"요타, 괜찮으니까 진정해. 후미야는 검사해 보니까 아무 문제 없었대. 괜찮다고 했어. 그러니까 안심해."

몸속에서 온 힘이 빠져나가는 것 같았다.

"요타에게도 뭔가 사정이 있었겠지. 그래도 후미야가 다친 건 사실이니까 '일부러 그런 건 아니지만 미안해.' 하고 사과하러 갈까?"

"응."

"후미야네 집, 어딘지 알지?"

"알아, 근데 엄마는……."

요타는 엄마가 걱정되었다. 엄마는 낮에는 슈퍼에서, 밤에는 빵 공장에서 일했다. 전에 한번 공장에서 잘릴 뻔한 적이 있었다. 요타에게 독감이 옮아서 공장을 일주일 이상 쉬었더니, 공장장이 다른 사람을 고용한 것이었다. 그때는 동료들이 공장장에게 말을 잘해 줘서 해고가 철회되었다.

"일 때문이라면 괜찮아. 후미야한테 사과한 다음에 요타를 집에 데려다준 뒤 자전거 타고 휙 가면 늦지 않게 갈 수 있어. 자, 빨리 가자."

두 사람은 곧장 후미야네 집으로 향했다. 오늘은 두 번이나 엄마와 함께 길을 걸었다. 그렇지만 기분은 완전히 달랐다. 학교에서 돌아오는 길에는 탱탱볼처럼 경쾌하게 튀어 오르던 마음이, 지금은 누름돌보다도 더 무거웠다.

아무 말 없이 걷던 엄마가 천천히 입을 열었다.

"후미야를 밀게 된 이유를 요타가 제대로 설명하는 거야."

요타는 고개를 끄덕였다. 누군가 자신의 말을 기다릴 때 '그것'이 오곤 했다. 그래서 말을 하려고 해도 실패하기 일쑤였다. 그렇지만 이번에 제대로 말하지 않으면 엄마가 난처해질 게 뻔했다.

후미야네 집은 여름 방학 동안 요타가 자주 들락거렸던 화재 감시대가 있는 공원을 둘러싼 아파트 단지에 있었다. 초인종을 누르자 후미야 엄마가 깜짝 놀란 얼굴로 나왔다.

"어머, 요타 엄마! 무슨 일이에요. 이렇게 찾아오지 않으셔도 되는데. 야근하느라 바쁘시잖아요."

후미야 엄마가 카랑카랑한 목소리로 덧붙였다.

"후미야, 좀 나와 봐. 요타가 사과하러 왔어."

곧이어 덜거덕덜거덕 소리가 나면서 복도의 미닫이문이 열리더니 후미야가 나타났다. 요타 엄마가 상체를 조금 굽혀 후미야와 눈을 맞추었다.

"후미야, 미안해. 많이 아팠지?"

"괜찮아요."

후미야가 요타의 눈을 피하며 가느다란 목소리로 말했다. 요타도 얼른 사과하려 했지만, 타이밍을 잡지 못해서 꿔다 놓은 보릿자루처럼 멀뚱히 서 있었다.

"정말 괜찮으니까 걱정 마세요. 밤이 늦었는데 얼른 들어가셔야죠. 이렇게 일부러 집까지 찾아와 주셔서……."

후미야 엄마가 상황을 정리하는데 요타 엄마가 갑자기 끼어들었다.

"후미야, 요타가 아줌마한테 자세한 얘기를 해 주지 않아서 말이야. 후미야에게 왜 이런 일이 생긴 건지 아줌마한테 설명 좀 해 줄래?"

후미야 엄마의 얼굴이 미묘하게 굳었다. 후미야는 난처한 얼굴로 자기 엄마를 보더니 시선을 떨구고서 아무 말도 하지 않았다.

몇 초간 침묵이 흘렀다. 후미야 엄마가 딱딱한 목소리로 말했다.

"저기요, 요타 엄마. 우리 애가 뭘 어쨌다는 거예요?"

"아뇨, 그런 게 아니라……."

"유감스럽게도 몸집이 작은 우리 애는 댁의 아드님처럼 덩치 큰 아이한테는 무서워서 아무 짓도 못 해요. 후미야, 그렇지?"

요타 엄마가 황급하게 말했다.

"그런 게 아니에요. 요타가 후미야 머리를 어쩌다 다치게 한 건지 이유를 알고 싶었을 뿐이에요."

"이유요? 그런 건 댁의 아드님한테 물으면 되잖아요."

"요타, 엄마한테 말해 줄래?"

엄마가 요타의 등에 손을 살며시 얹었다.

"후미야 말로는 요타가 갑자기 떠밀었다고 했어요. 그냥 떠밀었다고."

엄마는 요타를 잠자코 바라보았다. 아니면 아니라고 말하라고, 왜 후미야를 다치게 한 건지 이유를 말해 달라는 눈빛을 보냈다.

결국 요타에게 '그것'이 왔다. 호흡이 빨라졌다. 마음속에서 소용돌이가 일었다. 아픈 것 같기도 하고, 가려운 것 같기도 했다. 까슬까슬한 감촉이 마음속을 휘저었다. 누가 혀를 굵다란 손가락으로 붙잡고 있는 것처럼 도무지 말이 나오지 않았다.

후미야 엄마가 작심한 듯이 말을 이었다.

"요타 엄마, 아이를 믿는 것도 중요하지만 현실을 정확하게 파악해야 하는 것 아닌가요? 예전부터 요타가 갑작스럽게 난폭해질 때가 있다는 이야기가 종종 돌았어요. 1반 엄마한테서는 글쎄, 3반 분위기가 엉망진창이라는 말도 들었고요. 수업 시간에 부모들이 돌아가면서 참관을 해야 하는 것 아니냐는 이야기도 나오는 상황이에요. 요타 엄마는 무슨 요일에 학교에 나올 수 있어요?"

"죄송해요. 전 평일은 좀……."

"하루 정도는 일정을 맞추시면 어떨까요? 하필이면 이런 일도 생겼는데……. 아이가 어떻게 지내는지 좀 살펴봐야겠다는 생각이 안 드세요?"

엄마가 곤혹스러운 얼굴로 고개를 숙이자 참기 힘들어진 요타가 큰 목소리로 말했다.

"죄, 죄, 죄……."

목구멍이 꽉 막혀서 죄송하다는 말을 할 수가 없었다. 슈퍼의 생선 코너에서 일하는 엄마는 평일에 휴가를 내기가 몹시 어려웠다.

그때 후미야가 갑자기 큰 소리로 외쳤다.

"나, 이제 하나도 안 아파. 그러니까 제발 그만해, 이런 거!"

요타는 후미야 눈에서 눈물이 뚝뚝 떨어지는 걸 보고서 당황했다. 아프지 않다면서 왜 우는 걸까? 갑자기 후미야가 가엾게 느껴졌다.

후미야네 집에서 나와 공원 옆 큰길을 걷는데 엄마가 불쑥 이렇게 말했다.

"아무래도 엄마가 실수를 한 것 같아."

가로등 불빛이 비쳐 노랗게 빛나는 엄마 얼굴에 옅은 그림자가 드리워졌다.

"후미야 엄마 앞에서 후미야에게 그런 식으로 물어보는 게 아니었어. 이럴 때는 보통 뭘 좀 들고 방문하는 건데, 엄마가 생각이 부족해서."

"엄, 엄마는……."

요타는 엄마에게 부족하지 않다고 말해 주고 싶었다.

"그래도 요타, 무슨 일이 있었던 건지 말해 주지 않으면 엄마는 알수가 없어. 요타가 아무 이유 없이 후미야를 밀칠 리가 없잖아. 엄마는 그럴 리 없다는 걸 아니까 이 상황이 이해가 되지 않아."

요타는 아무 말 없이 캄캄한 땅바닥을 보면서 걸었다. 묵묵히 걸어서 아파트 단지 앞에 도착하자 엄마가 자전거에 올라탔다.

"엄마는 이제 일하러 갈게. 문단속 잘하고, 씻고 나서 몸이 식기 전에 얼른 자."

요타는 밤에도 땀이 날 정도로 열이 많았다. 그런데도 엄마는 늘 몸이 식기 전에 자라고 당부했다. 요타는 멀어지는 엄마의 뒷모습을 가만히 지켜보았다. 엄마는 점점 작아지다가 컴컴한 밤 속으로 아예 사라졌다. 요타의 마음속에 설명할 수 없는 뜨겁고 묵직한 통증이 일었다. 이미 수백 번도 넘는 밤을 혼자서 지냈지만 딱히 외롭진 않았다. 슬프지도 무섭지도 않았는데, 지금은 왠지 모르게 괴로웠다.

엄마는 낮에 슈퍼의 생선 코너에서 생선을 자르거나 포장하는 일을 했다. 한여름에도 핫 팩을 붙이고 일해야 할 만큼 추운 곳이지만, 계산원으로 일할 때보다 시급이 더 낫다고 했다.

오늘은 슈퍼 일을 쉬었지만 보통은 저녁 6시까지 일했다. 퇴근해서 집으로 잠깐 돌아와 요타와 같이 저녁을 먹은 뒤, 요타가 잠자리에 들 시각에 다시 빵 공장으로 출근했다. 그러니까 요타가 자는 동안에도 엄마는 일을 했다.

빵 공장의 일은 그날그날 다르다고 했다. 수백, 수천 개나 되는 빵 위에 깨만 계속 뿌리는 날이 있는가 하면, 비닐 포장만 하는 날도 있었다. 날마다 담당하는 일이 달라서 운이 좋은 날과 그렇지 않은 날이 있다나. 엄마는 슈퍼보다는 빵 공장의 일을 더 좋아하는 것 같았다. 친구도 더 많은 듯했고, 꽤 즐거운 표정으로 빵 공장 이야기를 해 주었다.

요타도 사람들이 줄지어 선 채 열심히 빵을 만드는 모습을 상상하면 왠지 기분이 좋아졌다. 폭신하게 부풀어 오르는 빵에서 좋은 냄새가 풍기는 듯했다.

그런데 얼마 전부터 남은 빵을 집으로 가져오는 게 금지되었다. 요타는 엄마가 가져온 빵 중에서 마음에 드는 걸 골라 아침으로 먹는 걸 좋아했기에, 그 얘기를 처음 들었을 때 몹시 실망했다. 하지만 늦은 밤까지 일하느라 지친 엄마를 보고 있으면, 그런 사소한 실망감을 겉으로 드러낼 수가 없었다.

다음 날, 요타는 평소처럼 혼자 일어나 소시지빵 두 개와 우유를 먹고 집을 나섰다. 조회 시간에 선생님이 새로 바뀐 자리 배치도를 나눠 주었다. 여기저기서 환성과 비명이 터져 나왔다.

"컴퓨터의 제비뽑기 프로그램을 이용해서 정했어요. 자, 지금부터 자리를 옮기도록 해요."

요타의 자리는 맨 앞이었다. 요타가 선생님을 부르며 손을 들자 모두의 시선이 집중되었다. 선생님은 무슨 말을 하려는지 안다는 듯이 고개를 끄덕였지만, 요타의 얘기를 굳이 들으려고 하지 않았다.

"요타, 먼저 자리를 옮기고 나서 이따가 선생님 자리로 와."

요타는 어쩔 수 없이 손을 내렸다. 모두 한꺼번에 움직이느라 교실 가득 소음과 먼지가 피어올랐다. 마침내 자리 배치가 끝났다. 요타 옆에는 가나에가 앉아 있었다.

"제일 앞줄이라니, 완전 최악이야."

가나에가 요타를 보며 한숨을 푹 내쉬었다. 가나에의 언짢은 표정을 본 요타도 마음이 불편했다. 뒷자리는 소스케, 대각선 뒷자리는 지호였다. 모두 이야기를 거의 나눠 본 적 없는 아이들이었다.

요타는 선생님에게로 다가갔다.

"무슨 일이니?"

"저, 저의 NG 포인트는……."

거기까지 말한 뒤 말문이 막혔다. 신생님이 눈빛으로 다음 말을 재촉했다.

"저는 뒷자리가 좋다고, 제가……."

"그래, 요타는 뒷자리가 좋다고 했지. 그 NG 포인트는 잘 읽었는데, 컴퓨터로 제비뽑기를 했더니 지금 자리가 나왔어. 맨 앞이지만 가장자리라서 칠판을 볼 때 방해받는 사람은 없을 거야."

선생님 말이 맞았다. 바로 뒤에 앉은 소스케의 자리에서도 칠판이 훤히 잘 보였다. 그래서 일단 안심하고 뒤돌아서는데, 선생님이 엄한 목소리로 요타를 불렀다.

"요타, 이럴 때는 선생님한테 뭐라고 말해야 하지?"

딱히 화가 난 얼굴은 아니었다. 다만 이 얘기를 꼭 해야만 한다고 생각하는 듯한 얼굴이었다. 요타는 '이럴 때'가 뭔지, 또 뭐라고 말해야 하는지 몰라서 곤혹스러웠다.

"'알겠습니다.'나 '감사합니다.'같이 뭐라도 좋으니까 소통을……. 음, 소통이란 건 상대방에게 자신의 생각을 전하는 거야. 자, 따라 해 봐. 알겠습니다!"

"알겠습니다."

요타는 선생님의 말을 따라 했다.

"이제부터 다른 사람한테 너의 생각을 제대로 전달하는 거야. 할 수 있지?"

선생님은 요타의 눈을 가만히 바라보았다.

수업이 끝난 뒤, 요타는 여느 날과 똑같이 돌을 차며 길을 걸었다. 무심코 힘주어 차는 바람에 돌이 오른쪽으로 튀어 연립 주택의 문에 맞았다. 그 근처 쓰레기장에 끈으로 묶인 신문지 뭉치가 놓여 있는 게 보였다. 요타는 주위에 사람이 없는 걸 확인하고는 신문지 뭉치에서 광고지 다발을 꺼냈다.

"저기."

요타는 뒤에서 부르는 소리에 깜짝 놀랐다. 아무리 쓰레기라도 주인의 허락 없이 함부로 가져가선 안 되는 거니까. 왠지 된통 혼날 것만 같았다.

"너, 말이야. 지난번에 종이접기 동아리에 왔지?"

얼굴을 보니까 기억이 났다. 대학교 강의실에 있던 덥수룩한 머리의 남자였다. 덥수룩 머리가 다짜고짜 사과를 했다.

"그때는 미안했어. 이후에 동아리 멤버끼리 회의를 했거든. 그래 봤자 그때 그 세 명이 전부이긴 한데……. 어쨌든 너 같은 초등학생이나 지역 주민들에게 종이접기를 가르쳐 주는 쪽으로 활동 방향을 틀기로 했어. 그래서 말인데……."

덥수룩 머리가 가방을 열고 손으로 더듬거리다가 뭔가를 찾았다.

"어? 이상하다. 어디 갔지……? 찾았다! 이거야!"

한참 동안 머리를 갸우뚱거리며 손을 놀리더니 가방에서 구깃구깃해진 종이를 꺼냈다.

"이건 시험 삼아 인쇄한 거긴 한데, 시간이랑 장소 확인해 보고 괜찮으면 오라고."

〰〰〰

〈종이접기 탐험대〉
매력 넘치는 종이접기 세계를 함께 탐험해요!
초보자부터 상급자까지, 즐겁게 만들어요!

· 참가비 : 100엔(재료비 포함)

· 일시 : 9월 7일, 오후 2시

· 장소 : 학생 회관 B동 105호실

※근처에 사는 초등학생도 대환영!

~~~~~

"종이접기 탐험대……?"

"어, 맞아, 이름 바꿨어. 'ORI엔탈 판타지'는 무슨 소린지 모르겠다는 의견이 있어서. 아이들한테도 잘 전달될 수 있게 '종이접기 탐험대'라고 정했어."

요타는 '초등학생도 대환영!'이라는 글자를 가만히 바라보았다. 그때 요타를 부르는 소리가 들렸다. 저만치 떨어진 사거리에 호노카가 서 있었다.

"요타, 같이 가자!"

호노카가 멀리서 외치자 덥수룩 머리가 빙긋 웃으며 말했다.

"저 친구도 데려와도 돼."

그러고는 인사하듯이 가볍게 손을 흔들고 자리를 떠났다.

덥수룩 머리와 자리를 바꾸듯이 호노카가 달려왔다. 왠지 모르지만 화가 난 듯한 얼굴이었다.

"지금 저 사람, 누구야? 너한테 뭐라고 그랬어?"

요타는 호노카가 종이접기를 어떻게 생각할지 몰라서 대답을 망설였다.

"모르는 사람하고 말하면 안 돼."

호노카가 단호한 얼굴로 하는 말을 듣고서야 무슨 일인지 이해가 되었다. 요타는 덥수룩 머리에 대한 오해를 풀어 주고 싶었다.

"그런 거 아니야. 종이접기 동아리 활동을 하는 대학생인데, 내가 여름 방학 때 종이접기 탐험대에 갔던 걸 기억해서…….

스스로도 깜짝 놀랄 만큼 말이 술술 나왔다.

"종이접기? 탐험?"

요타는 호노카가 호기심을 보이자 전단지를 펼쳐 보였다.

"이거."

전단지에는 종이접기 작품 사진이 몇 점 인쇄되어 있었다. 비록 흑백이었지만 쥐, 코끼리, 그리고 이전에 알림판에서 봤던 드래건까지…….

"종이접기를 가르쳐 주는 사람이구나. 머리 모양이 이상해서 수상한 사람인 줄 알았지. 넌 토요일에 시간 있어?"

"토요일은 왜?"

"종이접기하러 가는 거 아니야? 네가 가면 나도 갈래. 이거 만들어 보고 싶기도 하고."

호노카가 쥐를 가리키며 말했다. 종이접기를 한다고 비웃거나 놀리지도 않고 같이 가겠다고 하다니. 요타의 마음속에 서서히 기쁨이 차올랐다.

"나도 가려고."

"그럼 약속했다? 토요일 1시 50분에 대학교 중앙 정원에서 만나. 백

엔 꼭 갖고 오고."

호노카가 마치 대장이라도 되는 듯이 말했다. 요타는 기쁜 티를 내
지 않으려고 조심하며 찬찬히 고개를 끄덕였다.

집으로 돌아온 뒤에는 구스다마를 완성했다. 연립 주택의 쓰레기장
에서 주운 광고지를 알맞은 크기로 잘라서 모자란 원뿔형 부품을 만
들었다. 전부 서른네 개의 백합 모양 뿔을 모아서 바늘과 실로 이어 꿰
맸다. 꽤 힘든 작업이었다. 바늘로 구멍을 내다가 자칫 종이를 찢으면
전부 다시 만들어야 했기 때문이다. 마침내 구스다마를 완성했을 때
요타는 자기도 모르게 주먹을 불끈 쥐었다.

중간중간 광고지로 만든 원뿔이 들어가 있어서 색깔이 뒤죽박죽이
었지만, 빈틈없이 꼼꼼하고 야무지게 만들어서 꽤 그럴듯한 공 모양이
되었다. 축구공보다 조금 작은 크기의 구스다마를 손바닥에 올리자 가
볍고 따스한 느낌이 스며들었다.

월요일에 학교에 가져가 만들기 과제로 제출할 생각이었다. 호노카
는 물론이고 다른 아이들에게도 보여 주고 싶었다. 가능하다면 교실
천장에 장식으로 매달고 싶기도 했다. 구스다마가 두둥실 떠워진 교실
은 분명 유쾌하고 멋질 터였다.

요타는 실을 꺼내 필요한 길이로 자른 다음, 구스다마의 중앙부에
조심스럽게 구멍을 뚫고서 두 겹으로 겹친 실을 꿰었다.

구스다마를 본 엄마는 마치 아이처럼 폴짝폴짝 뛰며 좋아했다.

"요타, 정말 대단해! 이렇게 예쁜 구스다마를 만들다니!"

"이걸 교실 천장에 달 거야."

"와, 그렇게도 할 수 있구나. 우리 아들, 아이디어 뱅크네!"

엄마는 휴대폰 카메라로 구스다마와 요타의 사진을 찰칵찰칵 찍었다. 요타는 엄마가 웃으라고 할 때마다 쑥스러워서 입가가 더 굳었다. 엄마는 요타를 웃기려고 짐짓 간지럼을 태우며 사진을 몇 장이나 찍었다.

요타는 종이접기를 더 많이 하고 싶었다. 오랜만에 종이접기에 열중한 기쁨이 아직 손가락 끝에 남아 있었다. 그래서 덥수룩 머리한테 받은 전단지의 드래건을 보고 비슷하게 접어 보려고 했다. 접힌 부분을 자세히 관찰하고서 광고지를 큼지막한 정사각형으로 자른 다음, 드래건의 형태를 상상하며 차근차근 접었다. 할머니가 가르쳐 준 종이학 접는 방법을 응용하면서.

뿔은 어떻게 만들지? 날개는? 꼬리는? 전단지 속 사진과 일일이 비교하며 종이를 여러 번 접었다 폈다 했다. 전개도가 없으니 아무리 해도 그럴듯한 모양이 나오지 않았다. 구깃구깃한 광고지는 여기저기 찢어져 있기까지 했다. 결국 드래건과는 영 거리가 먼 기묘한 형상이 만들어졌다.

어떻게 해야 이걸 제대로 만들 수 있을까? 구스다마를 만들고 나서 마음속 엔진에 시동이 걸린 듯했다. 종이접기를 하고 싶다는 생각을 멈출 수가 없었다. 이토록 무언가 하고 싶은 건 태어나서 처음인 것 같았다. 요타는 종이접기 생각에 골몰한 채 하루하루를 지냈다. 틈날 때마다 덥수룩 머리에게서 받은 전단지를 펼쳐 보았다. 드래건 사진만

봐도 기분이 좋아졌다.

《붉은 드래건 마법사 이야기》에 나오는 알리의 이야기가 떠올랐다. 알리와 드래건은 서로 마음이 통했을까? 평소라면 다음 내용이 궁금해서 도서관에 갔을 테지만, 요즘은 종이접기가 하고 싶어서 학교가 끝나면 곧장 집으로 돌아왔다.

언젠가는 꼭 드래건을 만들고 싶었다. 종이만으로도 그렇게 복잡하고 멋진 것을 만들 수 있다고 생각하자, 가슴이 자꾸만 두근거리면서 신비로운 느낌마저 들었다.

마침내 토요일이 되었다. 요타는 구스다마를 손가방에 넣은 뒤 백엔짜리 동전을 손에 꼭 쥐고 약속 시간에 맞춰 대학교로 향했다. 호노카가 먼저 와서 기다리고 있었다. 호노카를 만나자마자 구스다마를 꺼내서 보여 주었다. 강의실에 도착할 때까지 도저히 기다릴 수가 없었다.

"와, 진짜 대단하다! 네가 만든 거야?"

호노카가 깜짝 놀라며 감탄했다. 요타는 기쁨이 차올라 마음이 간질거렸다.

"이거 만들기 과제로 낼까, 하고……."

"당연히 내야지! 선생님도 깜짝 놀라실걸? 학교 현관 앞에 장식될지도 몰라. 진짜 잘 만들었잖아. 이런 건 아무나 못 만들어!"

"너도 만들 수 있어."

"뭐? 진짜? 나도 만들고야 싶지."

"할 수 있어."

"그래? 어떻게 하는 건데? 가르쳐 줘."

"종이 서른네 장이 있어야 해."

"종이라면 많이 갖고 왔어."

호노카가 가방에서 종이 다발을 꺼내 보여 주었다. 요타는 '종이접기'라고 적힌 종이 다발을 보고 놀라서 눈이 휘둥그레졌다.

"그만큼 있으면 충분해. 그런데 부품을 실로 잇는 게 조금 어려워. 바늘로 잇다가 종이를 찢을 수도 있어서. 그것만 조심하면 돼."

"그럼 실로 잇는 곳만 네가 해 줄래?"

호노카가 부탁하자 요타가 고개를 끄덕였다.

"고마워. 하지만 내가 진짜 할 수 있을까? 너처럼 잘 만들지도 못하는데."

요타는 호노카가 자신 없어 하는 걸 보고 조금 당황했다. 호노카는 교실에서 제일 똑똑하고, 수업 시간에 발표도 가장 많이 하며, 항상 자신의 의견을 분명하게 말하는 아이였으니까.

"너라면 뭐든지 할 수 있어."

"에이, 그렇지 않아. 난 바보거든."

"너는, 뭐든지 할 수 있어."

요타는 마음을 담아 또박또박 말했다. 그 말을 들은 호노카의 눈 속에 무언가가 스쳐 지나갔다. 소용돌이처럼 빠른 빛이었다. 요타는 기적과도 같은 소중한 뭔가를 본 것 같아서 자기도 모르게 숨을 삼켰다.

"그럼, 한번 해 볼게. 고마워, 요타."

호노카의 눈가가 촉촉하게 젖어들었다. 요타는 오늘이 무척 좋은 날이라고 생각했다.

종이접기 탐험대는 여름 방학에 왔을 때와는 전혀 다른 분위기였다. 지역 아동 센터나 평생 학습관에 전단지를 붙인 모양인지, 아이들과 어른들로 북적거렸다. 요란하게 빛나는 빨간색 삼각 모자를 쓴 덥수룩 머리는 아이들에게 '종이접기 형'이라고 불렸다. 키 큰 안경 씨와 통통 씨도 똑같은 모자를 쓴 채 아이들에게 둘러싸여 있었다.

요타는 자기를 발견하고 손을 흔드는 통통 씨에게 다가갔다.

"너, 전에 왔던 애 맞지? 그때는 따로 준비한 게 없어서 헛걸음만 시켜 미안해. 오늘은 쥐 만들기 코스랑 코끼리 만들기 코스가 있는데, 어느 쪽이 좋아?

요전에 부루퉁했던 것과는 딴판으로 상냥하게 물었다.

"드래건이요. 전단지에 있는 이걸 만들고 싶어요."

"아, 드래건을 고를 줄이야. 이야, 이건 아무래도 좀 힘들 것 같은데."

안경 씨가 웃으며 말하자 호노카가 발끈해서 물었다.

"왜 힘들어요?"

"보다시피 이건 레벨이 꽤 높아. 200개 이상의 단계를 거쳐서 만들어야 하거든. 어찌어찌 만들어서 전시회에 출품했지만, 사실 만족할 만한 완성도도 아니었어."

아무튼 현재 요타의 실력으로는 만들 수 없는 레벨이라는 말이었다.

"그럼, 이 드래건을 직접 만든 거예요?"

"아니, 나는 이렇게 레벨이 높지 않아. 저 친구가 만든 거야."

안경 씨가 멀리서 유치원생들에게 종이접기를 가르치고 있는 덥수룩 머리를 턱끝으로 가리켰다. 저 사람이 드래건을 만들었다니! 갑자기 덥수룩 머리가 눈부시게 빛나 보였다.

"그럼 전 언제쯤 이렇게 만들 수 있어요?"

요타가 안경 씨에게 물었다.

"언제라고 대답하기는 좀……. 뭐, 초등학생이라고 해서 못 만들 건 아니지만, 완성하려면 어느 정도 경험치가 필요할 것 같은데."

요타는 실망감에 고개를 떨구었다.

"내 생각에 종이접기는 기술도 기술이지만 완성도가 중요하거든."

통통 씨가 안경 씨의 어깨를 짚더니 요타에게 물었다.

"혹시 이전에 뭔가 복잡한 종이접기를 해 본 적이 있어?"

"요타, 그거 보여 줘 봐."

호노카가 요타의 옆구리를 팔꿈치로 찔렀다. 호노카는 요타가 말귀를 알아듣지 못하고 멍하니 있자 손가방을 잡아채더니 구스다마를 조심스럽게 꺼냈다.

"오오!"

안경 씨가 큰 소리를 내자 사람들의 이목이 집중되었다. 덥수룩 머리도 그 소리를 듣고 구스다마를 보았다. 안경 씨가 부드러운 손길로 구스다마를 매만지며 유심히 살펴보는 사이에 통통 씨가 말했다.

"와, 좀 하는데! 이 구스다마, 꽤 어려운 거잖아. 실까지 매단 거야? 제대론데……. 너, 기하학적 감각이 좀 있구나? 부품 하나하나도 엄청 정성스럽게 만들었네. 이걸 다 혼자 했단 말이야?"

"초등학생이 이렇게까지 만들다니, 진짜 재능 있는걸."

안경 씨도 마침내 인정했다. 덥수룩 머리가 다가와 요타에게 물었다.

"복잡계 종이접기에 관심 있니?"

"있어요!"

요타는 스스로도 깜짝 놀랄 만큼 큰 소리로 대답했다.

"애가 드래건을 만들고 싶대. 네가 전단지에 올린 그거."

안경 씨가 말하자 덥수룩 머리가 눈을 반짝 빛냈다.

"그거 꽤 어려운데."

"단계가 200개나 되거든."

안경 씨가 알은체하자 덥수룩 머리가 고개를 저었다.

"아니, 275단계야. 게다가 반대쪽도 똑같이 접어야 해서 실제로는 350단계지. 드래건도 여러 종류가 있는데 이건 약간 어려운 축에 속해. 난 다음번에 가미야 사토시 씨(일본의 유명 종이접기 작가.─옮긴이)가 창작한 용신을 만들려고 하거든. 전개도대로 접어도 단계가 너무 복잡해서 잘 알아보지 못할 정도로 어렵긴 한데……, 선배가 삼 개월에 걸려서 만든 실물을 보니까 진짜 걸작이더라고. 뭐, 그건 그거고."

덥수룩 머리가 혼잣말처럼 중얼거리더니 요타에게 말했다.

"갑자기 드래건 만들기는 힘들 테니까 먼저 72단계가 필요한 쥐부터 만들어 봐. 그다음에 100단계인 피리 부는 사람을 만들고, 아코디언 접기에 익숙해지면 바이올린 연주자랑 피닉스를 만들면 돼. 그다음 차례가 드래건이야."

"그렇구나……."

요타가 고개를 끄덕이며 이렇게 중얼거렸다. 순서를 따라서 꾸준히 노력하면 언젠가는 만들 수 있는 것이다.

"정말 그걸 종이 한 장으로 만든 거예요?"

호노카가 묻자 덥수룩 머리가 의기양양한 얼굴로 대답했다.

"당연하지. 가위도, 풀도 쓰지 않아. 그저 접기만으로 다양한 모양을 만드는 거야. 그걸 복잡계 종이접기라고 해."

결국 요타는 호노카와 함께 쥐를 접었다. 호노카는 가장자리끼리 딱 맞춰 접는 것을 어려워했다. 중간 단계를 자꾸 빠뜨려서 허둥거리다가 요타에게 몇 번이나 도움을 청했다. 호노카의 쥐는 얼굴이 약간 크게 완성되어 무척 귀여웠다. 통통 씨와 안경 씨는 요타가 만든 쥐가 견본보다 완성도가 높다며 칭찬해 주었다.

"종이접기 세계에 온 걸 환영해."

덥수룩 머리가 요타에게 말했다.

그 멋진 드래건을 만든 사람이 칭찬을 해 주자 요타의 마음속이 환해졌다. 게다가 처음엔 부루퉁했던 통통 씨가 이제는 친근한 미소를 띠며 이렇게 말하는 게 아닌가.

"넌 종이접기 탐험대의 정식 회원이야."

정식 회원이라니! 요타의 뺨이 기쁨에 차서 절로 씰룩거렸다.

"첫 과제는 이거. 피리 부는 사람 접기 전개도야. 참고로, 내 오리지널 작품이지."

"오리지널 작품이요?"

"스스로 디자인한 작품이라는 뜻이야. 종이접기 작가들이 창작한 작품들을 만드는 것에서 시작해서 차차 스스로 창작하는 것까지 시도하고 있거든."

"우아……."

"이건 피리 부분이 복잡해서 단계가 100개 가까이 되니까 조금 어려울 거야. 하지만 쥐를 이만큼이나 정성스럽게 접는 걸 보니까 넌 분명히 잘 만들 수 있을 거야."

요타는 덥수룩 머리가 건넨 전개도를 소중히 접어서 가방에 넣었다.

얼마 뒤 요타는 호노카와 헤어지고 나서 도서관으로 향했다. 곧장 이층으로 올라가 《붉은 드래건 마법사 이야기》를 찾아 읽기 시작했다. 드래건과 알리가 일촉즉발의 대화 끝에 우선 협력하기로 하는 대목을 읽고서 안도의 한숨을 내쉬었다. 그러다 드래건이 걸핏하면 화를 내고 무슨 일만 생기면 알리를 의심하거나 위협하는 장면이 나와 몇 번이나 가슴을 졸였다.

알리는 아무리 싫은 일을 당해도 드래건 곁을 지켰다. 드래건이 같은 편에게 배신을 당한 것과 모두의 희생양이 되어 비늘이 검게 변하는 병에 걸린 사연을 알게 되었기 때문이다. 약초를 구하기 위한 여정에 나섰다가 드래건이 산성비를 맞고 약해졌지만, 알리는 드래건을 끝까지 버리지 않았다. 여전히 의심을 거두지 못한 드래건이 알리에게 물었다.

"너는 왜 나를 구하려고 하지?"

"사실은 네가 착하다는 걸 알고 있어서야."

알리가 대답하는 장면에서 요타는 글자가 번져서 가물가물해지는 것을 느꼈다. 난처하거나 슬픈 상황이 아니더라도 이렇게 눈물이 날 수 있다는 것을 처음 알았다.

월요일에는 중간까지 접은 피리 부는 사람과 구스다마를 손가방에 챙겨 넣은 다음 학교로 향했다. 아침인데도 온도계가 29.3도를 가리켰다. 그러고 보니 여름 방학이 끝나고서 한 번도 비가 온 적이 없었다. 매일매일 이렇게 무더운데, 언젠가는 여름이 끝난다는 게 신기했다. 가을이 오고, 또 겨울이 되어 같은 장소에 눈이 내린다니.

어쨌든 계절은 매번 다시 돌아왔다. 요타는 온도계가 2.2도를 가리켰던 날을 또렷이 기억하니까. 지지난 겨울이었다.

요타는 발걸음을 재촉했다. 학교가 그리 멀지 않은 곳에서 상자를 손에 든 레이토와 마주쳤다.

"자율 탐구 과제로 입체 미로를 만들었어."

상자에 칸막이가 잔뜩 있어서 미로처럼 보이기는 했다.

"두루마리 휴지 심을 일곱 개나 썼어. 넌?"

"난 종이접기로 만든 구스다마."

"진짜? 그거 내가 만들기 과제로 내라고 했던 거잖아."

레이토가 기쁘다는 듯이 목소리를 높였다.

"봐, 봐! 보여 줘 봐!"

요타는 레이토가 관심을 보이는 게 기뻤다. 손가방에서 구스다마를 꺼냈다.

"와, 진짜 대단하다!"

요타는 흡족한 기분으로 구스다마를 다시 손가방에 넣은 뒤, 아직 만드는 중이어서 몇 차례 접어 놓기만 한 피리 부는 사람을 꺼냈다.

"지금은 이걸 접고 있어."

"이것도 구스다마야?"

"아니, 이건 피리 부는 사람. 다음이 바이올린 연주자고, 그다음이 피닉스야. 그러고 나면 드래건 차례."

"그러고 보니 오늘 우리 부모님 차례였는데, 누군가 바꿔 달라고 그랬대."

레이토가 화제를 돌렸다.

"무슨 차례?"

"감시. 학교에 부모님들이 매일 번갈아 가며 오잖아. 그 차례……."

레이토가 얼굴을 찌푸리며 대꾸했다.

그러고 보니 요즘 계속해서 후미야 엄마나 다른 아이들의 엄마가 교실 뒤에서 수업을 지켜보았다. 처음에는 학부모 참관 수업이 있는 날도 아닌데, 왜 엄마들이 와 있는지 의구심이 들었다. 하지만 딱히 마음에 담아 두지 않았는데…….

'감시'라는 말을 듣는 순간 불현듯 떠오르는 일들이 있었다. 후미야를 얼결에 밀쳐 버린 일, 그 애네 집에 사과하러 간 일, 후미야 엄마가 자기 엄마더러 학교에서 아이를 좀 살피라고 말한 일, 자리 바꾸기를 해서 맨 앞자리에 앉게 된 일, 선생님에게 할 말이 있으면 제대로 얘기하라고 들은 일.

어렴풋하게 뭔가 보이는 듯했지만 그걸로 끝이었다. 마음 깊은 곳에 낀 안개 때문인지 생각은 그대로 가라앉았다. 선생님은 구스다마를 보고 뭐라고 하실까? 요타의 마음은 저만치 앞서갔다. 구스다마를 본 아이들의 표정이 궁금해서 걸음이 빨라졌다.

교실은 아이들이 가져온 자율 탐구 과제와 만들기 과제 때문에 시끌 벅적했다. 커다란 종이에 여행기를 쓴 아이도 있었고, 직접 만든 의자를 가져온 아이도 있었다. 가나에는 천으로 만든 손가방을, 지호는 점토로 만든 과자 바구니를, 소스케는 후지산 등반 체험기를 가져왔다.

요타는 구스다마를 꺼내어 끈을 잡고 모빌처럼 흔들며 중얼거렸다.

"이거 만드느라 진짜 힘들었는데. 시간도 아주 많이 걸렸어."

아무도 반응하지 않아서 다시 한번 좀 더 큰 목소리로 말했다.

"이거 만들 때 시간이 엄청 많이 걸렸는데!"

"뭐야, 이건."

옆자리의 가나에가 참견했다. 요타는 누군가 말을 걸어 주기를 기다렸으면서도 얼른 입을 다물었다.

"오, 대단한데? 종이로 공을 만들었네! 귀엽잖아?"

가나에는 구스다마를 빼앗아 손바닥에 얹더니 톡톡 튕겼다. 요타는 괜스레 마음이 초조해졌다.

가나에가 구스다마를 마야에게 던지며 소리쳤다.

"나한테 도로 던져!"

마야는 얼떨결에 구스다마를 받기는 했지만 다시 던지기를 망설였다.

"그러지마. 안 돼!"

요타가 단호하게 말했지만 가나에는 들은 척도 하지 않았다. 마야를 향해 손을 흔들며 패스를 재촉했다.

"마야마야! 여기!"

마야가 어쩔 수 없이 구스다마를 잡은 손을 들어 올렸다. 그 순간, 요타가 크게 소리치며 마야에게 돌진했다.

"안 돼! 안 돼! 그러면 안 된다고!"

잠시 후, 요타가 정신을 차렸을 때는 넘어진 책상 옆에서 마야가 울고 있었다. 반 아이들의 시선이 죄다 자기를 향해 있었고, 선생님은 요타의 등에 손을 얹고 있었다. 요타는 한쪽이 찌그러진 구스다마를 보고 온몸이 뜨거워지면서 파르르 떨리는 걸 필사적으로 참았다. 모두의 시선이 몸 이곳저곳에 따갑게 꽂혔다.

"요타, 마야에게 사과해."

선생님이 단호하게 말했다. 여기저기서 아이들이 소곤거리는 소리가 들렸다.

"뭐야, 무슨 일이야?"

"요타가 또 폭발했어."

"쟤, 머리가 좀 이상하다니까."

요타는 미안하다는 말이 도저히 나오지 않았다. 아니, 미안하다고 말하기가 싫었다.

"선생님, 요타 얘기도 들어 봐 주세요."

어딘가에서 어른 목소리가 들렸다. 고개를 들고 얼굴을 확인한 요타는 마음이 무너져 내리는 것 같았다. 밀짚 씨였다. 오늘은 밀짚모자를 쓰지 않았지만 즐겨 입는 줄무늬 옷을 입고 있어서 바로 알아챘다. 같은 반 아이의 엄마였던 것이다.

요타와 눈이 마주친 밀짚 씨가 고개를 살짝 끄덕이더니 부드러운 목소리로 말했다.

"두 아이 모두 하고 싶은 이야기가 있을 것 같은데요……."

선생님이 요타에게 물었다.

"요타……, 왜 그랬는지 얘기해 봐."

하지만 요타는 '그것'이 와서 대답하지 못했다. 밀짚 씨의 믿음에 보답하고 싶었지만, 입술이 떨리고 숨이 제대로 쉬어지지 않았다. 그런 자신이 한심해서 찌그러진 구스다마를 바라보며 그저 눈물만 흘렸다.

"요타, 화가 난 이유를 아줌마한테만 살짝 말해 줄래?"

밀짚 씨가 요타에게 다가와 눈을 보며 나직이 물었다.

요타는 흐읍, 하고 숨을 들이마신 뒤 가까스로 입을 열었다.

"실이, 끊어지면……, 그러니까, 이건 상식인데, 한쪽만 돌려 매서, 실은 약하니까, 풀리면, 다 망가지는 걸 알면서, 그러면서……."

뿔뿔이 흩어진 말을 필사적으로 그러모아 이어 붙였다.

"그래도 그렇지, 요타."

선생님이 끼어들었다.

"사정이 있을 수 있겠지만 어떤 경우에도 폭력은 안 되는 거야."

"그렇지만……."

"그래도 안 되지! 난처한 일이나 싫은 일이 생기면 말로 하라고 항상 얘기했잖아!"

선생님이 갑자기 큰 소리를 냈다.

요타는 하고 싶은 말을 꿀꺽 삼키고 고개를 떨구었다. 울면 안 된다고 생각했지만 눈물이 멈추지 않았다. 실내화 위로 눈물방울이 뚝뚝 떨어졌다.

"선생님."

바로 그때였다. 후미야의 가느다란 목소리가 들려왔다.

"왜 그러니?"

"선생님, 제가 봤는데요. 누군가 마야한테 요타의 구스다마를 던지라고 그랬어요."

"누가?"

선생님의 눈썹이 치켜 올라갔다. 후미야가 괴로운 표정으로 가나에를 바라보는 것을 요타도, 다른 아이들도 목격했다. 선생님이 전후 사정을 물었지만 마야는 입을 꾹 다문 채 어깨를 떨며 계속 울었다. 이쯤 되면 선생님도 아이들이 가나에의 눈치를 보는 걸 알아챘을 터였다.

"일단은 여기서 마무리하자. 마야랑 요타는 쉬는 시간에 선생님하고 다시 얘기하기로 하고. 자, 모두 자리로 돌아가."

선생님의 말이 끝나기가 무섭게 밀짚 씨가 큰 소리로 가나에를 불렀다.

"가나에! 네가 마야에게 구스다마를 던지라고 했니?"

"뭐? 안 그랬거든."

가나에가 거짓말을 했다. 요타는 참을 수가 없어서 소리쳤다.

"말했잖아! 말했어! 말했잖아!"

그 순간 밀짚 씨의 눈에 깊은 슬픔이 차올랐다. 요타는 자기편을 들던 밀짚 씨가 왜 상처받은 표정을 짓는지 알 수 없었다. 교실이 순식간에 조용해졌다. 요타를 비웃던 소곤거림은 사라진 지 오래였다. 가나에는 지금껏 본 적 없는, 새하얗게 질린 얼굴을 하고 있었다.

"요타, 미안해. 정성 들여 만든 건데, 정말 미안해."

밀짚 씨는 요타가 들고 있던 찌그러진 구스다마를 살포시 집어 들었다. 손끝으로 종이의 가장자리를 조심스럽게 매만지며 백합의 꽃잎 부분을 하나하나 폈다. 꽃이 피듯 구스다마의 모양이 차츰차츰 원래대로 돌아갔다. 마치 멋진 마법을 보는 것 같았다. 요타는 밀짚 씨의 손안에서 되살아나는 구스다마를 보자 쪼그라든 마음이 조금씩 펴지는 듯했다.

"이거, 가나에 할머니도 만든 적이 있어. 손이 진짜 많이 가는 거잖아. 요타는 정말 잘 만들었구나……."

밀짚 씨의 말을 듣고 호노카가 끼어들었다.

"요타는 대학생한테도 종이접기에 재능이 있다는 소릴 들었어요."

밀짚 씨가 "정말?" 하고 되묻자 교실 분위기가 조금 변했다. 교실에서 처음으로 주목을 받은 요타는 모두에게 종이접기 탐험대 이야기를 하고 싶기도 하고, 중요한 보물이라서 꽁꽁 숨기고 싶기도 했다.

하도 복잡한 기분이 들어서 우는지 웃는지 아리송한 얼굴로 말했다.

"나중에 드래건을 만들 거야."

언젠가는 멋진 드래건을 만들어서 모두에게 보여 줘야지. 요타는 구스다마가 망가질 뻔한 일은 까맣게 잊고 어느새 그 생각으로 깊이 빠져들었다. 밀짚 씨가 드래건이 뭐냐고 묻는 순간, 수업 시작종이 울렸다.

"자, 모두 자리에 앉아요. 지금부터 만들기 과제를 걷겠습니다."

선생님 말에 아이들이 자리로 돌아가느라 교실이 어수선해졌다. 요타는 가나에의 눈이 새빨개진 것을 알아차렸다. 가나에는 요타가 쳐다보자 책상에 풀썩 엎드린 채 얼굴을 들지 않았다. 어째선지 선생님도 주의를 주지 않고 그냥 넘어갔다.

쉬는 시간에도 가나에는 책상에 엎드려 있었다. 몇몇 친구가 다가와 조심스럽게 기색을 살필 뿐, 누구 하나 선뜻 말을 걸지 않았다. 밀짚 씨도 집으로 돌아갔는지 교실 뒤에서 감시하는 어른이 더는 보이지 않았다.

요타는 가나에가 슬슬 걱정되었다. 늘 화를 내거나 거만하게 굴던 아이인데, 이렇게 약한 모습을 보이는 것은 처음이었다. 마침내 요타가 용기를 내어 괜찮냐고 물었지만, 가나에는 아무 대꾸도 없이 얼굴을 반대 방향으로 돌리며 무시했다.

분명 구스다마를 보고 귀엽다고 했으면서, 왜 자기 말을 무시하고 마야에게 던지라고 한 걸까? 요타는 가나에를 이해할 수 없었다. 조금 전까지만 해도 화가 나서 용서할 수 없다고 생각했는데, 지금은 그 애가 구스다마를 보고 귀엽다고 말했던 순간만이 녹지 않은 눈처럼 마음에 남았다.

그때 가나에가 얼굴을 번쩍 들더니 새빨간 눈으로 요타를 노려보았다.

"시끄러워. 참견하지 마."

그러고는 흥, 하고 콧방귀를 뀌었다. 언제나 그렇듯 무서운 가나에

로 돌아왔다. 가나에는 하아, 하고 주위에 들릴 만큼 크게 한숨을 내쉰
뒤 책상 서랍에서 교과서를 꺼냈다. 그러고는 딱히 누군가에게 하는
말도 아닌 욕을 해 댔다.

"아, 열받아. 짜증 나서 뒈지겠네!"

요타는 가나에가 원래대로 돌아온 걸 보니 왠지 마음이 놓였다. 문
득 어제 읽은 소설에서 본 대사가 떠올랐다.

"사실은 네가 착하다는 걸 알고 있어서야."

알리의 말에 드래건의 비늘에서 검은 껍질이 폴폴 벗겨지더니 불꽃
보다 눈부신 붉은 빛이 나타났다.

요타는 드래건을 만들고 싶었다. 여름 방학 때 알림판에서 사진으
로 보았을 때부터 그 생각만 했다. 다시 끓어오르는 마음을 입 밖으로
꺼내고 싶었지만, 가나에가 시끄럽다고 한 직후라서 입술을 바싹 오므
렸다. 마음이 터질 듯이 뜨거워졌다.

언젠가, 언젠가는 꼭.

간단히 부서질 사이

메구미는 오늘 아침에도 지호와의 약속에 늦었다. 거의 오 분 정도였지만 아침의 오 분은 자못 긴 시간이었다. 메구미는 최소한의 성의를 보이느라 1층 입구에서부터 아파트 정문까지 수십 미터를 전속력으로 뛰어갔다.

"메구미, 안녕."

지호는 언제나처럼 미소로 맞아 주었다. 한 번도 불만스러운 표정을 보인 적이 없었다. 메구미는 뛰어왔으니까 괜찮겠지 싶어서 사과를 생략하는 대신에 지호를 칭찬했다.

"리본, 귀엽다."

지호는 양 갈래로 땋은 머리를 갈색 리본으로 묶어 등 뒤로 가지런히 늘어뜨리고 있었다. 지호가 리본을 만지작거리며 대답했다.

"그래? 좀 이상하지 않아? 너무 어린애 같잖아."

"아니야, 엄청 귀여운데?"

둘은 아파트 옆 작은 공원 앞을 지나갔다. 시든 은행잎이 오소소 떨어졌다. 낙엽을 밟으면서 은행 냄새가 너무 구리지 않느냐는 이야기를 나누었다. 아침 해는 뜨겁지 않았다. 춥지도 덥지도 않아서 밖에서 놀기 딱 좋은 계절이었다. 공원을 지나자 단독 주택이 모여 있는 주택 단지가 이어졌다. 둘은 쾌적한 공기 속을 말없이 걸었다.

초등학교에 입학할 무렵에는 등교 팀이 따로 있었다. 아파트 단지의 아이들을 모아 남녀 구분 없이 줄을 지어 등하교를 함께했다. 그중에는 지금 같은 반인 리쿠오도 있었다. 시간이 갈수록 졸업생은 늘고 신입생은 줄어서 결국 작년에 해산했다.

아파트 단지에서 학교까지는 걸어서 이십 분 가까이 걸렸다. 어느 길목에선가 치한이 나타났다는 소문이 돌자, 지호 엄마는 메구미랑 메구미 엄마에게 등하교를 계속 같이하면 좋겠다고 부탁했다.

"저 집 엄마, 걱정이 너무 많은 거 아니야? 정말 웃긴다."

엄마는 언니한테 이렇게 말하며 은근히 웃었다. 그때 메구미도 따라 웃긴 했지만 지호와 등하교를 계속 같이할 수 있다는 사실에 내심 안도했다. 지호와는 1학년 때부터 쭉 같이 다녀서 그런지 유독 편했다. 유행에 둔감해서 휴대폰을 갖고 있지 않은 데다, 친구나 선생님의 험담을 하지 않는 편이라 이야기 상대로서는 조금 심심했다. 원래 그런 성격이라는 걸 알고 있어서 대화가 끊겨도 그다지 초조하진 않았다. 나란히 걷다가도 멍하니 정신을 빼놓고 있을 수 있는 상대였다.

주택 단지 중간에서 골목을 돌면 치한이 나왔다고 소문난 좁은 길이 나왔다. 한쪽은 주차장이고, 다른 쪽은 임대 창고였다. 앞이 탁 트였지만 인적은 뜸했다. 둘은 조금 빠른 걸음으로 다음 모퉁이까지 갔다. 그다음에 큰 도로까지 나가면 차도 다니고 사람도 많아져서 일단 안심이 되었다. 여기저기 골목에서 책가방을 멘 학생들이 나와 큰길로 모여들었다.

"메구미."

"왜?"

지호가 망설이다가 조심스럽게 말을 꺼냈다.

"있잖아, 수학…… 괜찮아?"

"뭐?"

메구미는 괜히 불쾌해져서 목소리가 뾰족해졌다.

"아니, 미안. 그런데 어제 선생님이……."

메구미는 지호가 진심으로 자신을 걱정하고 있다는 걸 느꼈다. 그래서 한껏 가벼운 말투로 대수롭지 않다는 듯이 말했다.

"그딴 거 후지오카가 늘 하는 협박이지. 어떻게든 되지 않겠어? 의무 교육인데, 뭘."

"그래, 그렇겠지. 다행이다. 난 따로 입시를 볼 것도 아니고 그냥 오중으로 갈 거니까……."

"나도 오중 갈 거니까 앞으로도 쭉 같이 다니자."

"응."

지호가 힘차게 대답했다. 메구미는 지호가 그런 걱정을 하고 있는 줄은 몰랐다. 제5중학교는 초등학교보다 거리가 더 멀어서 이 큰 도로를 오 분 정도 더 걸어가야 했다. 그리 친한 친구 사이는 아니더라도 아까처럼 인적 드문 골목을 지날 때 옆에 누군가 있다는 건 퍽 안심이 되는 일이었다.

학교 현관에서 신발을 벗고 실내화로 갈아 신으면 지호와는 하교 때까지 말을 섞을 일이 없었다. 지호에게는 어울리는 친구가 따로 있었고, 메구미에게는 가나에와 리쓰코, 마야와 같은 절친이 있었다. 같은 반 여자아이들은 누구랄 것 없이 거의 다 몇 명씩 무리 지어 놀았다.

만약 아무것도 모르는 누군가가 이 교실을 위에서 내려다보며 '여왕'이 누군지 맞히는 게임을 한다면 어떨까? 메구미는 가끔씩 그런 상상을 했다. 아마도 여왕이 가나에라는 걸 대번에 알아맞힐 것이다. 가나에는 귀여운 얼굴에 팔다리가 가늘었다. 청소년 잡지 모델처럼 옷도 감각 있게 입고 다녔다. 운동 신경이 좋아서 춤도 잘 추었다. 그 무엇보다 남을 배려하지 않고 명령을 내리는 불손한 성격이 여왕의 면모를 느끼게 한다고나 할까? 메구미는 그런 가나에 옆자리를 자신이 차지하고 있다는 사실에 꽤 만족했다.

"안녕, 메구미."

가나에가 다가와 인사를 건네며 팔짱을 꼈다. 가나에는 스킨십을 좋아하는데 그 대상은 주로 메구미였다. 때로는 마야였지만 리쓰코에겐 잘 하지 않았다. 메구미는 그것이 가나에가 신뢰하는 사람의 순위라고 생각했다.

"수학 시험 문제 다시 풀어 오는 거 해 왔어?"

"내가 했겠냐?"

메구미가 익살스럽게 받아쳤다.

"진짜? 대박. '이대로라면 졸업시키기 힘들겠어.'"

그러자 가나에가 후지오카 선생님 흉내를 냈다. 어찌나 비슷한지 웃음을 참을 수가 없었다. 그때 마침 교실에 나타난 마야를 보고 가나에가 큰 소리로 불렀다.

"마야마야, 얘 진짜 큰일 났어. 어제 본 수학 시험지 좀 얼른 보여 줘."

뭔가 신나는 일이라도 되는 듯 수선을 떨었다. 메구미도 분위기에 휩쓸려 전혀 부끄러울 게 없다는 표정으로 양손을 모아 애원했다.

"부탁해요, 마야마야 님."

"미안. 나, 시험지 집에 두고 왔어."

마야가 미안해하며 대꾸했다.

"어, 진짜? 고칠 게 없었구나? 백 점 맞은 거야?"

"응……, 뭐 어쩌다가."

"대단한데! 천재네! 아, 리쓰코 왔다. 리쓰코!"

가나에는 리쓰코에게도 똑같이 부탁했다. 다행히 리쓰코가 틀린 문제를 고쳐 온 답안지를 보여 주었다. 점수가 적힌 칸은 접혀 있었지만, 답안지에는 동그라미가 제법 많았다. 메구미는 먹이에 달려드는 비둘기처럼 숫자를 필사적으로 베껴 썼다. 가나에도 옆에 딱 붙어서 자신의 답안지와 비교해 보고서 틀린 답을 재빨리 고쳤다.

"다행이지, 메구미? 역시 천재적인 친구가 있어야 한다니까!"

"진짜, 너무 좋아!"

둘은 맞장구를 치며 숙제를 바삐 베꼈다. 잠시 후 조회를 시작하는 종이 울렸다.

사실은 어제 후지오카 선생님이 아이들 앞에서 "메구미, 아무래도 이대로라면 졸업시키기 힘들겠어."라고 말했다. 메구미는 "아, 왜요?" 하고 웃으면서 수학 시험지를 돌려받았다. 6학년을 한 번 더 다니고 싶냐는 심술궂은 질문에는 "싫은데요."라고 장난스럽게 대답했다. 아이들이 자기를 쉽사리 낙담하거나 반성하는 성향으로 보지 않기 때문이었다. 그 대답이 선생님의 신경을 더 긁으리는 걸 알고 있었지만, 다른 아이들 눈에 심각하게 보이기가 싫었다.

예상대로 선생님은 화를 내는 대신에 한숨을 푹 내쉬었다. 어차피 포기한 마당에 그런 시늉은 왜 하는지 지긋지긋하다는 생각이 들었다. 선생님이 일부러 연기를 하는 모습이 무척 거슬렸다. 겉으로만 화난 척할 뿐 실은 어떻게 되든 개의치 않는다는 것을 알고 있었다.

"아무튼 내일까지 틀린 거 다시 풀어 와. 그러지 않으면……."

거기까지 말하고서 다시 한번 크게 한숨을 쉬었다.

"그러지 않으면 뭐요?"

"너, 진짜 중학교 들어가서 고생한다."

"메구미, 돈 워리!"

가나에의 장난스러운 한마디에 교실은 금세 웃음바다가 되었다. 메구미는 그 웃음바다 덕분에 풀 죽은 기분을 주변에도, 자신에게도 들키지 않고 지나갔다.

그런데 오늘 아침, 지호가 그 이야기를 꺼내는 바람에 마음이 다시 얼어붙었다. 졸업은 원래 다 하는 것 아닌가? 메구미는 선생님이 자신을 싫어한다고 생각했다. 그 이유가 무엇인지도 알고 있었다.

1학기 때 가나에와 함께 아즈미의 수학 숙제를 베꼈다가 들켰기 때문이다. 그 후로 선생님은 메구미를 특별히 주시했다. 가나에는 짐짓 반성하는 듯한 태도를 보이며 문제를 새로 풀고 반성문도 제대로 써서 제출했다. 하지만 메구미는 문제를 다시 풀어 가지 않았다.

사실은 문제를 풀기 싫어서가 아니었다. 문제를 읽어도 그 뜻을 이해할 수 없을 만큼 학업 능력이 떨어져 있었다. 그래서 처음 몇 문제를 빼고는 도저히 혼자서 풀 수가 없었다. 그 사실을 들킬까 봐 아무 의지 없는 아이처럼 실실 웃으면서 선생님의 추궁을 피했다.

선생님은 메구미를 가만히 쳐다보면서 이렇게 말했다.

"가나에는 제출했는데 말이지."

경멸이 무엇인지 느끼게 하는 눈빛이었다.

메구미 엄마는 선생님의 전화를 밝은 목소리로 받았다. 전화를 끊고서는 고개를 갸웃거리며 "메구미가 옛날엔 똑똑했는데."라고 말할 뿐, 딱히 혼을 내지는 않았다. 그러나 가나에의 부모님은 달랐다. 그날 당장 보습 학원에 보냈다. 가나에는 불만이 가득했지만 학원에 다닌 덕에 지금은 조금씩 수학 문제를 풀 수 있게 되었다. 어제 받은 단원 평가 시험 성적도 메구미보다 훨씬 좋았다. 그게 기뻤던 걸까? 가나에는 메구미에게 스스럼없이 점수를 보여 주었다.

"메구미가 똑똑했다고?"

언니가 비웃듯이 되묻자 엄마가 단호하게 대답했다.

"그땐 머리 좋았어. 도서관에 데리고 가면 너랑 류는 금방 싫증 내는데, 메구미는 쭉 책을 읽었다니까. 글자를 깨친 것도 셋 중에서 제일 빨랐고."

"진짜?"

"드디어 나한테서 너희 아빠를 닮은 애가 나왔구나 싶었다니까."

"근데 얘, 이제 책 같은 거 안 보잖아."

"어디서부터 뭐가 잘못된 걸까?"

엄마와 언니는 이런 얘기를 주고받으며 대수롭지 않은 듯 깔깔 소리내어 웃었다.

어디서부터 뭐가 잘못된 걸까? 메구미는 둘의 대화를 들으며 책을 좋아했던 시절을 떠올려 보려 애썼다. 그래 봤자 초등학교 저학년 때의 일이었지만, 아주 먼 옛날처럼 아득하게 느껴졌다. 그때는 아파트 옆에 있는 구립 도서관을 자주 찾았는데, 사서 선생님이 책 읽어 주는 시간을 손꼽아 기다리곤 했다.

그림책에 익숙해 있던 메구미는 어느 날 서가에서 가슴을 두근거리게 만드는 제목을 발견했다. 그 책을 무릎에 펼쳐 놓고 조심스럽게 책장을 넘기자 여태까지 몰랐던 세상이 펼쳐졌다. 그런데 책에 빠져 읽고 있으면 언니가 음침하다는 둥 재수 없다는 둥 하면서 자꾸만 구박을 했다. 심지어 책을 빼앗아 숨기기까지 했다. 메구미도 자기 성격을 바꾸고 싶기는 했다.

3학년 때 '히나치'라는 아이와 같은 반이 되어 친해졌다. 운동 신경이 좋아서 남자애보다 발이 빨랐던 히나치는 책 따위는 전혀 읽지 않았다. 쉬는 시간을 알리는 종이 울리면 가장 먼저 교실 밖으로 뛰쳐나갔다. 도둑과 경찰 놀이나 탈출 게임을 워낙 잘했던 터라 교실에서 그

야말로 인싸였다. 그런 아이가 말을 걸어 주는 게 무척 기뻤다. 그 뒤로 메구미도 인싸 그룹의 가장자리에 끼게 되었다.

혼자 책을 읽는 것은 퍽 외로운 일이었다. 실제로는 외롭지 않다 해도 다른 사람 눈에 외로워 보이는 일이라는 생각이 들었다. 저학년 때는 시끌벅적하게 노는 아이들 무리에 끼지 못하고 겉돌았다. 그런데 히나치와 어울리다 보니 자연스럽게 친구가 늘었다. 학교생활도 덩달아 즐거워졌다. 그것은 결코 책으로는 얻을 수 없는 것이었다.

히나치와 메구미 사이에 가나에가 들어온 것이 언제였을까? 가나에는 무리 지어 다니던 아이들과 이런저런 갈등을 겪고는 거기서 빠져나와 히나치랑 메구미와 어울려 다녔다. 아이들 사이에서는 유치할 만큼 사소한 감정 때문에 힘겨루기를 하는 게 다반사였다. 메구미와 히나치 역시 가나에를 서로 뺏고 뺏기다가 결국 메구미의 승리로 끝이 났다. 그 결과, 4학년 때부터 지금까지 쭉 가나에와 메구미는 '절친'으로 지내고 있다.

가나에의 입버릇은 '그치만'이었다. 누군가가 돋보이면 '그치만'이라고 하면서 반드시 깎아내리고야 말았다. '그치만'이라고 말하고 싶은 상대는 머리 모양을 바꾼 같은 반 아이일 때도 있고, 조회 시간에 대표로 인사를 하는 선배일 때도 있고, TV에 나오는 아이돌일 때도 있고, 청소년 잡지의 모델일 때도 있었다. 그때마다 메구미는 짐짓 모르는 척했다. 어떤 상황에서든 세게 밀고 나가는 가나에의 '그치만'은 꽤 설득력이 있는 것 같기도 했다.

3교시는 음악 시간이었다. 합주회에서 〈브라질의 수채화〉라는 곡을 연주하기로 했는데, 담당할 악기를 정해야 해서 학급 회의 시간인 4교시까지 붙여 의논을 하기로 했다.

리코더 8명, 멜로디언 8명, 아코디언 8명, 글로켄슈필 4명, 드럼 1명, 타악기 6명, 피아노 1명

선생님이 칠판에 이렇게 쓰고 나서 설명을 하기 시작했다. 합주회는 6학년이 졸업하기 전에 재학생에게 '음악 선물'을 하는 행사였다. 음악 선생님이 반별로 맞는 곡을 정해 줬는데, 3반은 밝고 개성적인 아이가 넘쳐난다는 이유로 〈브라질의 수채화〉를 골라 주었다. 개학식 날 곡명을 알려 주면서 인터넷에서 찾아 미리 듣고 오라고 했는데, 메구미는 그만 까맣게 잊고 있었다.

지난주에 선생님이 CD로 곡을 들려주었는데, 처음 듣자마자 단박에 좋아졌다. 마침 귀에 익은 곡이어서 반 아이들과 신나게 이야기를 나누었다. 어디선가 몇 번 들어 본 적 있는 경쾌한 리듬이 지난여름을 떠올리게 했다. 그중에서도 타악기의 리듬이 흥겨워서 자연스럽게 몸이 들썩거렸다. 메구미는 악기 설명을 듣자마자 타악기에 마음이 끌렸다. 작은북, 마라카스, 탬버린 중에 고를 수 있다고 해서 내심 마라카스를 꼽고 있었다.

"메구미! 뭐 할 거야?"

가나에가 멀리서 큰 소리로 물었을 때 솔직하게 대답하지 못했다. 연주하고 싶은 악기를 벌써 정한 것이 혹시라도 너무 적극적인 걸로

보일 것 같아서였다.

"음, 못 정하겠네. 아무거나 상관없어."

"같이 아코디언 하지 않을래?"

"아코디언?"

"같이하자, 메구미! 하자, 하는 거야. 알았지? 정한 거다. 선생님, 저희 아코디언이요!"

가나에가 제멋대로 선생님에게 말했다.

"다른 지원자 없니? 일단 둘은 아코디언으로 확정."

선생님이 아코디언이라고 적힌 글자 밑에 가나에와 메구미의 이름을 썼다. 모든 게 물 흐르듯이 정해졌다. 아코디언 지원자를 모집하는데, 요타가 손을 번쩍 들고 마라카스를 지원해 한바탕 비웃음을 샀다. 가나에는 리쓰고와 마야에게도 아코디언을 하라며 강요했다.

가나에는 늘 이런 식이었다. 교실에서 믿을 수 없을 만큼 거리낌없이 행동하곤 했다. 똑같이 자기중심적인 행동을 하는데, 가나에는 위압감을 느끼게 하고, 요타는 비웃음을 샀다. 정도의 차이는 있지만 제멋대로 구는 것은 똑같은데……. 선생님도 요타에게는 주의를 주면서 가나에의 행동은 못 본 척할 때가 많았다.

원하는 악기에 지원자가 많을 경우에는 가위바위보를 했다. 어찌어찌하여 담당 악기가 모두 정해진 것은 4교시가 끝나 갈 무렵이었다. 메구미는 속으로 요타와 마라카스를 하느니 차라리 아코디언을 하는 편이 낫겠다고 생각했다.

"자, 그럼 남은 시간이 별로 없지만 악기 모둠별로 모여서 모둠장을 정해요."

아코디언 모둠은 가나에의 책상 주변으로 모였다. 가나에가 메구미를 와락 끌어안았다.

"메구미, 진짜 잘됐지!"

아코디언 모둠은 여자가 여섯 명, 남자가 두 명이었다. 당연히 가나에가 모둠장을 맡고 싶어 할 줄 알았는데, 리쿠오가 가나에의 추천으로(실제로는 떠밀려서) 모둠장을 맡았다. 리쿠오는 약간 상기된 얼굴로 악보 인쇄물을 나눠 주었다.

"우리 모둠장 손톱, 너무 예쁘지 않아?"

가나에가 손을 덥석 잡자, 리쿠오가 뺨을 붉히며 얼른 손을 뒤로 숨겼다. 요즘 가나에는 리쿠오를 자주 놀려 댔다. 메구미는 그럴 때마다 리쿠오가 마야의 표정을 살피는 것을 알아차렸다. 마야는 짐짓 무관심한 얼굴로 악보에 손가락을 튕기면서 건반 치는 시늉을 했다.

"그럼, 내일부터 악기 가지고 맞춰 볼 테니까 각자 연습해 오자."

"어디까지?"

"음……."

가나에가 묻자 리쿠오가 악보를 보며 망설였다.

"마지막까지 해 버리지, 뭐. 이런 거."

가나에는 질문을 던져 놓고는 스스로 결정을 했다. 댄스 스쿨을 본격적으로 다니기 전까지 피아노를 배웠다고 하니까, 이 정도쯤은 아마도 식은 죽 먹기일 터였다.

"그럼 악보 읽기를 끝까지 다 해 와."

리쿠오가 건성으로 말하자 다들 알았다고 하면서 악보를 챙겼다.

"모둠장, 잘 부탁해!"

수업을 마치는 종이 울리자 가나에가 리쿠오의 등을 툭 치면서 말했다. 리쿠오는 달갑지 않은 듯 아무런 대꾸도 하지 않았다.

여름 방학 때 학원 수업으로 바빴던 마야를 빼고 셋이서만 놀러 간 적이 있었다. 집으로 돌아오는 길에 가나에가 리쿠오를 좋아한다고 속내를 털어놓았다. 하지만 곧 그 일을 모두가 잊어야 하는 상황이 벌어졌다. 거의 같은 시기에 리쿠오가 마야에게 고백을 했기 때문이다.

리쿠오는 남자애들 무리의 리더 같은 존재로, 몇몇 여자아이들이 멋있다는 소리를 할 만큼 얼굴도 잘생겼고 키도 컸다. 하지만 휴대폰 채팅 앱에서 마야와 주고받은 대화를 캡처해 친구들에게 보내는, 얼빠진 짓을 한 뒤로 인기가 내리막길을 치닫고 있었다.

메구미도 이리저리 떠도는 리쿠오의 스크린 샷을 봤다. 마야는 리쿠오의 고백에 새침하게 굴면서도 깔끔하게 거절하지 않고 애매한 태도(그 애매함이 리쿠오를 착각하게 만드는 듯했지만)를 보였다. 여자애들끼리 놀 때와는 전혀 다른 모습이었다.

메구미는 가나에가 마야에게 제재를 가한다면 동참하기로 마음먹었다. 애초에 마야와 리쿠오가 채팅을 한다는 사실도 모르고 있었으니까. 가나에도 몰랐을 것이다. 이런 일에는 집중 공격을 퍼붓는 것 외에 별다른 방법이 없었다. 아예 따돌림을 해 버리거나. 마야가 한 짓은 그 정도의 일을 당할 만큼의 배신에 해당했다.

새 학기가 되어 다시 만났을 때, 가나에는 마야에게 의외로 상냥하게 굴었다. "리쿠오가 고백했다는 게 진짜야?"라고 물었을 때, 마야가 쑥스러운 듯이 고개를 끄덕이자 손뼉을 짝짝 치며 큰 소리로 웃었다.

그때부터 가나에는 리쿠오를 보며 옷이 촌스럽다느니, 원숭이 상이라느니 하면서 트집을 잡기 시작했다. 리쿠오의 외모를 노골적으로 놀리기도 했고, 마치 제 것이라도 되는 양 대놓고 몸에다 손을 대기도 했다. 그와 동시에 댄스 스쿨에서 만난 중학생에게 푹 빠졌다고 공공연히 떠벌리고 다녔다. 마치 리쿠오는 별 볼일 없는 꼬맹이라는 듯이, 그런 애와 연애 놀이를 하는 마야는 부끄러움을 느껴야 한다는 듯이.

가나에는 친구들에게 중학생과 둘이 찍은 스티커 사진을 여러 번 보여 주었다. 보정 앱에서 손을 많이 댄 탓에 원래 얼굴을 거의 알아볼 수 없었다. 하지만 마야는 큰 소리로 과장되게 칭찬을 늘어놓았다.

"엄청 멋있다. 중학생은 역시 다르네! 가나에는 정말 인기가 많다니까!"

마야는 친구들에게 대놓고 공격이나 무시를 당하지 않았는데도 필사적으로 자존심을 내팽개치고 있었다. 메구미는 그걸 보고 이 정도면 충분하다고 생각했다.

수업이 끝난 뒤 메구미는 지호와 함께 집으로 돌아왔다. 아파트 입구에서 자동 열림 단말기에다 카드 키를 갖다 대자 나무로 만들어져 묵직한 자동문이 위잉 소리를 내며 열렸다. 엘리베이터 앞에서 또다시 카드 키를 대야 했다. 7층에서 메구미가 먼저 내리고, 지호는 15층에서 내려야 했다. 메구미는 지호와 인사를 한 뒤, 카펫이 깔린 복도를 걸어 현관문 앞에서 다시금 카드 키를 대고 문을 열었다.

세 차례 인증을 거쳐야만 집으로 들어갈 수 있는 보안 시스템은 과하다는 소리가 나올 만큼 엄중했지만, 어릴 때부터 이곳에서 산 메구미에게 열쇠란 처음부터 이런 것이었다. 메구미가 사는 아파트는 동네에서 가장 고급스러운 곳으로 유명했다. 카드 키 인증 시스템처럼, 집으로 돌아왔을 때 가족이 없는 것도 메구미에게는 당연한 일이었다.

메구미는 구겨진 스니커즈와 밑창이 벗겨진 하이힐이 아무렇게나 널브러져 있는 현관에서 신발을 벗은 뒤 빈 상자와 옷, 그리고 쓰레기 봉투로 뒤덮인 복도를 지나 집 안으로 들어갔다. 평소보다 악취가 더 심하게 나는 듯싶었다. 역시나 누가 벗어 놓은 양말이 탁자에 획 던져져 있었다. 사이즈가 큰 걸로 보아 오빠 것인 듯했다. 메구미는 손등으로 양말을 밀어 바닥에 떨어뜨렸다. 양말의 온기가 희미하게 느껴지는 듯해서 자기도 모르게 얼굴을 찌푸렸다. 학교가 끝난 뒤, 보통 언니는 친구들과 놀고 오빠는 학원 자습실에 갔다.

"아, 진짜! 왜 정리를 안 하는 거야? 바보, 멍청이!"

메구미는 큰 소리로 욕을 해 댔다. 혼자 있을 때는 무슨 말이든 할 수 있었다. 형제자매끼리 싸움이 붙으면 막내인 메구미가 항상 졌다. 언니는 매서운 말로 메구미의 마음을 사정없이 할퀴었고, 오빠는 지금은 아니지만 예전에는 주먹을 날리거나 발로 걷어차기도 했다. 메구미는 휴대폰을 꺼내 채팅 앱의 대화창을 열었다. 가족에게서 온 연락은 하나도 없었다. '버블티'라고 이름 붙인 그룹 채팅방에 들어갔다. 대화는 어제 이후로 끊겨 있었다.

오늘도 여왕은 막무가내였지.

잠시 동안 화면을 바라보았지만 아무도 읽지 않았다. 마야는 벌써 학원에 갔을지도 모른다. 중학교 입시를 치르지는 않지만, 교육열이 무지 높은 엄마가 '사립 중학교에 떨어져서 오중에 간 아이들과의 경쟁에서 이겨야 한다.'며 굳이 학원에 보냈기 때문이다. 마야는 때때로 엄마가 죽었으면 좋겠다는 말을 하곤 했다.

리쓰코는 오늘 가라테를 하는 날이다. 가족이 모두 가라테를 하는데, 리쓰코는 지금 검은 띠였다. 4학년인 남동생은 매번 시합에서 좋은 성적을 얻어 학교에서 표창장을 받곤 했다. 리쓰코는 남동생만큼 재능이 있는 건 아니어서 그만두고 싶다고 늘상 툴툴거리면서도, 도장을 쉬면서까지 친구들과 어울리지는 않았다. 그리고 가나에는 요즘 댄스 스쿨과 보습 학원으로 바빴다. 세 친구에게는 학교와 집 말고도 방과 후에 갈 곳이 있었다. 메구미는 저물어 가는 시간을 오롯이 혼자 보낼 때면, 자신만 갈 곳이 없다는 생각이 들어서 우울해졌다. 한가하고 한가해서 늘 심심했다.

메구미는 오래된 빵과 광고지가 뒤섞여 빈 곳을 찾기 어려운 식탁에서 초코바를 발견했다. 딱히 배가 고프지는 않았지만 포장지를 뜯어 한입 깨물었다. 그러고는 창문을 열고 베란다로 나갔다. 발 디딜 곳이 없을 만큼 쓰레기봉투로 가득했지만, 그나마 음식물 쓰레기는 여기에 내놓지 않았다.

아빠가 중국으로 발령받아 떠난 뒤, 집 안에 쓰레기봉투가 점점 늘어났다. 어느새 복도는 물론 거실까지 바닥이 보이지 않을 지경이 되었다. 그러다 베란다에도 쓰레기를 내놓기 시작했다. 어느 날 까마귀가 날아와 쓰레기봉투 속에서 컵라면을 끄집어냈다. 가만히 내버려 두었더니 그 까마귀가 계속 찾아왔다. 그 뒤로 음식물 쓰레기는 베란다에 내놓지 않았다. 그런데 가끔 언니가 실수로 빵 봉지를 베란다에 획 던져 버리곤 했다. 이번엔 비둘기가 찾아왔다. 까마귀는 무서웠지만 비둘기는 자못 흥미로운 구석이 있었다. 구구거리는 소리가 나더니, 오늘도 창고 뒤에서 비둘기가 고개를 빼꼼 내밀었다.

베란다에 있는 간이 창고는 인터넷이나 TV 홈쇼핑으로 충동구매를 하는 엄마를 위해 아빠가 마련해 둔 것이었다. 대부분 엄마 물건이 처박혀 있을 테지만, 엄마는 그것들의 존재를 아예 까맣게 잊어버린 듯했다. 아빠가 집을 나간 뒤로 아무도 그 문을 열어 보지 않았다.

비둘기들은 색깔이나 무늬가 조금씩 달랐다. 아는 얼굴인 듯 모르는 얼굴인 듯, 몇 번씩 봐도 구별하기가 어려웠다. 구구 하고 울면서 분위기를 살피며 조금씩 메구미 곁으로 다가왔다. 경계를 하면서도 먹이를 주는 사람이라는 것을 이미 아는 눈치였다. 메구미는 봉지에 담아 온 쌀알을 바닥에 뿌려 주었다. 그러자 비둘기의 수가 금세 늘었다.

비둘기를 특별히 좋아하지는 않았지만 먹이를 주는 일은 좋았다. 그들을 지배하고 있는 듯한 착각에 취한 것인지도 모르겠다. 먹이를 받아먹는 데 익숙해진 비둘기가 조금씩 경계심을 푸는 걸 보는 게 재미있었다. 태평하게 발치까지 오는 비둘기나 살짝 뛰어올라 손에 있는 쌀알을 노리는 비둘기를 보면서 '정말 멍청하네.' 하고 생각했다. 메구미는 경계심을 풀어 버린 비둘기에게 매운맛을 보여 주고 싶었다. 쌀알을 담은 비닐봉지를 거칠게 휘둘러서 비둘기를 내쫓았다. 반대로 벌벌 떨면서 조심스럽게 다가오는 소심한 비둘기에게는 먹이를 챙겨 주고 싶은 마음이 들었다. 그래서 쌀알을 되도록 멀리 흩뿌려 주었다.

보랏빛으로 물든 하늘에 옅은 귤빛이 퍼졌다. 메구미는 넋을 잃고 하늘을 바라보았다. 그때 비둘기 한 마리가 손 위로 올라오려고 날개를 퍼덕이는 걸 보고는 놀라서 꺅 하고 비명을 질렀다. 비둘기도 놀란 듯 몸을 냉큼 웅크렸다. 메구미는 화가 나서 창고를 발로 힘껏 걷어찼다. 창고 뒤쪽에 몸을 숨긴 비둘기들이 한꺼번에 푸드덕거리며 하늘로 날아올랐다. 그러나 아주 멀리 가지 않고 금방 도로 돌아왔다. 쌀알을 받아먹은 비둘기들은 이미 메구미를 얕잡아 보았다. 구구 하고 울면서 퍼덕퍼덕 주변을 날거나 창고 위 혹은 베란다 창틀에 느긋이 앉아 있었다. 메구미는 몇 번이고 창고를 발로 차서 비둘기들을 쫓았다.

어느새 하늘의 귤빛이 짙은 남색으로 바뀌었다. 드디어 하루가 끝나는 것 같아서 메구미는 마음이 놓였다. 슬슬 배가 고팠다. 엄마에게 오늘 저녁밥은 어떻게 해야 하는지 물으려고 휴대폰을 내려다보았다. 대화창에 알림이 하나 떠 있었다. 리쓰코가 '그러게.'라고 답장을 보냈다. 미적지근한 반응이 조금 아쉬웠지만 자신의 말에 동의한 것에 안심하며 '아코디언 하기 싫은데.'라고 솔직하게 메시지를 남겼다. '다 같이 할 수 있는 건 좋지만.'이라고 급하게 덧붙인 뒤에 '그래도 좀 더 편한 걸 하고 싶었어.'라는 말을 추가했다.

그런 다음에 엄마와의 대화창을 열어서 언제 오는지 물어보았다. 리쓰코에게서 곧바로 답이 왔다. 메구미는 버블티의 대화에 집중했다.

Richy
여왕이 왜 아코디언을 고집했는지 알아?

megll07
아니, 왜 그런 건데?

Richy
졸업 앨범 반별 소개 페이지에 합주 장면이 크게 나온다나 봐. 아코디언이 첫 번째 줄 한가운데잖아. 그래서 하고 싶었을 거라는 게 마야마야의 추리.

megll07
그거 맞을 듯! 정확한 추린데?

Richy
그 덕에 우리도 중앙에 나오겠어.

megll07
진짜.

리쓰코와의 대화는 거기에서 끊겼다. 메구미는 배가 고팠다. 엄마는 아직 메시지를 보지 못한 듯했고, 언니와 오빠가 있는 mimura's 대화 창도 조용했다. 부엌으로 가서 냉장고 문을 열었다. 별의별 게 다 있었지만 딱히 먹을 만한 것은 없었다. 마가린 통을 열어 보니 3분의 1 정도 남아 있었다. 손가락으로 찍어 한 입 맛보자 감미로운 맛이 입안에 사르르 퍼졌다. 배가 고파 손가락을 멈출 수가 없었다. 소파에 앉아 눈

깜짝할 사이에 마가린을 모두 먹어 치웠다. 그걸로도 모자라 강아지처럼 혓바닥으로 통 안을 구석구석 핥았다. 마가린 통을 버리고 휴대폰을 확인하자 엄마에게서 답장이 와 있었다.

mami_mim
역 앞 '엔젤스'로 나와. 같이 밥 먹자.^^

"아싸!"

메구미는 자리에서 벌떡 일어났다. 휴대폰 화면을 끄자 주위가 깜깜했다. 불을 켜는 것도 잊고 있었다는 걸 그제야 깨달았다.

다음 날 아침, 늦잠을 잔 메구미는 엘리베이터 버튼을 연거푸 누르며 발을 동동 굴렀다. 가까스로 도착한 엘리베이터에는 20층에 사는 리쿠오가 타고 있었다. 아주 가끔 이렇게 마주치곤 했는데, 좁은 공간에 둘이 있으면 어떤 표정을 지어야 할지 몰라 난감했다. 메구미는 안쪽에 잠자코 서 있었다.

저학년 때는 구립 도서관 낭독회에 자주 같이 갔다. 그때는 평범하게 이야기를 나눴던 것 같은데, 지금은 둘 사이에 얇은 벽이 생겼다. 단순히 성별에 따라 나뉜 벽이라고 생각했지만, 어쩌면 그게 전부는 아닐지도 모른다. 리쿠오에게는 이야기하고 싶은 여자애와 그렇지 않은 여자애가 구분되어 있는 것 같았다. 고학년 남자애들 사이에 그런 분위기가 스멀스멀 퍼지는 걸 느낄 때가 있었지만 애써 모른 척할 뿐이었다.

리쿠오는 엘리베이터가 1층에 도착하자 뒤도 돌아보지 않고 달려 나갔다. 아파트 정문에는 늘 그렇듯 지호가 기다리고 있었다. 변함없는 미소를 보자 메구미는 마음이 놓였다. 오늘도 지호는 구불구불 땋은 머리에 어제와 다른 물방울 모양 리본을 달고 있었다.

"처음 보는 거네. 그 리본, 엄청 귀엽다."

"이 나이에 리본이라니, 너무 꼬마 같지? 애들이 놀린 적도 있어."

"어우, 그건 애들이 너무했네."

"그래? 그치만 촌스러운 건 사실이잖아."

지호는 리본을 손으로 덮어 감추었다. 아직까지 머리에 리본을 다는 아이는 없었다. 하지만 메구미는 매일 아침 지호의 단정한 머리를 보는 것이 좋았다. 지호 엄마는 메구미보다 키와 체구가 작고 온화한 성품을 지녔다. 메구미는 지호 엄마가 가느다란 손가락으로 지호의 머리 모양을 손질하는 걸 상상하면 왠지 모르게 기분이 좋아졌다.

"안 촌스러워. 엄청 귀엽다니까?"

일부러 과장을 조금 보태 칭찬하자 지호도 평소처럼 볼을 붉히며 쑥스러워했다.

"이거, 우리 엄마가 직접 만든 거야."

"우아! 진짜?"

"응, 리본이나 머리끈 같은 액세서리를 만들어서 인터넷으로 팔거든. 근데 비밀이야. 다른 집 부모님들이 뭐라고 한다고 말하지 말래."

"알았어, 아무한테도 말 안 할게."

메구미는 고개를 끄덕였다. 지호가 비밀을 말해 줘서 기뻤다.

"오늘부터 합주 연습 시작이네."

"응, 넌 무슨 악기였지?"

"난 리코더."

"그렇구나. 나는 아코디언인데."

"알아. 가나에가 정해 버렸잖아."

지호는 별 뜻 없이 한 얘기였지만, 메구미는 '정해 버렸다'는 말에 마음이 상했다. 주위에서는 그런 식으로 보고 있는 걸까? 메구미는 맨날 가나에가 시키는 대로 하잖아, 라고.

학교 현관에 도착하자 가나에가 메구미를 와락 끌어안으며 외쳤다.

"메구미, 나 센터로 뽑혔어!"

가나에의 환희에 찬 얼굴을 보자 메구미도 기분이 좋아졌다.

"잘됐다, 정말!"

둘은 서로 껴안은 채 신나게 떠들었다.

가나에는 1학기 때 주 2회 댄스 스쿨을 다녔는데, 요즘은 더 자주 갔다. 선생님이 출연하는 댄스 쇼의 오디션에도 합격했다. 합격자 열두 명이 수업 중에 센터 경쟁을 벌였는데, 거기에 뽑힌 모양이었다. 지호는 둘이 환성을 질러 대는 사이에 먼저 신발을 갈아 신고 복도를 걸어갔다.

"쟤는 리본이 몇 개나 있는 거냐?"

메구미는 가나에가 작게 빈정거리는 소리를 못 들은 척했다. 뒤에서 마야가 다가오며 인사를 건넸다. 메구미는 곧장 가나에가 센터로 뽑힌 일을 전하고 이번에는 셋이서 함께 떠들었다. 교실에 도착한 뒤에는 리쓰코에게 달려가 그 얘기를 큰 목소리로 떠벌렸다.

"완전 대박 사건! 가나에가 오디션에서 댄스 쇼 센터로 뽑혔대!"

"뭐? 진짜? 센터라니, 쩐다!"

교실에 있는 아이들의 시선이 집중되는 게 느껴져 메구미는 한층 더 큰 목소리로 말했다.

"가나에라면 당연히 뽑힐 거라고 생각은 했지만, 아무튼 정말 대단해. 너무 멋져!"

"아니야, 대단하기는 뭘."

가나에가 어울리지 않게 겸손하게 말했다.

"센터가 네 명인데 나 빼고 전부 중학생이야. 댄스 동아리 부장도 있고. 다들 키가 커서 어른들 속에 꼬맹이가 끼어 있는 듯한 느낌이라니까. 진짜 좀 그래."

자세히 들어 보면 중학생들 틈에서 센터로 뽑힌 걸 자랑하는 거였다.

"댄스 동아리 부장? 가나에, 그런 사람들이랑 같이 오디션을 봐서 뽑힌 거라니 더 대단한데?!"

메구미는 가나에가 듣고 싶어 하는 말을 그대로 읊어 주었다. 가나에가 난처한 듯이 얼굴을 찌푸리며 대꾸했다.

"그치만 부장이라고 해도 그렇게까지 잘하지는 않아. 분위기로 먹고 들어간달까?"

이번에도 '그치만'으로 시작해서 남을 깎아내렸다. 역시 가나에였다. 언제나 이런 식으로 댄스 스쿨에서 일어나는 일을 불만스럽게 이야기하다가 마지막에는 자기 자랑으로 끝맺었다. 이런 패턴을 모두 너무나 잘 알고 있었다. 리쓰코가 가나에 몰래 메구미에게 눈짓을 하는 것이 그 증거였다. 메구미는 쓴웃음을 지으며 호응하면서도 가나에 앞에서는 능숙하게 칭찬을 퍼부었다.

"그래도 대단한 거지. 중학생도 있는데 센터로 뽑히다니!"

말은 그렇게 했지만 오늘 밤에 '버블티'의 대화창에서 셋이 모여 여왕의 험담을 엄청나게 하게 되리라고 짐작했다. '버블티'는 다 같이 버블티 전문점에 가려다 가나에가 임시 레슨 때문에 오지 못하게 된 날 우연히 만들어졌다. 처음에는 가나에의 험담을 쓸 생각도, 비웃을 생각도 없었다. 그저 세 명만 있는 대화창이 어쩐지 마음이 편해서 그 뒤에도 딱히 없애지 않고 그냥저냥 쓰게 되었다.

가나에를 몰래 놀리기 시작한 것은 메구미가 동영상 플랫폼에서 발견한 '교실에 꼭 있는 여왕 유형'이라는 랩 형식의 개그를 '버블티'에 올렸을 때부터다. 약간의 모험이었다. 리쓰코와 마야가 가나에에게 영상을 일부러 전달할 거라고는 생각하지 않았지만, 보고 나서도 아무 말이 없으면 어쩌나 싶기는 했다. 그러나 둘은 메구미가 상상한 것보다 훨씬 더 폭발적인 반응을 보였다.

Richy
교실 속 여왕이래.ㅋ

메구미가 던졌어.ㅋ

마야마야
아, 넘 웃겨.ㅋㅋㅋ

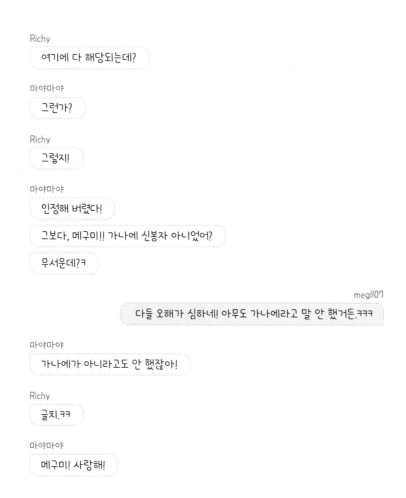

Richy
여기에 다 해당되는데?

마야마야
그런가?

Richy
그렇지!

마야마야
인정해 버렸다!

그보다, 메구미!! 가나에 신봉자 아니었어?

무서운데?ㅋ

megll07
다들 오해가 심하네! 아무도 가나에라고 말 안 했거든.ㅋㅋㅋ

마야마야
가나에가 아니라고도 안 했잖아!

Richy
글치.ㅋㅋ

마야마야
메구미! 사랑해!

휴대폰 화면이 대화문으로 꽉 찼다. 기묘할 정도로 좋은 반응을 보고 있자니, 리쓰코와 마야가 전부터 자기가 모르는 곳에서 가나에에 관한 이야기를 해 왔을지도 모른다는 생각이 들었다.

동영상에서 교실 속 여왕을 연기한 고등학생은 진한 화장을 한 채 등교해 수업 중에 감자칩을 먹거나 게임을 했다. 쉬는 시간에는 휴대폰으로 음악을 들으며 춤을 추고, 좋아하는 남자애와 얘기하는 여자애의 트집을 잡았으며, 측근인 여자애들과 몰려다니며 다른 아이의 험담을 했다. 가나에는 그 정도까지는 아니었지만 수업 중의 잡담이나 쉬는 시간의 댄스, 마음에 드는 남자애와 별 상관없는 남자애 앞에서 획획 바뀌는 태도 등이 신기할 정도로 비슷했다.

채팅방에서는 떠들어도 현실 세계에서 가나에를 놀리는 일은 없었다. 가나에게 맞서지도 않았다. '버블티'의 대화는 그 안에서만 하는 것으로 정해져 있었다. 머릿수로 본다면 3 대 1이니 셋이서 마음먹고 무시하면 가나에를 외톨이로 만들 수도 있었다. 하지만 그러고 싶지 않았고, 셋의 마음이 딱 맞을 것 같지도 않았다. 리쓰코도 마야도 기회주의자여서, 가나에가 직접 따져 물으면 바로 배신할 것이 뻔했다.

무엇보다 메구미는 가나에가 싫지 않았다. 가나에게 휘둘릴 때도 있지만, 그 애가 자기를 끌어안을 때면 마음이 달콤하게 녹아내렸다. 가나에는 예쁘고 귀엽고 세련되고 멋있었다. '버블티'에 대고 불평하면서도 가나에와 절친이라는 생각에 거짓은 추호도 없었다.

지금 이 순간에도 메구미는 넋을 잃은 채 춤을 추는 가나에를 바라보았다. 배운 지 얼마 안 되었다면서 가볍게 추었지만 손짓이나 허리의 움직임이 무척 예뻤다.

"참! 말한다는 걸 깜빡했는데, 1월에 공연이 있어."

가나에가 춤을 추다 말고 말했다. 말투로 보아 세 명을 공연에 초대하고 싶은 모양이었다.

"센터가 되고 나서 처음 하는 공연이잖아. 다들 와 줄 거지?"

메구미는 어딘지 모르게 겸손하고 조심스러운 가나에의 말투에 애틋한 마음이 들어서 곧장 대답했다.

"당연히 가야지."

"잘됐다! 너무 좋아. 어디서 하냐면……."

가나에가 낯선 지명을 말하자 메구미가 물었다.

"리쓰코랑 마야마야도 갈 수 있지?"

당연히 간다고 할 줄 알았는데 둘은 입을 꾹 다물고 있었다. 리쓰코가 신중한 얼굴로 물었다.

"1월 언젠데?"

"언제냐면…… 까먹었어. 아마 일요일일걸. 왜?"

가나에의 얼굴이 흐려졌다. 원하는 대답을 하지 않는 리쓰코와 마야에게 짜증이 난 듯했다.

"일요일은 어쩌면 일이 있을지도 몰라서……. 승단 심사도 코앞이고……."

리쓰코가 말끝을 흐렸다.

"그럼 마야마야, 나랑 같이 가자!"

메구미가 말을 걸자 마야는 리쓰코 쪽을 힐끔거렸다. 도움을 청하듯 간절한 눈빛인 걸로 보아, 마야도 도망칠 궁리를 하고 있다는 것을 직감했다.

"마야는 1월에 바쁘대."

리쓰코가 대신 대답했다.

"뭐 때문에?"

"그게, 좀 바빠서……."

마야는 제대로 대답하지 않았다.

"2월이나 그 뒤엔 우리도 갈 수 있을지 몰라. 다음 공연 때 갈게."

리쓰코가 재빨리 덧붙였다. 메구미는 고개를 끄덕였지만 내심 초조해졌다. 이러다 나만 가는 거 아니야? 어떡하지?

"음, 그럼 메구미만 와도 돼."

가나에가 무심하게 말했다.

"메구미, 꼭 와 줘야 해!"

"그럼. 갈게, 갈게."

밝은 목소리로 대답하자 가나에가 팔짱을 꼈다. 메구미는 역시나 기분이 좋아졌다.

메구미는 지호와 같이 하교한 뒤, 아파트 1층 입구에서 헤어져 우편함으로 갔다. 730호 우편함 센서에 카드 키를 대자 튕겨 나오듯이 뚜껑이 열렸다. 수많은 광고물이 흘러넘쳐 바닥으로 흩어졌다. 며칠 동안 배달된 양이 아닌 듯했다. 메구미는 바닥을 기다시피 해서 우편물들을 한데 모았다. 안내문이 붙은 게시판을 그냥 지나치려 했는데, 신경 쓰이는 단어가 눈에 들어와 우뚝 멈추어 섰다. '비둘기'였다. 그 단어에 이끌려 안내문을 찬찬히 읽었다. '비둘기 배설물로 인한 공용 공간 피해 보고'라고 쓰여 있었다.

…… 무척 큰 피해가 발생하고 있습니다. 비둘기는 안심할 수 있는 장소라고 인지하면 거처로 삼아 둥지를 틉니다. 따라서 배설물의 양이 급증해 주변의 공용 공간인 베란다 전체를 더럽힘으로써 비위생적인 환경을 만듭니다.

비둘기가 찾아오는 것으로 확인된 가정에는 이미 서면을 통해 주의를 드리고 있습니다. 비둘기 배설물로 인한 피해가 계속된다면 관리 사무실에서 더 엄중한 주의 및 구제 비용 부담을…….

메구미는 한동안 안내문을 바라보다가 느릿느릿 걸어서 엘리베이터에 탔다. 하늘로 솟아오르는 듯한 상승감을 느끼는 동시에 가슴께에 자갈돌을 삼킨 듯한 통증이 느껴졌다. 집 안으로 들어서서 베란다에 비둘기 떼가 있는 걸 보고는 통증이 더 심해졌다. 먹이를 기다리는 게 분명했다.

어제까지는 위로였던 그 광경이 갑자기 공포스럽게 다가왔다. 메구미는 소파 구석에 몸을 웅크리고 앉았다. 빵 봉지와 빈 컵이 쌓여 있는 탁자에서 리모컨을 집어 들어 TV를 켰다. 색깔과 소리로 분위기를 바꾸고 싶었다. 그러고 나서 휴대폰에 뜨는 '추천 동영상'을 확인했다.

11월도 다 가서 해가 빨리 졌다. 6시도 되지 않았는데 벌써 밤이 된 듯 컴컴했다. 이 시간대의 TV는 볼 게 없었다. 추천 동영상에도 별 볼일 없는 것들만 떠 있었다. TV와 휴대폰을 멍하니 번갈아 보며 시간을 때우던 메구미는 우편물 보관함에서 가져온 광고지 다발을 집어 들었다. 알록달록한 광고지 사이에 갈색 봉투 두 개가 끼어 있었다. '730호 미무라 귀하, 관리 사무실 드림'이라고 적혀 있었는데, 다른 한

장에는 '빠른 확인 부탁드립니다.'라고 빨간 글씨가 쓰여 있었다. 봉투 안의 종이를 슬쩍 보니 '비둘기'라는 글자가 보였다. 메구미는 봉투 두 개를 접어서 책가방에 넣어 버렸다.

가방 속에는 〈브라질의 수채화〉 악보가 들어 있었다. 리쿠오가 악보 읽기를 해 오라고 한 말이 떠올랐지만, 그런 건 머릿속 저편으로 밀어 두고 TV를 봤다. 오늘 합주 연습에서 자신만 아코디언을 잘 치지 못했다. 대충 얼버무리며 넘어갈 생각이었는데, 리쿠오에게 딱 들키고 말았다.

메구미는 다시 휴대폰을 켜서 아이돌 그룹의 새 뮤직비디오를 봤다. 그때 영상 위로 가나에가 보낸 문자가 떴다.

kanae
중학교 들어가면 같이 댄스 동아리 만들지 않을래?

평소라면 기뻤을 얘기지만, 지금은 마음이 그다지 동하지 않았다. 문득 가나에의 공연에 혼자 가야 한다는 사실이 떠올랐다. 모르는 동네의 낯선 공연장에 혼자 가야 한다니. 전철 요금은 어떡하지? 갑자기 불안감이 온몸을 휘감았다. 혼란스러운 마음을 잠재우려고 가나에에게 답장을 보냈다.

megll07
좋지! 리쓰코랑 마야도 들어오려나?

kanae
리쓰코는 가라테로 점점 바빠질 테니까 아마도 힘들걸?

kanae

아빠가 엄격하니 불쌍하지, 뭐.

춤을 출 캐릭터도 아니고.

그리고 마야는 사립 중학교 갈 거니까 아예 안 될 거고.

megll07

어, 진짜?

마야는 입시 안 본다고 했는데.

kanae

본대. 엄마가 그랬어. 모르는 척하라고 했지만.

1월에도 입시 치르느라 바쁜 거래.

힘들 것 같아.

메구미는 담담하게 반응하는 가나에에게 불만이 솟구쳤다.

megll07

입시 안 본다고 말해 놓고서.

kanae

그래도 메구미가 와 주니까 괜찮아. 👍👍

공연 티켓이 3천 엔인데, 친구 할인으로 2천 엔이면 된대.

메구미는 그대로 굳어 버렸다.

"뭐? 뭐라는 거야?"

손가락을 멈춘 채 입만 움직였다.

"2천 엔이라니, 어쩌지?"

수면에서 주둥이를 내밀고 뻐끔거리는 잉어처럼 메구미는 계속 혼자서 중얼거렸다. 어쩌지, 어쩌지? 가나에에게 이런 답을 보낼 수는 없었다. 바로 답하지 않는 메구미의 눈치를 살피듯이 가나에의 말투가 급작스럽게 상냥해졌다.

kanae

좀 비싼 듯…… 미안.

가나에는 '부탁할게!'라는 이모티콘까지 보냈다.

"뭐래? 뭘 부탁한다는 거야! 야!"

메구미는 가나에의 문자를 읽은 것이 후회되었다. 바로 답을 쓰지 못하고 '버블티'의 대화창을 열었다.

megll07

오늘 얘기한 댄스 공연, 2천 엔이래.

어쩌지?

힘들겠는데.

그렇게 써서 보낸 뒤 둘의 반응을 살폈지만 누구도 읽었다는 표시가 뜨지 않았다. 그 후로 시간만 하염없이 흘러갔다.

십 분 후, 메구미는 둘 다 메시지를 확인하고도 답장을 보내지 않는 거라고 확신했다. 마야는 학원에 있을지도 모르지만, 적어도 리쓰코는 읽었을 것이다. 한시도 휴대폰을 손에서 떼지 않는 데다, 이 시각쯤에는 도장에서 집으로 돌아가는 버스 안일 테니까. 알림으로 뜬 문자를 보면 대화창에 읽음 표시가 되지 않아서, 답하기 어려운 문자는 그렇게 보고서도 못 본 척하고 지나갈 수 있었다. 자신이 쓰는 방법을 친구들도 쓰고 있을 터였다.

메구미는 분노로 가슴이 떨렸다. 2천 엔을 내야 한다고 말하는 가나에도, 중학교 입시를 치르는 걸 비밀에 부친 마야도 아닌, 메시지를 읽은 티를 내지 않는 리쓰코에게 화가 났다. 짜증이 솟구쳐 탁자를 걷어찼지만 기대한 만큼의 소리는 나지 않고, 발가락뼈만 찡하게 아파서 부아가 더 치밀었다. 한편으로는 가나에에게 쓸 답이 떠오르지 않아 초조했다. 답장이 너무 늦으면 망설인다는 걸 들킬 터였다. 처음부터 문자를 읽지 않았으면 좋았을 텐데. 후회가 밀려왔다.

머리를 싸매고 있는데 복도에서 구두 소리가 나더니 엄마가 들어왔다.

"메구미, 왜 이렇게 캄캄하게 해 놓고 있어?"

엄마가 환히 웃으며 불을 켰다.

"엄마……."

메구미는 눈물이 왈칵 쏟아질 것 같았다.

"캄캄한 데서 휴대폰 보면 눈 나빠진다니까. 엄마가 돈가스 사 왔어. 배고프지?"

엄마가 탁자에 도시락이 든 비닐봉지를 내려놓았다. 오래된 돈가스 전문점의 이름을 보자 배에서 꼬르륵 소리가 났다.

"우아! 여기 유명한 데잖아! 개꿀!"

"엄마는 이제 모임 나갈 건데, 역 앞에서 차 마시고 있을 테니까 무슨 일 있으면 전화해. 십 분이면 올 수 있으니까."

엄마는 거울도 보지 않고 립스틱을 고르게 펴 발랐다. 얼마 전에 산 부드러운 감촉의 갈색 모피 코트를 입고 있었다. 아직 그렇게 춥지도 않은데 요즘 그 옷을 자주 입었다. 코트 아래로 하늘하늘한 레이스로 된 원피스의 밑단이 보였다.

"미나랑 류한테도 이거 먹으라고 말해 줘."

"엄마."

메구미는 당장이라도 나갈 듯한 엄마를 불러 세웠다.

"왜? 시간 없는데."

엄마가 메구미를 바라보았다. 똑바로 눈을 마주친 것이 오랜만이었다. 귀찮다는 듯이 눈썹을 찌푸린 엄마의 얼굴을 보자 메구미는 마음이 급해졌다.

"있지, 오늘 가나에한테 댄스 공연 초대를 받았는데…….."

"그래서? 가면 되잖아. 문 잘 잠그고 있어. 돈가스 비싼 거니까 잘 먹고."

"2천 엔이래."

"뭐?"

"댄스 공연 입장료가 2천 엔이래. 그리고 모르는 동네라서…….."

혼자 갈 수 없어. 가나에랑 같이 갈 수 있을지 어떨지 모른단 말이야. 가나에는 리허설을 할지도 모르고. 메구미는 하고 싶은 말을 어떻게 꺼내야 할지 몰라서 머뭇머뭇했다.

"2천 엔이라니. 애들 공연에?"

"응, 그렇대."

"지금 필요해?"

"아니, 지금 안 줘도 되는데."

엄마는 지갑에서 천 엔짜리 지폐를 두 장 꺼내어 메구미에게 주었다.

"너, 거짓말하는 건 아니지? 좀 수상하다 싶으면 엄마가 바로 확인한다."

"거짓말 아니야! 가나에 엄마한테 물어봐도 돼."

"알았어, 그럼 이제 엄마 간다."

엄마는 신발장에서 롱부츠를 꺼내서 바닥으로 떨어뜨렸다. 메구미의 스니커즈를 발로 밟고서 무지 빡빡해 보이는 부츠를 신었다. 그러고는 문을 잠그라는 말만 남기고 서둘러 밖으로 나갔다. 메구미는 문을 잠그고 거실로 돌아와 도시락을 먹었다. 차갑게 식은 돈가스가 입안에서 퍼석거렸다. 음식을 씹으면서 가나에에게 문자를 보냈다.

megll07
엄마가 괜찮다고 허락해 줬어!

kanae
고마워! 사랑해.♡

그날 밤, 엄마는 메구미가 잠들 때까지 돌아오지 않았다.

다음 날 아침, 약속 장소에 지호 대신에 지호 엄마가 서 있었다. 메구미가 모른 척할까 잠시 고민하는 사이에, 지호 엄마가 부드러운 미소를 지으며 다가왔다.

"메구미, 매일 지호랑 같이 학교 가 줘서 정말 고마워."

지호 엄마도 아파트 게시판에 붙은 안내문을 봤으리라는 생각이 들었다. 많은 사람이 730호의 베란다를 감시하고 있을 터였다.

"저, 지호는⋯⋯?"

"지호는 몸이 좀 안 좋아서 오늘 결석하게 됐어."

"감기 걸렸어요?"

"응, 아무래도 독감이 아닌가 싶어. 이따 병원에 가 보려고."

지호 엄마는 이렇게 말하며 메구미와 나란히 걷기 시작했다. 회색 스웨터를 입은 지호 엄마는 메구미가 조금 내려다봐야 할 정도로 키가 작았다. 다양한 액세서리를 만든다던 얘기가 떠올라서 물어볼까 싶었지만, 다른 아이의 엄마에게 어떻게 말을 걸면 좋을지 몰라 자꾸만 망설여졌다.

지호 엄마가 먼저 말을 걸어왔다.

"어머니는 잘 계시지?"

"네, 잘 계세요."

'어머니'라니. 메구미는 웃음이 터질 것 같았다. 솔직히 말하면 오늘은 아직 엄마를 보지 못했다. 엄마는 어젯밤 늦게까지 술을 마셨는지, 언니와 오빠보다도 늦게 집으로 돌아왔다. 아침에 안방 문을 열었을 때 침대 위에 내던져진 수많은 옷 속에 파묻혀 자고 있는 뒤통수가 보여서 조심스럽게 도로 닫았다.

"메구미, 도움이 필요하면 언제든지 아줌마네 집 초인종을 눌러도 돼."

메구미는 지호 엄마의 말에 당황했다.

"아줌마는 보통 집에 있거든."

뭐라고 대답해야 할까? 감사 인사를 해야 하나 싶은 생각이 들었지만, 구태여 그러고 싶지는 않았다. 대체 왜 자기 집 초인종을 누르라는 걸까?

"메구미는 지호보다 훨씬 야무지니까 아줌마가 괜한 걱정을 하는 거겠지만……. 아버지가 혼자 다른 지역에 발령 나가 계셔서 어머니도 정말 힘드실 것 같아. 그래도 메구미는 아직 아이니까……, 아이 혼자서 할 수 없는 일도 있잖아. 그래도 괜찮은 거고. 아이는, 그냥 아이처럼 살아야 하는 거야."

옆에서 걷는 지호 엄마의 얼굴을 보지는 않았지만 분명히 정의감에 찬 얼굴을 하고 있을 터였다. 메구미는 불쾌감이 치밀었다. 내용은 상냥하고 아름다웠으나, 굳이 듣고 싶지 않은 이야기였다. 도대체 이 아줌마는 왜 날 따라오는 걸까?

"아이는 어른을 의지해도 괜찮아. 그러니까 언제든 찾아와도 돼."

지호 엄마가 덧붙였다. 메구미는 아무 대꾸도 하지 않았다.

두 사람은 말없이 골목길을 걸었다. 지호 엄마가 계속 따라올 기세라서 메구미는 짜증이 슬쩍 났다. 마치 그런 마음을 읽기라도 한 듯이 지호 엄마가 걸음을 멈추었다.

"그럼 난 여기서 이만. 미안해, 아줌마만 계속 떠들었구나. 참, 메구미. 이거 선생님께 전해 줄 수 있을까?"

지호 엄마가 결석 사유서를 건네며 어른에게 하듯이 고개를 살짝 숙였다.

"네, 그럴게요."

"고마워. 집에 올 때는 리쿠오랑 같이 와."

메구미는 싫다고 생각하면서도 대충 고개를 끄덕인 뒤 혼자 걷기 시작했다.

치한이 나왔다는 이야기가 떠도는 골목에 접어들었다. 조금 전까지 지호 엄마가 따라오는 게 싫었는데 갑자기 불안한 마음이 스몄다. 자연스레 걸음이 빨라졌다. 책가방을 덜거덕거리며 큰길까지 달려가서 골목을 돌기 전에 뒤를 돌아보았는데, 저 멀리에 지호 엄마가 계속 서 있는 모습이 보였다. 메구미는 짐짓 지호 엄마를 못 본 척했다. 큰길을 걷다가 "재수 없어."라고 중얼거렸다.

사실은 알고 있었다. 메구미가 무사히 큰길로 나갈 때까지 지켜봐 준 거라는 걸. 예전에 지호 엄마와 같이 골목을 걸은 것도 지호가 결석 한 날이었다. 그때도 똑같이 이렇게 한참을 지켜봐 주었다. 딸이 아파 서 집에 누워 있는데도 메구미가 가는 길을 지켜봐 준 것이다. 메구미 는 왠지 눈물이 날 것 같았다. 하지만 다른 아이의 엄마에게서 이런 기 분을 느끼기는 싫었다. 알고 싶지 않은 걸 알아 버린 듯한 기분이었다.

교실에 들어서는 순간, 리쓰코와 마야의 태도가 어제와는 사뭇 다 르다는 생각이 들었다. 마야는 재빨리 눈을 피했고, 리쓰코는 인사를 건네는 표정이 굳어 있었다. 위험 신호였다. 아침에 확인해 보니 '버블티'에 쓴 글은 두 사람 다 읽은 상태였다. 그런데도 여태 답장이 없다는 것은 아무리 생각해도 부자연스런 일이었다.

메구미는 어떻게 된 일인지 단번에 알아차렸다. 둘이서만 따로 이야기를 나눈 게 분명했다. 메구미에게 어떻게 반응할지 몰래 의논했을 터였다. 메구미는 망했다고 생각했다. 저 둘을 믿지 말았어야 했는데. 이렇게 된 이상 진지한 글이 아니었던 것으로 만들어야 했다. 가나에의 험담을 한 것이 되면 안 되었다.

초조해진 메구미는 리쓰코에게 다가가 말을 걸었다.

"있지, 어제……."

"아, 맞아! 어제 그거 봤어?"

리쓰코가 갑자기 화제를 바꾸었다. 그때 마침 가나에가 교실로 들어왔다. 넷은 여느 때와 똑같이 떠들어 댔다. 마야는 TV를 보지 않았는지 방긋방긋 웃으며 듣고만 있었는데, 때때로 메구미와 눈이 마주치면 어색하게 피했다. 리쓰코도 메구미와 눈을 맞추지 않았다. 가나에만 메구미와 팔짱을 낀 채 댄스 리듬을 타며 태평하게 TV 프로그램의 감상평을 늘어놓았다.

메구미는 가나에의 이야기에 맞장구를 치면서도 머릿속으로는 최악의 상황을 상상했다. 마야와 리쓰코가 메구미의 발언을 스크린샷으로 저장해서 가나에에게 보냈을지도 모른다는 상상이었다. 리쿠오가 친구에게 마야와 자신의 대화를 보여 준 것처럼. 어쩌면 자기들이 한 말은 삭제하고 메구미가 말한 부분만 편집해서 가나에에게 보여 줬을지도 모른다. 상상만으로도 심장이 딱딱하게 굳는 듯했다.

만약에 그런 일을 당한다면 가만히 있지 않을 생각이었다. 둘이서 가나에의 험담을 한 증거를 갖고 있으니까. 이런저런 생각이 떠올라 숨이 가빠졌다. 마치 전쟁이 시작되기 직전의 긴박한 상황 같았다.

"아, 맞다. 댄스 공연 안내장 갖고 왔어."

가나에가 자리로 돌아가 가방에서 안내장을 꺼내 오는 사이, 세 사람 사이에 무거운 침묵이 내려앉았다. 두 사람이 조심스럽게 주고받는 시선을 느낀 메구미는 자신의 추측이 확실하다고 생각했다.

～～～

〈주니어 댄스 퍼포먼스 쇼〉

예매권 : 2,500엔

당일권 : 3,000엔

주최 : 레인보우 아트 댄스 아카데미

～～～

메구미가 가나에에게 안내장을 받아서 가방에 넣을 때까지 마야와 리쓰코는 아무 말도 하지 않았다.

합주 연습은 엉망진창이었다. 리쿠오가 한 사람씩 아코디언을 연주하게 했기 때문이다. 리쓰코와 가나에가 무난하게 연주를 마치자 메구미 차례가 되었다. 당연히 연주를 하지 못했다.

"악보 읽어 오라고 했잖아."

리쿠오의 표정이 굳어졌다.

"미안, 미안! 내일 할게."

메구미는 익살맞게 양손을 모아 보였다. 최대한 가벼운 분위기를 만들어 이 상황을 벗어나고 싶었다. 리쿠오가 차갑게 대꾸했다.

"까먹지 말고 진짜로 해 와. 음정이랑 박자가 맞지 않으면 곤란해."

"알았다니까!"

"모둠장, 오늘 너무 엄격하다."

메구미가 건성으로 대답하자 리쿠오가 또다시 한마디 하려는 것을 가나에가 막았다.

리쿠오는 원래 못하는 아이에게 유난히 엄격하게 굴었다. 메구미는 다른 아이에게 엄격한 잣대를 들이댈 때는 아무렇지 않았지만, 막상 자신이 겪게 되자 마음이 조마조마해졌다. 그나마 가나에의 말에 리쿠오가 한발 물러섰다. 그 후 마야는 부드럽게 연주를 했고, 다른 아이들도 음을 조금 틀리기는 했지만 끝까지 연주를 마쳤다. 제대로 연주하지 못하는 사람은 메구미뿐이었다. 어쩌면 좋지? 내일이 되면 정말로 연주를 못한다는 사실을 들키고 말 터였다.

하트 모양으로 접힌 쪽지가 날아온 것은 4교시 사회 시간에 마을에 관한 탐구 발표를 듣고 있을 때였다. 슬라이드를 사용하는 모둠 발표라서 커튼을 치고 교실을 어둡게 한 상태였다. 가나에네 모둠이 한창 발표를 하는 중이었다. 옆줄의 후미야가 메구미에게 쪽지를 던진 뒤 검지를 입에 대고 쉿, 하는 동작을 했다. 멋있는 척하는 게 우스웠다. 쪽지에는 '메구미에게 전달'이라고 쓰여 있었다. 마야의 글씨였다.

사회 시간 끝나면 가나에한테 화장실 간다고 하고 곧장 가사실로 와!

(우리가 쪽지 보낸 건 가나에한테 비밀이야.)

따로따로 모이자!

－리쓰코, 마야X2

　가나에에게 비밀이라는 점이 신경 쓰였지만, 어쨌든 두 사람이 자신을 공격할 생각은 아닌 듯했다. 마음이 살짝 놓이면서도 좀처럼 진정되지 않았다. 메구미는 쪽지를 작게 접어서 필통 속에 넣었다.

　수업을 마치는 종이 울리자 메구미는 가나에에게 화장실에 다녀오겠다고 말했다. 가나에는 발표 뒷정리를 하느라 바빠 보였다. 가나에가 기기 반납을 하러 학습 준비실에 가는 것까지 파악한 뒤에 자리에서 일어섰다. 정반대쪽에 있는 가사실로 부른 것을 보니 무슨 '작전'인 것처럼 느껴졌다. 가슴이 두근거렸다.

　가사실 앞에 도착하자 리쓰코가 기다리고 있었다.

　"여기 열쇠로 잠겨 있는데 어쩌지? 빨리⋯⋯."

　"가나에는 지금 학습 준비실에 갔어."

　메구미의 말에 소심한 리쓰코는 눈에 띄게 안심했다. 이윽고 계단에서 가벼운 발소리가 나더니 마야가 나타났다. 아침에도, 쉬는 시간에도 어색하게 눈을 피하며 수상하게 굴던 마야가 메구미를 똑바로 바라보며 말을 건넸다.

　"메구미, 왔구나. 다행이야. 쪽지는 버렸어?"

　"아직 안 버렸는데, 왜?"

"가나에한테 들키면 큰일이잖아. 이따가 찢어서 버려."

"알았어. 근데 뭔가 대단한 일을 벌이는 느낌인걸."

메구미가 웃자 마야도 따라 웃었다. 리쓰코는 여전히 안절부절못했다. 마야가 둘을 학교 운영 위원회 위원실 옆에 있는 손님용 화장실로 이끌었다. 아무도 없는 것을 확인한 뒤 안으로 재빨리 들어갔다.

"여기 들어와도 되는 거야?"

"괜찮아. 방이 어두운 걸 보면 아무도 없다는 거니까."

불안해 보이는 리쓰코와 달리 마야는 의연해 보였다. 메구미는 일단 안심이 되었다.

"잘 아네."

"우리 엄마가 운영 위원회 위원을 두 번이나 했거든."

메구미는 운영 위원회 위원은커녕 학부모 총회에도 거의 나가지 않을뿐더러, 수업 참관이나 운동회 같은 큰 행사도 금세 잊어버리는 엄마를 떠올렸다. 마지막으로 학교에 온 게 언제였더라? 그러고 보니 예전에 후미야 엄마가 전화로 학부모 총회의 참석 여부를 확인한 적이 있었다. 애들한테 당하기만 하는 후미야와 달리, 그 엄마는 묘하게 고압적인 말투에 사나운 느낌이 들었다. 엄마가 집에 없어서 두 차례 걸려 온 전화를 다 메구미가 받았다. 전화 좀 달라는 부탁을 받아서 엄마에게 전했지만 전화를 걸었는지는 알 수 없었다. 몇 번을 말해도 엄마는 알았다며 적당히 받아넘기기만 했다.

그런 생각에 잠겨 있는데, 마야가 얼굴을 들이대며 속삭였다.

"있잖아, 메구미. 가나에 댄스 공연 말이야."

"아……, 응."

"완전 사기 아니야?"

"응?"

"유료 공연이라는 걸 나중에 말하다니, 너무하잖아."

마야의 말에 리쓰코도 맞장구를 쳤다.

"진짜 사기꾼이야."

둘이 자기에게서 등을 돌릴지도 모른다는 생각에 불안했던 메구미는 맥이 탁 풀렸다. 연달아 나오는 이야기에 머리가 멍해졌다.

"함께 못 가서 미안해. 뭐, 앞으로도 영원히 가지 않을 거지만."

"맞아."

"가나에 일을 전부 너한테만 떠넘긴 것처럼 돼서."

둘은 평소처럼 웃고 있었다. 잘 아는 얼굴인데도 어쩐지 처음 보는 듯이 낯설었다. 메구미는 마음이 불편해서 시선을 바닥으로 떨구었다.

"메구미가 착해서 더 제멋대로 구는 거야."

"진짜, 메구미는 너무 착하다니까."

'착하다'는 말은 언뜻 칭찬 같았지만 어쩐지 자기를 바보 취급하는 것처럼 들리기도 했다.

"걔는 다른 사람 마음은 아예 생각을 못 한다니까."

"그러게. 우리가 평화주의자니까 다행이지, 중학교에 들어가면 그걸 누가 받아 주냐?"

"그치, 따돌림당하기 딱 좋지. 그럴 게 훤히 보인다니까."

"지금도 지호나 유이 쪽 애들은 가나에한테 완전 질렸잖아."

메구미는 더 이상 듣고만 있을 수 없어 입을 열었다.

"근데 있잖아…… 마야마야, 시험 봐서 사립 중학교 갈 거지?"

"그건 왜?"

마야는 굳은 얼굴로 어색하게 말끝을 올리며 물었다.

"가나에 말로는, 네가 1월에 입시가 있어서 댄스 공연 못 온다고 해서……."

메구미가 대꾸하자 마야는 입을 꾹 다물었다. 리쓰코는 이미 알고 있었는지 조금도 놀라지 않았다. 역시 마야와 리쓰코는 둘만의 작은 세계를 만든 게 분명했다. 그 세계에서 가나에는 가해자고 자신들은 피해자일 터였다.

"그래도 가나에는 화내지 않았어. 리쓰코도 엄격한 아버지 밑에서 가라테를 배우느라 힘들 거라고 했고."

리쓰코도 조금 전까지의 맹렬한 기세를 잃은 듯 입을 꾹 다물었다. 마야가 빠르게 변명을 늘어놓았다.

"물론 시험은 보지만, 딱히 학원 수업을 많이 받는 것도 아니라서 오중으로 떨어질 가능성이 높아. 그래서 굳이 너네한테 말을 안 한 것뿐이야. 지망하는 학교는 합격할 확률이 거의 없는 곳이니까."

마야가 이렇게까지 동요하는 이유가 뭘까? 사립 중학교에 불합격해서 오중으로 떨어진 것처럼 보이는 게 싫어서 미리 방어막을 치는 걸까? 방어막을 칠수록 오히려 오중 외에는 갈 곳이 없는 아이들과의 사이에 선을 긋는 것처럼 느껴졌다.

"그건 그렇고, 설마 가나에 흉이나 보려고 나를 부른 거야? 이제 됐으니까 교실로 돌아가자. 더 늦으면 가나에도 이상하게 생각할 거야."

메구미의 말에 리쓰코가 당황한 듯이 마야의 옆구리를 팔꿈치로 쿡쿡 찔렀다. 마야는 무언가 생각난 듯이 치마 주머니에 손을 넣어 작은 봉투를 꺼냈다.

"메구미, 이거…… 받아."

"이게 뭐야?"

"댄스 공연 입장료."

"왜?"

"좀 그럴 거 아니야. 우리가 천 엔씩 보탤게."

작은 봉투에는 '세뱃돈'이라고 쓰여 있었다.

"어제 둘이서 의논했거든."

"메구미만 희생하게 두면 안 될 것 같아서."

메구미는 자신의 반응을 살피는 빛이 역력한 눈동자를 마주 보다가 입을 열었다.

"교통비도 드는데?"

리쓰코와 마야가 당혹스러운 듯이 서로의 눈치를 보았다. 메구미 자신도 놀랐다. 교통비 생각은 털끝만큼도 없었는데 왜 그런 말이 튀어나온 걸까? 그것도 큰돈을 모아서 준 친구들에게 말이다.

그 순간, 교통비 문제가 아니라는 걸 깨달았다. 메구미는 두 사람이 가나에의 공연에 '앞으로도 영원히 가지 않을 거'라고 한 말에 상처를 받은 것이었다. 가나에의 춤을 보고 싶지 않은 걸까? 메구미는 가나에의 춤이 보고 싶었다. 단지 낯선 동네에 혼자 가기가 무서웠을 뿐이었다. 혼자 전철을 타 본 적이 한 번도 없으니까.

"교통비는…… 얼만데?"

"장난이야. 괜찮아, 미안해."

메구미는 황급히 사과하면서도 마야의 얼굴에 떠오른 표정을 놓치지 않았다. 조금 전까지 난처한 친구를 돕는다는 만족감이 넘쳐흐르던 눈빛이 차갑게 얼어붙었다. 언젠가 봤던 후지오카 선생님의 눈빛과 비슷했다. 메구미는 그 상황을 순순히 받아들였다. 친구가 자애로운 표정을 하고 자신을 보는 것보다 경멸하는 편이 더 나았다.

"메구미, 왜 그래? 화난 거야?"

둘은 어젯밤에 휴대폰 대화창에서 속닥속닥 의논했을 것이다. 두 사람이 주고받았을 메시지가 눈에 선했다. '가나에는 너무해. 메구미가 불쌍해.'로 일치단결했겠지. 지금 두 사람의 기분까지 손에 잡힐 듯했다. '착한 우리가 이렇게까지 배려해 줬는데, 메구미의 저 태도는 대체 뭐람?' 이렇게 생각하고 있을 것이 뻔했다.

메구미가 '세뱃돈'을 마야에게 돌려줬다.

"이건 됐어. 공연료는 엄마에게 받았거든."

메구미의 말에 마야가 웃으며 대꾸했다.

"뭐야, 그럼 그렇다고 진작에 말하지!"

살짝 불만스러운 듯한 마야와 달리, 불안한 눈빛의 리쓰코가 작은 목소리로 덧붙였다.

"가나에한테는 아무 얘기 하지 마."

"에이, 말 안 하지!"

메구미는 그렇게 대답하면서도 만약에 말하면 어떻게 될까, 하고 잠시 생각했다. 리쓰코와 마야가 가나에의 험담을 늘어놓았다고 얘기한다면……. 천하의 가나에가 울지도 모르겠다. 두 사람은 복수하기 위해 '버블티'에 자신이 쓴 글을 보여 주겠지. 넷은 공중 분해되고, 새 친구를 찾느라 안간힘을 쓰며 이쪽저쪽에서 서로를 흉보게 될 것이다. 말 한마디면 간단히 부서질 사이였다.

그래도 상관없었다. 가나에에게 말하지 않을 거니까. 외톨이가 되는 것도 싫지만, 가나에에게 그런 말을 전하기도 싫었다. 가나에가 둘의 이야기를 들으면 어떤 마음이 들지 생각하자, 메구미는 자신이 듣기 싫은 소리를 들은 것처럼 불쾌함이 느껴졌다. 자기도 '버블티'에서 가나에를 깎아내렸고, 제멋대로 구는 가나에에게 불만이 있었으면서도 왜 이런 기분이 드는 건지 알 수가 없었다.

"고마워, 걱정해 줘서."

평소의 메구미로 돌아간 듯이 애써 밝은 목소리로 말했다.

"둘 다 너무 착하다니까! 사랑해!"

리쓰코와 마야는 메구미의 표정에 일단 마음이 놓인 듯했다. 굳었던 표정을 풀고 마주 본 채 헤헤 웃으며 자신들의 선행을 쑥스러워했다.

오후 수업은 평온하게 흘러갔다. 리쓰코와 마야가 세운 작전이 가나에에게 들키는 일은 없었다. 세 명 모두 그런 실수는 하지 않았다. 점심시간에 메구미는 평소보다 더 익살맞게 굴었고, 마야와 리쓰코도 자연스럽게 수다를 떨다가 배를 잡고 웃었다. 밖에서 보면 더할 나위 없이 사이좋은 사인방이었다. 실제로 넷이서 같이 장난치는 시간은 메구미에게 하루 중에서 가장 유쾌한 시간이었다.

하지만 집으로 돌아가는 길을 혼자 걷기 시작하자 마음에 어두운 안개가 꼈다. 혼자가 되면 어김없이 외로웠다. 하굣길이 같은 세 명이 자신의 이야기를 하지는 않을까, 하는 작은 불안이 싹텄다. 리쓰코와 마야가 가나에에게 무슨 말을 해 버리지는 않을까? 메구미의 마음속에는 늘 그런 불안이 도사리고 있었다.

멀찍이 앞에 리쿠오가 걸어가는 게 보였다. 메구미는 뒤에 있는 걸 들키기가 싫어서 느릿느릿 걸었다. 리쿠오도 누군가를 기다리는 듯이 천천히 걷더니, 갑자기 멈춰 서서 가로수에 기대어 섰다. 메구미를 발견하고는 다시 걷기 시작하다가 한 번씩 뒤돌아서서 힐끔거렸다. 메구미는 결국 리쿠오를 따라잡았다.

"오늘 지호가 결석해서."

"알아."

메구미가 혼자 돌아가는 이유를 설명하자 리쿠오가 무심한 목소리로 대답했다.

큰길에서 주차장 쪽 골목으로 들어서자 갑자기 인적이 뜸해지더니 둘만 남았다. 메구미는 지호 엄마가 오늘은 리쿠오와 함께 돌아오라고 말한 게 생각났다. 리쿠오는 몇 걸음 앞에서 속도를 맞추며 걷고 있었다. 가끔 뒤를 돌아보며 메구미가 잘 따라오는지 확인했다. 아무래도 지호 엄마가 리쿠오에게 부탁한 모양이었다. 리쿠오와 함께 걷는 게 편하지는 않았지만, 그래도 혼자 한적한 길을 걷는 것보다는 나았다.

인적이 드문 길을 벗어나 공원 앞에서 낙엽을 바스락바스락 밟으며 걸을 때였다.

"악보 읽기, 내일까지야!"

조용히 앞서 걷던 리쿠오가 대뜸 이렇게 말하고는 저만치로 뛰어가 버렸다. 그 말이 계기였다. 메구미의 마음속에 알게 모르게 쌓여 가던 감정을 마음의 경계선 밖으로 흘러넘치게 만든, 한 방울이었다.

"리쿠오!"

메구미는 자기도 깜짝 놀랄 만큼 큰 소리로 외쳤다. 우뚝 멈춰 서서 뒤를 돌아보는 리쿠오에게 달려갔다. 메구미의 얼굴이 눈물로 젖어 있는 것을 보고 리쿠오가 어리둥절한 표정으로 물었다.

"넘어졌어?"

메구미는 리쿠오의 얼빠진 얼굴과 일차원적인 질문에 웃음이 터졌다.

"악보 읽기가 뭐야?"

휴대폰으로 검색하면 된다는 걸 알지만, 누군가 차분히 가르쳐 주기를 바랐다. 자신이 질문을 제대로 하지 못한다는 것을 깨달았기 때문이다. 리쓰코에게도, 마야에게도, 가나에에게도, 선생님에게도, 형제자매에게도, 엄마에게도 묻지 못했다. 큰일도, 작은 일도 아무것도 물을 수 없었다.

여러 가지 일이 뒤섞여 마음이 아팠다. 폐가 부풀어 올라 숨쉬기도 힘들었다. 눈 안쪽이 뜨겁게 부은 듯이 아팠다. 눈물이 계속 주르르 흘러나왔다. 이런 일로 울다니. 마지막으로 울었던 게 언제인지조차 기억나지 않았다. 하지만 오늘은 울고 있다. 뺨을 타고 흘러내리는 눈물이 오히려 비현실적으로 느껴져서 될 대로 되라는 심정이 되었다.

리쿠오는 울면서 웃는 메구미를 섬뜩하다는 듯이 쳐다보며 물었다.

"뭐? 악보 읽기가 악보 읽기지 뭐야?"

"그러니까 그게 무슨 뜻인지 모르겠다고! 뭐냐고, 도대체 악보 읽기가!"

메구미가 눈물을 닦으며 큰 소리로 다시 한번 물었다.

"뭐? 악보를 보고 음을 따는 거지."

"음을 딴다고?"

"도레미…… 같은 거. 음계를 외워서 악기를 연주하는 거야."

"그거, 네가 직접 했어?"

"뭐? 그럼 내가 하지, 누가 해?"

"자꾸 뭐, 뭐, 그만 좀 되물어. 시끄러워 죽겠네. 모르는 게 당연하잖아. 난 악보를 못 읽으니까!"

"왜?"

리쿠오가 천진한 얼굴로 물었다. 메구미는 지금까지 느꼈던 부끄러움이 사실은 별것 아니었다는 생각이 들었다.

"못 읽으니까 못 읽지!"

"음악 시간에 안 배웠어?"

"옛날에 까먹었지! 그런 거."

리쿠오는 어쩔 수 없다고 중얼대더니 책가방 속에서 얇은 클리어 파일을 꺼냈다. 그러고는 〈브라질의 수채화〉 악보를 건넸다.

"이거 가져가."

악보를 받아 펼치자 음표 아래에 음계와 손가락 번호가 쓰여 있었다.

"이걸 네가 다 한 거야?"

메구미가 묻자 리쿠오가 고개를 끄덕였다.

"힘들었어?"

리쿠오가 메구미의 질문에는 답하지 않고 되물었다.

"너희 집에 피아노 있어?"

"없어."

"없어?"

"너희 집처럼 커다란 피아노가 두 대씩 있는 게 더 이상한 거야."

메구미는 예전에 리쿠오네 집에 놀러 갔을 때 큰 피아노가 있어서 깜짝 놀랐다. 리쿠오 엄마는 피아노를 가르치는 사람이니, 아마 어릴 때부터 피아노를 배웠을 것이다. 그렇다면 이 정도는 쉽게 칠 수 있을 터였다. 오히려 왜 이렇게까지 빼곡하게 음계를 써 놓은 것인지 의문이 들었다.

"인터넷에 검색해서 나오는 건반 이미지 같은 거 출력해서 이 악보랑 맞춰 보면 금방 칠 수 있을 거야."

"안 돼. 난 못해. 뭐가 '도'인지도 모르는데."

"그것도 인터넷 보면 알 수 있어."

"엥? 못할 거 같은데?"

"왜?"

"왜냐니? 못하니까 못하지."

"해 보지도 않고 못한다고 말하지 마. 나도 이거 하는 데 세 시간은 걸렸다고."

"넌 전부터 쭉 피아노를 배웠으면서 왜?"

"아, 몰라. 내 얘기는 됐고. 피아노 건반 검색하면 이미지 많이 나올 거야. 학교에서 칠 때는 아코디언의 '도'랑 '솔' 자리에 투명 셀로판테이프 붙여 두면 너한테만 보이니까 도움이 될 거고."

"오, 그거 좋은 생각인데?"

"나도 예전에 멜로디언에 그렇게 해 놨거든."

"리쿠오……, 좀 하는데!"

"하긴 뭘 해?"

칭찬을 받아 쑥스러운지 리쿠오의 입꼬리가 들썩였다.

"그럼, 내일 봐."

리쿠오가 갑자기 빠른 걸음으로 앞서 걷다가 획 뒤돌아보며 말했다.

"꼭 내일이 아니어도 괜찮아."

"뭐가?"

"내일까지 연습해 오라고 했지만, 더 늦어도 된다고."

그렇게 말하고는 다시 걷기 시작했다. 조금 걷더니 또 뒤를 돌아보았다.

"칠 수 없는 데는 그냥 치는 척만 해도 돼."

메구미는 조금 전까지 울었던 게 거짓말처럼 느껴질 만큼 기분이 상쾌해졌다.

집으로 돌아오자 웬일인지 엄마가 있었다. 소파에 드러누워 TV를 보는 중이었다.

"엄마, 무슨 일이야?"

"무슨 일이냐니?"

"아니, 이 시각에 집에 와 있길래."

"그냥 피곤해서 그래. 가끔은 집에서 좀 쉬고 싶어서."

"밥은?"

"아직 4시인데 벌써 밥 타령이야?"

엄마가 웃어서 메구미는 겸연쩍어졌다. 딱히 배가 고픈 것도 아니었다. 그저 언제 밥을 먹을지 걱정하는 게 습관이 된 것뿐이었다.

"돈 줄 테니까 뭐라도 사 올래?"

"피자 시킬까?"

"피자는 비싸잖아. 평일 저녁으론 좀 과하지 않아?"

엄마는 부드러운 어투로 메구미의 제안을 거절했다. 실은 돈이 문제가 아니라 다른 사람을 집으로 부르고 싶지 않은 것일지도 모른다.

이전에 피자 배달원이 열린 문틈으로 쓰레기가 어지럽게 널린 집 안을 보고 깜짝 놀란 적이 있었다. 메구미는 음식값을 치르는 엄마 옆에서 피자를 받아 들다가 그 표정을 봤다. 엄마도 그 얼굴을 봤을 터였다. 그 후 두 사람은 아무 대화 없이 피자를 먹었다.

"엄마."

메구미는 무작정 엄마를 불렀다.

"응, 근데 너, 얼굴이 왜 그래? 울었어?"

아까 흘린 눈물 자국이 남은 모양이었다. 메구미는 손바닥으로 얼굴을 문질렀다.

"왜? 왜 그래? 무슨 일이 있었어?"

엄마가 소파에서 몸을 벌떡 일으켰다.

"아무것도 아니야."

"따돌림이라도 당한 거야?"

엄마가 눈썹을 잔뜩 찌푸리며 물었다. 언뜻 자신을 걱정하는 것처럼 보였다. 정말로 걱정하고 있다면 다행이지만, 엄마는 메구미가 인적 드문 길을 걸을 때 불안감을 느끼는 것조차 대수롭지 않게 여기는 사람이었다. 메구미는 얼른 화제를 바꾸었다.

"아빠, 중국에서 언제 와?"

그때 가족이 다 같이 중국에 갈 수는 없었던 걸까? 하지만 당시 메구미는 히나치와 친해져서 학교가 막 즐거워지기 시작한 터라 중국에 가는 건 상상도 할 수 없었다. 엄마도 언니도 가기 싫어했다. 오빠는 가고 싶어 했지만, 결국 가지 못했다.

"좀 길어졌지."

엄마가 남의 집 이야기를 하는 듯 무심하게 대꾸했다.

"언젠가 돌아오긴 하는 거지?"

"당연하지. 갑자기 무슨 일이야? 아빠가 보고 싶어졌어?"

"그건 아닌데……."

아빠와 함께 살 때에도 집 안은 어질러져 있었지만, 이 정도로 심하지는 않았다. 아빠가 중국으로 떠난 뒤 집은 점점 더 황폐해졌다. 엄마는 집 정리나 식사 준비 같은 일을 조금도 하지 못했다. 그래도 이 상태가 정상은 아니라는 것, 계속되어서는 안 된다는 것쯤은 알고 있는 듯했다. 분명히 어떻게든 해야 한다고 생각하고 있을 터였다.

메구미는 이 이야기만큼은 해야겠다고 마음먹었다. 직설적으로 말하지 못하고 질문으로 말문을 열었다.

"가나에 댄스 공연, 나 혼자서 가?"

"뭐?"

엄마가 갑자기 무슨 소리냐는 듯이 어리둥절한 표정을 지었다. 메구미가 공연 장소를 이야기하며 애교 떤 목소리로 말했다.

"혼자서는 못 갈 것 같아."

"그럼 안 가면 되지."

"엄마랑 같이 가면 안 돼?"

드디어 말했다!

"뭐? 같이? 안 돼. 다른 사람, 누구 없니?"

"없어. 다들 바쁘다고. 엄마, 좀 같이 가 줘. 응?"

재빨리 날짜를 말했다. 생각하는 척이라도 해 주었으면 했다.

"너도 다른 애들처럼 못 간다고 하면 되잖아."

"그럴 수 없단 말이야."

"아우, 난 싫어. 그리고 애들 공연에 2천 엔이라니, 뭐야 그게! 말도 안 돼."

"가나에, 춤 진짜 잘 춰! 엄청 멋있다고. 오디션도 다 본 거야."

"아무리 그래도 그렇지."

"너무 가고 싶다고! 엄마랑 가고 싶어! 다른 일 없으면 같이 가 줘!"

무언가에 도전하는 기분이었다. 메구미는 부탁한다는 말까지 덧붙였다. 다른 일정이 있으면 어쩔 수 없지만, 적어도 자신의 부탁에 고민

하는 모습 정도는 보여 주길 바랐다. 하지만 엄마는 칼같이 대답했다.

"싫어."

엄마가 웃으면서 거절했지만 메구미는 울지 않았다. 이제 울지 않겠다고 마음먹었으니까.

"그럼, 혼자 갈 테니까 교통비 줘! 많이 든단 말이야!"

엄마는 어이없다는 듯한 표정을 지으면서도 선뜻 고개를 끄덕였다.

"알았어, 줄게. 얼만데?"

메구미는 대답 대신 책가방에 보관하고 있던 관리 사무실의 통지서를 꺼내어 엄마에게 건넸다.

"우리 집 베란다에 비둘기가 엄청 많이 온대. 쓰레기가 산더미같이 쌓여 있으니까 그렇겠지! 현관 게시판에 안내문도 붙어 있어. 아파트 내에서 아주 유명하다고!"

메구미는 비둘기 떼한테 쌀알을 뿌린 사실은 숨겼다.

"말도 안 돼. 뭐야, 이게?"

통지서를 받아서 눈을 끔벅이며 글자를 훑어보는 엄마의 얼굴이 실시간으로 늙어 갔다. 손가락으로 미간을 짚은 채 다 읽은 종이를 접으며 한숨을 푹 내쉬었다. 쌀알을 뿌린 것에 대한 죄책감이 커져서 이실직고하고 사과할까, 하고 생각한 순간 엄마가 짜증을 냈다.

"왜 나한테만 뭐라고 하는 거야? 미나나 류한테도 이야기를 해! 왜 엄마 탓만 하는 거냐고! 네가 언니랑 오빠한테 얘기해서 어떻게 좀 하면 되잖아!"

메구미는 애써 눈물을 꾹 참았다. 엄마를 슬프게 만들고 싶은 게 아니라 이런 상황을 바꾸고 싶을 뿐이었다.

"엄마가 하기 힘들면 다른 사람한테 부탁하자."

"뭐? 그냥 네가 하면 되잖아!"

"난 아직 어린애라고!"

메구미가 되받아치자 엄마가 뭐? 하고 비웃더니 소리쳤다.

"이제 곧 중학생이잖아! 어리광 좀 그만 피워. 너, 집안일 하나라도 똑바로 하는 게 있어?"

"내 방은 깨끗이 치워. 욕실도 청소하고."

욕실 청소는 언니 오빠랑 집안일을 나누었을 때 메구미가 맡은 역할이었다. 어느 순간부터 그 누구도 자기 역할을 하지 않았지만.

"욕실만 깨끗이 한다고 될 일이 아니잖아! 통지서를 봤으면 베란다도 네가 어떻게든 치웠어야지. 왜 일일이 엄마한테 말하냐고! 제대로 좀 해!"

엄마가 그렇게까지 말하자 메구미는 순간적으로 자기가 좀 이상한 건가, 하는 의구심이 들었다. 자기가 아이여서 엄마를 돕지 못한 것이 커다란 잘못처럼 느껴졌다. 그때 지호 엄마가 아이에게는 할 수 없는 일도 있다고, 그래도 괜찮다고 말해 준 게 떠올랐다.

엄마는 물건을 던지거나 부수는, 이른바 뉴스에 나오는 학대 행위를 하지는 않았다. 언니나 오빠에게 맞은 적은 있어도 엄마에게 맞은 적은 없었다. 그리고 지금, 엄마는 울고 있었다.

"엄마, 미안해."

메구미는 엄마가 변하지 않으리라는 것을 깨닫자 작은 해방감을 느졌다. 언니와 오빠도 엄마를 바꿀 수 없을 것이다. 아빠도 당분간 집으로 돌아올 것 같지 않았다. 자기가 할 수 있는 것은 모두 다 했다.

메구미는 자리에서 일어나 울고 있는 엄마를 내려다봤다.

"악보 읽기를 해야 하니까 방으로 들어갈게."

그렇게 말하면서 쓸쓸함을 느꼈다. 자신이 아직 아이인 것은 억울한 일도, 슬픈 일도 아니고 그저 사실일 뿐이었다.

메구미는 얼굴도 들지 않고 계속 우는 엄마를 내버려 두고 그 자리를 떴다. 방으로 들어가 몇 개월 동안 쓰지 않은 책상 앞에 앉은 뒤, 그 위에 넘쳐나는 물건과 잡지를 가장자리로 밀어서 정리했다. 평소처럼 휴대폰으로 추천 동영상을 보는 대신 '피아노 건반'을 검색했다. 자기도 모르게 이를 꽉 물고 있다는 걸 깨닫고서 살며시 힘을 뺐다.

악보 읽기를 제대로 해야지. 마음이 한 발자국 앞으로 나아갔다. 리쿠오를 실망시키고 싶지 않은 데다, 〈브라질의 수채화〉는 정말 좋은 곡이었다. 마라카스의 유쾌한 리듬을 마음속으로 떠올렸다. 리쿠오처럼 착실하게 노력해서 마야처럼 아코디언을 잘 연주할 수 있게 된다면……. 아무것도 모르지만, 아무것도 보이지 않지만, 그래도 무언가가 조금은 변할 거라는 느낌이 들었다.

공책을 펼쳐서 건반 그림을 옮겨 그린 뒤 도, 레, 미…… 음계를 덧붙여 적었다. 방 안에 음악이 울려 퍼지는 것만 같았다.

너는 뭐든지 할 수 있어

이 돌바닥 길에는 규칙이 있다. 바로 띄엄띄엄 놓인 흰 돌 위만 밟아야 한다는 것이다. 갈색 돌을 세 번 밟으면 나쁜 일이 일어난다. 그래서 호노카는 항상 다리를 넓게 벌려서 흰 돌 위로만 걸었다. 이런 규칙을 다른 사람에게 말해서는 안 된다는 것도 규칙이다. 아무것도 모르는 사람이 호노카의 걸음걸이를 이상하게 바라봐도 이유를 설명해서는 안 된다. 그 덕에 '관심 종자'라고 불리는 일도 있었다.

"희한하게 걸어서 다른 사람 관심 좀 받아 보려는 거지."

호노카는 가나에에게 그런 말을 들었을 때 깜짝 놀랐다. 그런 생각을 한 번도 해 본 적이 없었기 때문이다. 규칙을 지키는 중이라고 알려 주고 싶었지만, 말해서는 안 된다는 규칙 때문에 말을 할 수가 없어서 속이 상했다.

호노카는 초등학교 저학년 때부터 가나에에게 한 소리 들을 때마다 울곤 했다. 일일이 기억하지 못할 정도로 이런저런 소리를 들었다. 대부분은 험담이었다. 하지만 몇 번이나 운 것치고는 가나에를 그다지 무서워하지 않았다.

가나에만이 아니다. 호노카는 자기에게 듣기 싫은 소리를 하는 아이들을 무섭다고 생각한 적이 없다. 속이 상하더라도 다음 날에는 싹 잊고, 그 아이에게 말을 거는 식이었다. 6학년이 되고부터는 보폭이 커져서 예전처럼 폴짝폴짝 뛰면서 걷지 않는다. 그래서인지 다른 아이들이 쳐다보는 일도 없어졌다.

물론 호노카는 이 규칙에 어떤 근거도, 실질적으로 따르는 벌칙도 없다는 걸 알고 있다. 애초에 이 규칙을 만든 게 자신이니까. 하지만 머리로 아는 것과 가슴으로 두려워하는 것은 다른 일이었다. 막연한 상상이나 다름없었지만, 호노카는 이 세계에 자신이 알지 못하는 무언가 커다란 존재가 있다고 느꼈다. 그 '무언가'가 선한 존재인지, 악한 존재인지는 알 수 없었다. 이유는 모르겠지만 그 무언가가 항상 자신을 감시하고 있고, 결점을 전부 파악하고 있는 것만 같았다.

호노카는 흰 돌만 밟아서 돌바닥 길을 지나다가 맞은편 아파트 앞에서 요타가 수상한 사람에게 붙잡혀 있는 것을 목격했다.

"요타!"

호노카는 무슨 상황인지 따져 보기도 전에 우선 큰 소리로 요타를 불렀다.

"같이 가자!"

수상한 남자는 부스스한 머리가 솜사탕처럼 부풀어 있었고, 얼굴은 생각보다 천진해 보였다. 방심은 금물이다. 4학년 때는 지역 내 창고 건물이 있는 골목에서 치한이 나오는 사건이 발생하기도 했다. 그 후

학교에 경찰이 와서 실종·유괴 예방 교육을 했다. 모르는 사람을 따라가거나 차에 타지 않기, 위급한 상황일 때는 소리를 질러서 도움 청하기, 무조건 안전한 곳으로 도망치기, 주위 사람들에게 알리기 등을 배운 뒤 무언가 일이 생겼을 때 크게 소리를 지르는 훈련도 했다.

호노카는 그날 이후 항상 조심하며 다녔다. 자기뿐만 아니라 더 어린 아이들이나 또래들도 지키기 위해 눈을 번뜩였다. 솜사탕 머리가 재빨리 자리를 떠나는 걸 보고 안심하며 요타에게 뛰어갔다. 가까이에서 보니 요타는 겁에 질린 듯한 표정이었다.

하지만 차분하게 이야기를 들어 보니 의외의 말을 했다. 솜사탕 머리는 아는 사람이고, 같이 종이접기를 하는 사이라는 것이다. 처음에는 요타가 무슨 소리를 하는지 전혀 이해할 수 없었다. 솜사탕 머리에게 받았다는 전단지를 살펴보고 나서야 겨우 무슨 얘긴지 알아차렸다. 요타는 '종이접기 탐험대'라는 모임에 초대를 받은 것이었다.

전단지에는 종이접기로 만든 동물 사진이 인쇄되어 있었다. 종이접기라고 해도 호노카가 알던 종이학과는 달리 표정이 있는 동물들이었다. 그림자 뒤에 숨은 쥐의 조심스러운 표정, 태연히 풀을 뜯는 코끼리의 평화로운 표정, 당장이라도 불을 뿜을 듯한 드래건의 용맹한 표정, 요리조리 살펴봐도 눈은커녕 코도 입도 없었다. 그런데도 뭔가 전해져 오는 것이 있었다. 무엇 때문일까? 마치 종잇조각의 작은 주름 사이로 솜씨 좋게 생명력을 불어넣은 듯이 보였다.

"넌 토요일에 시간 있어?"

호노카가 대뜸 물었다. 안내장에는 다음 토요일에 종이접기 모임이 있다고 쓰여 있었다. '초보자부터 상급자까지, 즐겁게 만들어요!'라고 적혀 있었다. 요타가 간다면 함께 가고 싶었다.

"나도 가려고."

요타가 단호하게 대답했다. 당당한 표정이 어딘지 모르게 어른스러워 보였다. 호노카는 조금 두근거리는 마음으로 말했다.

"그럼 약속했다?"

친구와 약속을 하는 것만으로도 세상이 조금 밝아진 듯했다.

집에 돌아와 현관문을 열자 끈적하게 들러붙는 듯한 공기 속에 음식물 쓰레기의 쿰쿰한 냄새가 풍겼다. 불안한 마음으로 안방 문을 열었더니, 집을 나섰을 때와 똑같이 불룩하게 말려 있는 이불이 보였다.

"엄마!"

이불이 꿈틀하고 움직였다. 호노카는 마음이 놓여 하마터면 울 뻔했다. 복받쳐 오르는 마음을 숨기기 위해 일부러 가벼운 목소리로 말했다.

"좀 전에 공원에서 요타를 만났어!"

"시끄러워."

엄마가 귀를 막으며 이불 속에서 몸을 둥글게 말았다. 당황한 호노카가 목소리를 낮추었다.

"아, 미안. 요타를 만났는데 글쎄, 종이접기 동아리에 간대. 대학교에서 하는 거니까 이상한 동아리는 아니야. 나도 토요일에 같이 갔다 오려고. 뭐, 백 엔 정도 내야 한다는데 모아 둔 돈이 있으니까 그걸로 낼게.

괜찮지? 종이접기가 엄청 멋지더라고. 다 만들면 엄마 줄게."

"미안한데, 좀 조용히 해 줄래?"

엄마가 등을 돌려 누웠다. 호노카는 아저씨가 쓰레기를 버리지 않았다고 얘기를 할까, 하고 망설이다가 입을 다물었다. 아저씨 흉을 보면 엄마 기분이 나빠지기 때문이었다.

엄마가 이불 속에서 웅얼웅얼 분명치 않은 소리로 말했다.

"오늘 아침에 좀 그래서, 쓰레기를 내다 버리지 못했더니 부엌에서 냄새가 나. 호노카, 이따 좀 치워 줄래?"

당장이라도 끊어질 듯 가냘픈 목소리였다.

"응, 알았어."

호노카는 '좀 그래서'가 어쨌다는 것인지 알 수 없었지만, 아마도 두통을 뜻하는 것이리라 짐작했다. 엄마는 가끔씩 머리가 무척 아프다고 했는데, 호노카는 그럴 때마다 불안감에 휩싸였다.

"그리고 아까 누가 초인종을 눌렀어. 아마 생협일 거야. 배달 온 물건들 안으로 들여놔. 쓰레기 버리는 건 시끄러우니까 밤에 하고."

"응."

"자꾸 이것저것 시켜서 미안해."

엄마가 호노카 쪽으로 천천히 몸을 틀었다. 반쯤 감긴 눈이 힘들어 보였다. 가느다란 손가락으로 이따금 관자놀이를 눌렀다. 매니큐어가 벗겨진 손톱이 마치 피가 난 것처럼 보였다.

"엄마, 괜찮은 거야? 미치루 데리러 내가 갈까?"

"아마 아빠가 갈 거야."

"그래도."

"안 돼, 네가 가는 건."

"응."

"진짜 오늘은 엄마가 너무 힘드네. 두통약을 여섯 알이나 먹었는데 듣지를 않아."

"여섯 알이나 먹어도 괜찮아?"

"괜찮을 리가 없지. 머리가 아파서 죽겠어."

"구급차 부를까?"

"뭐? 무슨 소리를 하는 거니? 물이나 좀 갖다줘."

호노카는 허둥지둥 부엌으로 향했다. 약을 여섯 알이나 먹다니, 진짜 위험한 것은 아닐까? 심장이 마구 뛰었다. 엄마는 두통과 약을 달고 산다. 약을 먹지 않으면 죽을 것 같다고 하지만, 너무 많이 먹어도 좋지는 않을 것이다. 아저씨도 엄마에게 약을 지나치게 많이 먹지 말라고 주의를 줬다. 그러다가는 빨리 죽는다는 말도 했다. 얼른 물을 가져가서 엄마 배 속의 약을 희석시키고 싶었다.

심장이 두근거리는 데는 또 다른 이유가 있다. 엄마 말처럼 아저씨가 정말로 미치루를 데리러 갈까? 전처럼 잊어버리거나 하지는 않을까? 학교의 방과 후 돌봄 교실은 3학년까지만 이용할 수 있었다. 호노카도 예전에는 돌봄 교실을 다녔다. 돌바닥 길의 흰 돌이 보이지 않을 만큼 캄캄해진 겨울밤에도 늘 혼자 걸어서 집으로 돌아왔다.

그러나 치한 사건이 일어난 뒤부터 저녁 6시 이후에는 누군가 아이를 데리러 와야 한다는 규칙이 생겼다. 저녁에 엄마가 잠들어 있고 아저씨가 어디에 있는지 모를 때, 돌봄 교실에서 전화가 오면 호노카가 미치루를 데리러 갈 수밖에 없었다. 작년에 1학년이었던 미치루는 친구들이 모두 돌아간 곳에 혼자만 남은 게 불안해서 그런지 데리러 갈 때마다 울고 있었다. 2학년이 된 지금도 자주 울었다. 마중을 간 호노카에게 떼쟁이처럼 억지를 부렸다. 그것까지는 참을 만했다.

정말 힘든 것은 가끔씩 다른 아이의 엄마가 호노카를 기다리고 있다가 말을 걸 때였다. 우리 아이가 미치루에게 맞았다, 미치루가 우리 아이를 밀쳤다, 우리 아이가 그린 그림을 찢었다. 그런 이야기를 들을 때마다 호노카는 죄송하다고 사과했다. 마치 자기가 동생 대신 혼나는 것만 같은 기분이 들었지만 한사코 고개를 조아리며 용서를 빌었다. 그러면 아이 엄마는 난처한 표정을 지었다.

너희 집에 전화해도 받지를 않는다고, "엄마는 뭐 하시니?" 하고 묻는 사람도 있었다. 엄마가 아프다고 대답하면, 아이 엄마는 곧 진정이 되곤 했다. 때로는 이 이야기를 엄마에게 전해 달라고 부탁하는 사람도 있었다. 알겠다고 대답은 하면서도 마음이 짓이겨지는 듯이 아렸다.

미치루가 다른 아이의 그림을 찢었다고 이야기하면, 엄마는 속이 상해 울다가 머리가 더 아파질 테니까. 어쩌면 아저씨는 화가 나서 미치루를 혼낼지도 모른다. 그래서 호노카는 다른 아이 엄마한테 들은 이야기를 아무에게도 하지 않았다. 아무에게도 말하지 않는 건 무척 괴로운 일이었다.

돌봄 교실 선생님이 이것저것 묻는 것도 난처했다. 물론 아빠는 일이 바쁘고 엄마는 몸이 안 좋다고 사정을 설명하기는 했다. 그러면 참

대견하다며 칭찬을 받기도 했다.

그러나 집으로 돌아오는 어둑어둑한 길에서 피곤하고 배고프다며 징징대는 미치루의 손을 잡고 있노라면, 외롭고 불안한 마음에 미치루 또래의 어린아이가 된 것 같은 느낌이 들곤 했다. 터질 것 같은 울음을 간신히 참으며, 눈물이 흘러내리지 않도록 눈에 힘을 꾹 주고 집까지 걸어갔다.

얼마 전, 돌봄 교실 선생님이 집으로 찾아와 엄마와 이런저런 이야기를 나누었다. 그 후로 엄마는 호노카에게 마중 나가지 않아도 된다고 말했다. 아마도 안전을 위해 어른이 와 달라고 부탁을 받았을 터였다. 솔직히 호노카도 마음이 놓였다. 어둑어둑한 길을 걸어 학교까지 가는 게 너무 싫었다. 미치루를 위한 일이었지만, 저녁밥까지 지어야 하는 날도 있어서 귀찮고 성가셨다. 무엇보다 치한 사건이 있고 나서는 인적 없는 길을 걷는 게 두려웠다.

엄마와 아저씨가 가게 되어서 몸은 편해졌지만, 둘 다 미치루를 데리러 가는 걸 귀찮아하는 게 느껴져서 미안한 마음이 들었다. 돌봄 교실에 늦게 가는 일도 잦아서, 선생님에게 걸려 오는 확인 전화에도 가슴이 연방 두근거렸다.

원래 돌봄 교실은 가도 그만, 안 가도 그만인 곳이었다. 저학년일 때 호노카도 갈지 말지를 그날 기분에 따라 정했고, 어두워지기 전에 혼자서 집으로 돌아오기도 했다. 미치루도 그러면 좋을 텐데…….

미치루에게도 나름의 사정이 있었다. 1학년 초, 돌봄 교실에 괴롭히는 아이가 있어서 가고 싶지 않다고 했다. 엄마는 집으로 돌아와 있어도 괜찮다면서 미치루에게 열쇠를 주었다.

저학년이라 하교 시간이 일렀던 미치루는 호노카가 수업을 마칠 때까지 기다리지 못하고 혼자서 동네를 어슬렁거리며 돌아다니거나 친구네 집의 초인종을 누르면서 같이 놀아 줄 사람을 찾아다녔다. 미치루가 그렇게 배회하는 것을 호노카도, 엄마도 모르고 있었다.

어느 날 늦은 밤에, 어떤 아이 엄마 두 명이 집으로 찾아왔다. 일을 나갈 채비를 하던 엄마는 아파트 복도로 나가 그 엄마들과 이야기를 나누었다. 호노카는 신경이 쓰여서 현관문에 귀를 바짝 갖다 댔다. 닫힌 문 밖에서 '미치루가 걱정돼서…….' 혹은 '무슨 일이라도 생기면…….' 같은 말이 단편적으로 들렸다. 엄마 목소리는 거의 들리지 않았다. 그 사람들의 이야기를 조용히 듣고 있는 듯했다.

그들이 돌아간 뒤 엄마는 미치루를 후려친 후 아이처럼 엉엉 울었다. 걱정을 해 준 것뿐인데, 왜 그렇게 화를 내는 건지 이해할 수 없었다. 미치루도 얼굴을 잔뜩 일그러뜨린 채 한참을 울어 댔다.

엄마는 미치루에게서 집 열쇠를 빼앗은 뒤, 학교에서 방과 후에 나올 생각 하지 말고 계속 돌봄 교실에 있으라고 소리를 질렀다. 그곳에 가둔 것이나 다름없었다. 혼자서 집으로 돌아오면 안 된다고 해 놓고서, 데리러 가는 것을 때때로 잊어버리다니……. 호노카는 미치루가 몹시 가여웠다.

엄마에게 물을 가져다주자 겨우 이불 밖으로 나왔다. 입 주위에 버짐 같은 것이 피어 있었다. 아직도 술 냄새가 조금 났다. 엄마는 물을 꿀꺽꿀꺽 마신 뒤 컵을 돌려주고는 베개에 쓰러지듯 얼굴을 파묻었다.

호노카는 조용히 방에서 나와 현관문을 연 뒤 복도에 놓인 상자 속 물건을 집 안으로 들였다. 우유, 달걀, 빵, 그리고 전자레인지에 돌리기만 하면 되는 냉동식품이었다.

얼마 전부터 생협에서 먹을 것을 배달해 주었다. 엄마가 신규 회원으로 가입했기 때문이다. 메구미 엄마가 생협 가입 방법을 가르쳐 줬다나? 호노카는 5학년 과학 시간에 메구미에게 괴롭힘을 당한 적이 있었다. 현미경으로 송사리 알을 관찰하는 시간이었다.

메구미는 다른 아이 순서 때는 아무 말도 하지 않다가 호노카 차례가 되자 빨리 보라고 하면서 팔을 밀쳤다. 그 후에도 호노카만 현미경을 보지 못하게 훼방을 놓았다. 호노카는 자기도 모르게 순간적으로 집에 현미경이 있다고 거짓말을 했다. 의심하는 메구미에게 아빠가 사줬는데 지금은 친척 집에 있다고 둘러댔다. 그렇게 말하자 신기하게도 진짜처럼 느껴졌다.

그런데 메구미와 주위 아이들이 거짓말이라고 몰아붙였다.

"호노카네 집, 가난하잖아."

후미야 말에 호노카의 뺨이 뜨거워졌다. 눈물이 나올 것 같았다.

후미야는 어렸을 때 호노카가 조금 좋아했던 남자아이였다. 방과 후에 같이 자주 놀았고, 걷다가 집 근처까지 가게 되면 헤어지기 싫어했을 만큼 사이가 좋았다. 둘은 그날의 기분에 따라 주위에 있는 돌멩이나 풀 따위를 가지고 놀았다. 정확히 말하자면 같이 놀았다기보다는 그저 옆에 있었을 뿐이지만, 호노카는 그 시간이 참 좋았다.

돌바닥 길에서 호노카가 가나에에게 '관종'이라는 말을 듣고 울었을 때도, 후미야는 걱정스러운 눈빛으로 가만히 쳐다보았다. 가나에 말을 되받아치지는 않았지만 계속 옆에 있어 주었다. 그리고 호노카와 같이 흰 돌만 밟으며 나란히 걸었다. 위로의 말을 건네지도 않은 채 돌바닥 길을 왔다 갔다 하면서 그냥 그렇게 옆에 있었다.

고학년이 되자 후미야는 호노카 옆에서 사라져 버렸다. 말의 뜻만 알 뿐, 그 무게를 상상하지 않고 되는 대로 아무렇게나 내뱉는 아이가 되었다. 상냥한 마음이 사라졌을 리 없는데 왜 갑자기 그렇게 변한 걸까? 호노카는 알 수가 없었다. 후미야 말고도 3반에는 그런 아이들이 적지 않았다.

호노카가 속한 모둠이 소란스러워지자 선생님이 와서 자초지종을 물었다. 메구미는 호노카가 거짓말을 했다고 말했다. 선생님은 그렇더라도 다 같이 한 사람을 비난하는 것은 좋지 않다고 했다. 호노카는 거짓말이 아니라고 말하며 울음을 터뜨렸다. 메구미는 호노카에게 툭하면 운다고 빈정거리다가 선생님에게 혼이 났지만 눈 하나 깜짝하지 않았다.

호노카의 진짜 아빠는 상냥한 데다 부자였다. 현미경 정도는 너끈히 사 줬을 것이다. 배달 일을 하던 아빠는 교통사고로 죽었지만, 호노카는 지금도 아빠가 살아 있었을 때의 기억이 생생했다. 선로 바로 옆에 있는 아파트 2층에서 살았던 것, 생일에 딸기 케이크를 먹었던 것, 커튼에 곰 그림이 그려져 있었던 것, 주방 전등갓 안에 작은 벌레가 들어가 콩콩 부딪히자 아빠가 "벌레를 키우고 있네."라고 하면서 웃었던 것,

일요일에 세상에서 제일 맛있는 소프트아이스크림을 같이 먹었던 것.

아저씨와 살기 전에 엄마는 툭하면 "아빠가 살아 있다면……." 하고 입버릇처럼 말했다. 이 동네로 이사 온 뒤 아저씨와 함께 살게 되었지만, 호노카는 '아빠가 살아 있다면'의 세계와 '아저씨와 생활하는 지금'의 세계를 딱히 구분 짓지 않았다. '아빠가 살아 있다면'의 세계를 옆에 놔둔 채 '지금의 세계'를 살고 싶었다. 하지만 '아빠가 살아 있다면'의 세계가 거짓이 아니라는 것을 아이들에게 능숙하게 설명할 수가 없었다. 괴롭힘 때문이 아니라, 이 일을 제대로 설명하지 못하는 데서 느끼는 답답함 때문에 눈물이 터져 나왔다.

그로부터 몇 개월이 지난 뒤, 호노카는 메구미 엄마와 자기 엄마가 친구라는 사실을 알게 되었다. 메구미 때문에 운 것도 다 잊고서 기뻐했다. 메구미에게도 이 이야기를 전했다.

"그래서?"

"그래서 고맙다고."

메구미는 "뭐라는 거야?" 하고 차갑게 대꾸하고는 뒤돌아서 친구들이 있는 곳으로 가 버렸다. 호노카는 자기가 한 말이 발치로 툭 떨어진 것 같은 느낌을 받았다. 지금까지 몇 번이고 그런 경험을 했다. 여럿이 있는 교실에서 다른 아이들의 말이 풍선처럼 하늘로 두둥실 떠오를 때, 자신의 말만 바닥에 떨어져 짓밟히는 것처럼 느껴지곤 했다.

엄마끼리 친구라고 말한 것이 잘못이었을까? 정확히 말하자면 메구미 엄마는 호노카 엄마가 일하는 스낵바의 손님이었다. 친구는 아닐지도 모른다. 엄마는 메구미 엄마가 자기 집에 온 생협 광고지를 전해 주자 좋은 사람이라고 칭찬했다. 지금까지 엄마가 칭찬한 사람은 메구미 엄마뿐이었다.

밥을 지은 다음 가스레인지 안쪽에서 된장국을 끓이고, 바깥쪽에다 생협에서 온 양념 고기를 볶고 있는데 아저씨와 미치루가 돌아왔다. 하늘색 티셔츠를 입은 미치루 얼굴은 눈물과 땀으로 끈적끈적했다. 돌봄 교실에서 또 일이 생긴 모양이었다. 그게 아니라면 돌아오는 길에 아저씨에게 혼이라도 날 걸까? 미치루는 호노카의 얼굴을 보자마자 울음을 터뜨렸다.

"왜 그래?"

호노카가 기다란 젓가락으로 고기를 뒤집으며 물었다. 미치루는 흑흑 흐느끼며 호노카 발치에 털썩 주저앉았다. 식탁 의자에 앉은 아저씨가 TV를 켰다. 일기 예보가 나왔다.

"미치루, 손 닦고 와."

미치루가 호노카의 말에 대꾸도 하지 않고 계속 울자 아저씨가 작게 말했다.

"시끄러워."

"미치루, 왜 이러는 거예요?"

"나도 모르지! 처음부터 이랬어. 진짜……, 갈 때마다 한 소리 안 듣는 날이 없으니 미쳐 버리겠네!"

아저씨는 짜증이 난 듯 발을 굴렀다. 아마 돌봄 교실에서 미치루가 또 싸움을 벌인 모양이었다. 아저씨는 미치루 일로 선생님이나 다른 집 엄마에게 이러쿵저러쿵 말을 듣는 것을 싫어했다. 아저씨도 처음

같이 살기 시작했을 무렵에는 친절했다. 아니, 사실은 얼굴을 마주할 일이 없었으니까 짜증 내는 모습을 볼 일이 아예 없었다고나 할까. 휴일이면 집에서 잠만 잤고, 평일 아침이나 저녁 시간에는 밖에 있었다.

평소라면 이 시각에 파친코에 가 있었을 거다. 경품을 받으면 밤 근무를 가기 전에 집에 들르기도 했다. 호노카와 미치루가 과자와 장난감을 보고 꺄꺄 환호성을 지르며 기뻐하면, 얼굴에 깊게 주름이 파이도록 웃으며 둘의 머리를 쓰다듬었다. 사실 호노카는 아저씨가 가져오는 초콜릿 과자를 좋아하지 않았다. 초콜릿 안에 든 건포도를 씹으면 이에 끈적하게 달라붙는 느낌이 불쾌했다. 하지만 아저씨가 과자를 잔뜩 받아 오면 '와!' 하고 풀쩍 뛰어올랐다. 그걸 보고 모두가 웃었으니까. 그럴 때면 정말로 기뻐서 전부터 자기가 그 과자를 무척 좋아한 것처럼 느껴지기도 했다.

미치루는 울음을 그칠 기미가 보이지 않았다. 호노카가 달래 보았지만 아무 소용 없었다. 아저씨가 밤 근무를 나가기까지는 시간이 아직 꽤 남아 있었다. 그때까지만 참아 줬으면 좋겠는데…….

"아, 시끄럽다고! 안 들려? 입 좀 다물어!"

결국 아저씨가 소리를 지르며 뚜벅뚜벅 걸어오더니 손을 허공으로 높이 쳐들었다. 미치루가 손길을 피하기 위해 호노카의 다리를 붙들었다. 그 바람에 호노카가 들고 있던 프라이팬을 손에서 놓쳐 고기가 바닥에 쏟아졌다. 그 서슬에 사방으로 튄 고기 조각이 종아리에 달라붙자 미치루가 뜨겁다고 소리를 바락바락 질러 댔다. 호노카가 서둘러 가스레인지의 불을 끄는 순간, 아저씨가 머리를 냅다 때렸다.

"뭐 하는 거야!"

호노카는 갑작스런 손찌검에 겁을 먹은 채 귀를 막고 주저앉았다. 미치루도 깜짝 놀라 입을 꾹 다물었다.

"미, 미안……. 근데 그렇게 아프지는 않았지?"

아저씨가 걱정스러운 듯이 물었다. 분명히 그렇게 아프지는 않았는데, 그 말을 듣자 불에 데인 듯 아팠다. 눈가가 빨개진 호노카가 이대로 울어 버릴까 생각한 순간, 엄마가 방에서 얼굴을 내밀었다.

"무슨 일이야?"

"엄마……."

눈물이 와락 쏟아졌다. 엄마는 호노카의 얼굴을 보지 않았다. 그러다 바닥에 흩어진 고기 조각을 보며 소리쳤다.

"어머! 이게 다 뭐야?"

엄마는 호노카가 아저씨에게 맞은 걸 몰랐다.

"아저씨가 미치루를 때리려고 해서……."

"음식 가지고 뭐 하는 거야? 어떻게 좀 해 봐!"

엄마는 자기의 고함 소리에 두통이 도졌는지 얼굴을 찌푸리며 관자놀이를 꾹꾹 눌렀다.

"버리기 아까우니까 물에 헹궈서 다시 굽자."

아저씨가 바닥에 떨어진 고기를 턱으로 가리키며 말했다. 호노카는 해결 방법을 찾은 것 같아서 우선은 마음이 놓였다.

"괜찮니? 아프지는 않아? 미안하다."

"괜찮아요."

아저씨가 다시 묻자 호노카가 작게 고개를 끄덕였다. 호노카는 엄마가 미치루를 안고서 화장실로 가는 것을 물끄러미 바라봤다. 미치루도 이제 괜찮을 거라고 생각하자 곧 안심이 되었다. 잠시 후 옆집에서 벽을 쾅쾅 치는 소리가 났다. 화가 난 모양이었다. 가슴이 두근거렸다. 숨이 막혀서 몸을 웅크렸다. 또 경찰을 부를지도 모르니까.

전에 경찰이 왔을 때는 예상보다 무섭지 않았다. 엄마가 사과하자 별일 없이 지나갔다. 하지만 또 부르게 되면……, 그냥 넘어가지 않을 수도 있었다. 아저씨는 감옥에 갇히게 될까? 무거운 죄는 아니라고 생각하지만, 한동안 돌아오지 못할 수도 있겠지.

호노카는 눈물을 닦고 떨어진 고깃점을 모아 물로 헹군 뒤 다시 구웠다. 욕조에서 샤워기 소리가 들렸다. 아저씨는 원래 상냥한 편이었는데, 요즘 들어 짜증을 내거나 소리 지르는 일이 부쩍 늘었다. 엄마가 두통 때문에 드러눕게 되고 나서 짜증이 한층 심해진 듯했다.

아저씨가 경찰에 잡혀가도 그렇게 슬플 것 같지는 않았다. 하지만 엄마가 많이 슬퍼할 것이다. 요즘은 보기 드물지만 두 사람이 사이좋게 장난치는 모습을 보면 호노카도 은근히 기분이 좋았다. 아저씨도 엄마가 약을 너무 많이 먹는 걸 걱정했다. 역시 아저씨가 경찰에 잡혀가지 않고 엄마 곁에 있어 주었으면 좋겠다는 생각이 들었다.

그날 호노카는 미치루의 잠꼬대 때문에 한밤중에 잠이 깼다. 새벽녘 방 안을 둘러보자 미치루 건너편에서 자고 있어야 할 엄마가 보이지 않았다. 아저씨는 밤 근무를 하러 나갔을 테고, 어쩌면 엄마도 스낵바로 일하러 갔을지도 모른다. 갑자기 불려 나가 밤중에 없어질 때도 더러 있었다.

혹시 몰라서 화장실에 확인하러 갔다. 엄마가 보이지 않았다. 호노카는 방으로 돌아와 여전히 악몽을 꾸는 듯이 끙끙대는 미치루의 머리를 쓰다듬었다. 이마에 땀이 배어 있었다. 얼마나 무서운 꿈을 꾸는 걸까? 문득 미치루가 가여워졌다. 미치루의 고통을 전부는 아니더라도 반쯤은 나누고 싶었다. 자신이 반보다 조금 더 많은 쪽이더라도 괜찮을 것 같았다. 어느새 미치루가 고른 숨소리를 내기 시작했다. 호노카의 눈꺼풀도 무거워졌다.

설핏 잠들었다가 알람 소리에 깨어났다. 엄마가 자고 있어서 마음이 놓였다. 밤에 엄마가 없었던 것과 미치루와 같이 운 일이 모두 꿈이었나 싶었다. 얼른 일어나서 씻고 학교에 갈 준비를 했다. 개수대 아래에 과자가 있어서 그걸 꺼내어 아작아작 씹었다. 미치루에게도 과자를 먹였다. 그리고 둘이서 학교에 갔다. 손가락 끝이 계속 끈적거렸다. 공기처럼 가벼운 과자여서 먹어도 먹어도 배가 차지 않았다.

오후에는 2학기 학급 임원 선거가 있었다. 호노카는 학급 회장에 지원했다. 여자는 호노카 한 명, 남자는 마쓰마루와 하야시가 입후보했다. 학급 회장이 되면 학교 행사에 관한 회의를 할 때 사회를 보거나, 다른 학년 대표와 같이 전교 임원 회의에 참석한다. 운동회나 학예회에서 행사 시작을 알리는 인사를 하는 것도 학급 회장의 역할 중 하나였다.

호노카는 4학년 때부터 매번 학급 회장에 지원했다. 한 달에 한 번, 점심시간에 열리는 전교 임원 회의에 참가하고 싶어서였다. 학급 회장이 서둘러 급식을 먹은 다음에 임원 회의에 간다며 교실을 나서는 모습이 매우 멋지게 느껴졌다. 선생님에게 배웅받는 모습도 어찌나 어른스러운지…….

4학년 때는 1, 2학기 모두 지원자가 많아서 가위바위보를 했는데 두 번 다 졌다. 5학년 때는 투표를 했는데 1학기에는 가나에가, 2학기에는 유이가 뽑혔다.

6학년 1학기에는 다카시마와 후보로 경쟁했다가 투표에서 졌다. 한 번 학급 회장을 맡은 사람은 다시 할 수 없다는 규칙이 있었기에 가나에와 유이, 다카시마 모두 입후보할 수가 없었다. 그런대로 좋은 기회였다. 호노카는 손가락 끝까지 힘을 줘서 손을 높이 들었다. 자기 말고는 여자 회장에 지원자가 없었다. 먼저 남자 회장으로 마쓰마루가 뽑혔다. 다음은 여자 회장을 뽑을 차례였다.

"여자는 입후보한 사람이 더 없으니까 호노카가 하면 되겠네요."

선생님 말에 가나에가 끼어들었다.

"아, 싫은데!"

메구미가 "싫다고 하면 어떡하냐?"고 하며 웃었다. 작은 웃음소리가 잔물결처럼 일렁였다.

"마야마야, 네가 해."

가나에가 마야에게 말했다. 조마조마한 마음에 고개를 돌려 쳐다보니 다행히 마야는 고개를 절레절레 저었다. 가나에는 포기하지 않고 다른 아이의 이름을 부르며 부추겼다.

"그럼 지호가 하는 건 어때? 그냥 해 버려!"

가나에와 메구미는 잡담을 멈추라는 선생님의 말을 귓등으로도 안 들었다. 지호는 우물쭈물할 뿐 손을 들 것 같지는 않았다.

선생님이 주위를 둘러보며 물었다.

"다른 지원자 없죠?"

제발 없었으면! 호노카의 기도가 통했는지 손을 드는 아이는 없었다.

"그럼 호노카로 결정!"

"네!"

선생님 말에 호노카가 튕겨 나가듯이 벌떡 일어서며 대답했다. 생각지도 않게 나온 큰 소리에 모두가 웃음을 터뜨렸다. 마침내 학급 회장이 되었다.

"그럼, 지금부터 하는 회의는 학급 회장이 진행하도록 해요."

선생님은 이렇게 말한 뒤 의자에 앉았다. 호노카와 마쓰마루가 교단에 섰다. 학급 회장으로 교단에 서서 교실을 내려다보자 호노카는 갑자기 심장이 빨리 뛰었다. 아이들의 시선이 화살처럼 날아와 꽂혔다. 몸이 여기저기 아픈 듯하더니 손바닥까지 욱신욱신했다.

환경부, 도서부, 체육부, 보건부······. 호노카는 마쓰마루가 칠판에 부서명을 적는 동안 잠자코 기다렸다. 선생님도 별 말이 없었고, 아이들도 조용히 칠판을 바라보았다. 부서명을 다 쓴 마쓰마루가 호노카를 쳐다보며 진행을 하라고 했다. 순간 무슨 말을 해야 하는지 몰라서 머리가 멍해졌다. 딱 붙은 입술이 도무지 떨어지지 않았다.

마쓰마루가 난처한 표정을 지으며 말문을 열었다.

"어, 음······, 하고 싶은 부서에 지원할 사람 없어요?"

"뭐래! 진행이 엉망이잖아!"

누군가 큰 소리를 내자 교실이 금세 어수선해졌다.

"학급 회장이잖아? 제대로 좀 해!"

"아, 진짜 웃기고 앉아 있네."

모두 제각각 떠들어 댔다. 이 기세를 멈출 수 없다는 걸 호노카는 알고 있었다. 지금까지 이런 적이 몇 번이나 있었으니까.

자세히 살펴보면 야유를 하는 아이와 그에 편승해 떠들어 대는 아이는 언제나 열 명이 채 되지 않았다. 절반 이상의 아이들은 분위기에 휩쓸리거나 난처해하거나 움츠러들었다. 지금도 그랬다. 호노카는 괜찮다고 스스로를 다독였지만, 막상 교단에 서자 왠지 모르게 아이들을 똑바로 볼 수가 없었다. 아이들의 기세에 눌려서 시선이 자꾸만 아래로 향했고, 입은 점점 더 굳어 버렸다. 그럴수록 뺨은 금방이라도 터질 듯이 빨개졌다.

"다들 조용! 잡담은 금지라고 했죠?"

선생님이 자리에서 일어나 끼어들었다.

"부서명을 다 썼으니, 그 아래 빈 곳에 지원자의 이름을 적어 볼까?"

선생님의 말에 마쓰마루가 고개를 끄덕였지만, 어떻게 말문을 열어야 할지 갈피를 못 잡고 있었다.

"1분단부터 순서대로 지원하는 부서에 이름을 쓸까?"

선생님이 다시 도와주자 마쓰마루가 더듬거리며 말했다.

"아, 그럼 1분단부터 앞으로 나와서 이름을 써 주세요."

아이들은 제각각 일어나 원하는 부서에 이름을 적었다.

"지금까지 하지 않았던 부서에 이름을 쓰는 거예요. 해 본 적 있는 부서에는 쓰지 말아요."

선생님이 주의를 주었다. 호노카는 주의 사항을 얘기하는 것도 학급 회장의 일이라는 걸 알고 있었다.

모두 앞으로 나와 칠판에 이름을 적었다. 희망하는 부서가 겹친 아이들은 가위바위보로 결정했는데, 그 지시 또한 선생님이 내렸다. 학급 회의 시간이 끝나 갈 무렵, 다행히 모든 아이들이 부서를 정했다. 호노카는 마지막까지 한 마디도 하지 못했다.

토요일 아침, 호노카는 수납장에서 예전에 사 놓고 거의 쓰지 않은 종이접기용 종이 뭉치를 꺼냈다. 딱히 쓸 일이 없었던 종이 뭉치는 조금 구겨지기는 했지만 접힌 자국이 없어서 쓰는 데 별문제는 없어 보였다. 그다음에는 저금통으로 쓰는 안경집에서 백 엔짜리 동전을 꺼내어 주머니에 넣었다. 아저씨가 기분 좋을 때 주는 용돈을 조금씩 넣어 두어서 안경집이 제법 묵직했다.

커튼 사이로 푸르게 빛나는 하늘이 보였다. 호노카는 식빵에 마가린을 바르고 햄을 올려 미치루에게 먹였다. 밤 근무인 아저씨는 아직 집으로 돌아오지 않았고, 엄마는 여전히 잠들어 있었다. 음량을 줄인 TV에서는 미치루가 좋아하는 만화 영화가 나왔다.

"언니는 좀 이따 친구랑 갈 데가 있어서 나갈 건데."

"으."

"그 전에 돌봄 교실까지 데려다줄까?"

"으."

"있지, 미치루."

"으."

미치루는 시선을 TV에 고정한 채 무표정한 얼굴로 대답하는 척만 하면서 식빵을 먹었다. 호노카는 제대로 이야기를 해 보려고 미치루의 머리를 톡톡, 가볍게 두드렸다. 살짝 건드린 것뿐인데, 미치루가 불이 붙은 듯이 자지러지며 울기 시작했다. 엄마가 안방에서 느릿느릿 나왔다.

"아침부터 무슨 일이니?"

낮게 잠긴 목소리로 말했다. 안색이 좋지 않았다.

"미치루가……."

"언니가 때렸어!"

미치루가 일부러 큰 소리를 내며 울었다.

"뭐? 아침부터 왜 그러는 거야?"

엄마가 호노카를 노려봤다.

"언니가 때렸어! 때렸다고!"

"미치루도 좀 진정해."

"그치만…… 언니가……."

미치루는 화장실로 가는 엄마 뒤를 졸졸 따라가며 흐느꼈다. 화장실 문틈으로 엄마가 미치루를 안고 달래는 것이 보였다. 호노카는 입술을 살짝 깨물었다. 남은 빵에 햄을 끼워 미치루의 도시락을 준비했다. 토요일에 돌봄 교실에 갈 때는 도시락을 가져가야 했다. 호노카가 어렸을 때는 엄마가 준비해 주었지만, 미치루의 도시락은 호노카가 만들어야 했다. 그래 봤자 햄을 넣은 빵이나 냉동 주먹밥 정도가 다였다. 집에 아무것도 없을 때는 엄마에게 돈을 받아서 편의점에 들러 주먹밥이나 빵을 사서 들려 보냈다.

엄마가 달랜 덕분인지 미치루는 금방 울음을 그쳤다.

"엄마가, 언니가 잘못한 거랬어."

엄마는 다시 방으로 들어가며 한마디 보탰다.

"호노카, 이제 미치루 괴롭히지 마. 네가 언니잖아."

호노카는 대꾸도 하지 않고 다시 TV를 보는 미치루에게 말했다.

"다 먹으면 바로 나가자."

미치루는 돌봄 교실에 지각할 것 같으면 가기를 주저했다. 지각해서 눈에 띄는 것이 싫은 모양이었다. 그러면 빨리 준비해서 집을 일찍 나서면 좋을 텐데……. 좀처럼 나갈 준비를 하지 않으니 호노카의 마음만 초조해졌다.

"너, 두고 간다."

호노카가 작은 목소리로 협박했다. 미치루가 다시 얼굴을 찡그리며 울려고 했다. 그러면 엄마가 깨서 호노카를 또 야단칠 터였다. 엄마는 미치루가 잘못했을 때도 호노카를 혼냈다. 미치루도 그걸 알아서 곧장 엄마에게 이르곤 했다. 호노카는 엄마가 자기 말을 들어 주지 않아서 언짢으면서도, 돌봄 교실에 가야 하는 미치루가 가엾기도 했다.

호노카는 돌봄 교실이 싫었다. 가나에나 메구미는 없었지만 구루메나 마치다, 나카타니, 고토가 있었으니까. 지금까지 살아온 모든 세계에 심술궂은 말을 하는 사람이 늘 끼어 있었다. 교실에서도, 돌봄 교실에서도, 그런 아이들 때문에 호노카는 자주 울었다. 자신은 누군가에게 못된 말을 한 적이 없는데, 항상 누군가에게 그런 말을 듣고는 했다.

하지만 어느 날, 못된 말을 하는 사람의 수가 그리 많지 않다는 사실을 깨달았다. 그들의 발언이 매력적이고 자극적이어서 교실 분위기를 손쉽게 끌고 갈 뿐이었다. 한쪽으로 몰리기 시작한 분위기는 순식간에 같은 색으로 물들고, 모두 같은 가면을 쓴 채 한 방향으로 움직이는 것처럼 보였다.

호노카는 그럴 때마다 두 눈을 크게 떴다. 대다수의 사람들은 남에게 상처 주는 말을 일부러 하지는 않았다. 분위기에 휩쓸리는 사람은 많지만 스스로 심술궂게 행동하는 사람은 사실 매우 적었다. 그 사실을 깨닫자 더 이상 무섭지 않았다.

호노카가 두려워하는 것은 자기 이외의 누군가가 심술궂은 말을 들을 때였다. 누군가 상처 입은 모습을 보면 심장을 꼬집히기라도 한 듯이 마음이 아팠다. 자신이 그런 처지에 놓였을 때만큼. 어쩌면 그보다 더 아팠다. 뭐라도 해야 한다는 마음이 앞서서 절로 눈물이 나올 것 같았다.

2학년인 미치루는 다른 아이들보다 눈에 띄게 체구가 작았다. 집에서는 어리광을 피워 승리를 거머쥐곤 하지만, 돌봄 교실에 갈 때는 얼굴이 굳은 채 말수가 없어졌다. 그런 모습을 보는 것은 괴로웠다. 돌봄 교실에서 만난 엄마들은 미치루가 다른 아이들에게 난폭하게 군다고 했다. 미치루가 빼앗았다, 밀쳤다, 망가뜨렸다…… 완전히 문제아 취급을 했다.

미치루에게도 나름대로 이유가 있었다. 호노카는 전에 다른 집 엄마에게서 '미치루가 우리 아이 그림을 찢었다.'는 말을 듣고서, 미치루에게 왜 그랬는지 물었다. 미치루는 집으로 돌아오는 동안 입을 꾹 다문 채 말이 없다가 호노카가 반복해서 물으니 결국 울음을 터뜨렸다. 그 애가 미치루 머리에서 냄새가 난다고 다른 애들한테 떠벌렸다고 했다. 그 말을 들은 아이들이 몰래 다가와 머리 냄새를 맡고 도망쳤다고. 미치루는 울면서도 엄마에게 절대로 말하지 말라고 했다. 호노카는 그러겠다고 약속했다.

"선생님한테도 말하지 마. 아무한테도 말하지 마."

호노카는 약속을 지켰다.

"그래도 미치루, 무슨 말을 듣든 무슨 일을 당하든 다른 사람의 물건을 망가뜨리거나 난폭하게 굴어선 안 되는 거야."

호노카의 말에 미치루가 물었다.

"왜?"

"그게 규칙이니까. 규칙은 지켜야 하는 거니까."

미치루는 호노카의 대답에 뾰로통해져서 고개를 홱 돌렸다. 그러고는 눈물 섞인 목소리로 말했다.

"언니, 진짜 싫어."

호노카도 눈물이 나올 것 같아서 꾹 참았다.

그런 일이 있고 나서는 미치루가 얄미워도 뭐라고 하지 못했다.

"놔두고 간다!"

호노카는 다시 한번 말하고 현관문을 벌컥 열었다.

"안 돼!"

미치루는 허둥대며 그제야 나갈 채비를 했다. 호노카는 밖으로 나온 미치루의 옷 주름을 펴려고 옷단을 잡아당겼다. 미치루는 하지 말라고 하면서 도망쳤다. 밖으로 나와 보니, 커튼 너머로 본 것보다 하늘색깔이 더 아름다웠다. 둘은 아무 말 없이 아파트의 계단을 내려갔다. 골목을 돌자 돌바닥 길이 나타났다. 미치루는 평소처럼 흰 돌만 밟으려고 애쓰며 폴짝폴짝 뛰었다. 미치루와 같이 처음으로 등교하던 날, 호노카가 알려 준 규칙이었다.

"이 길을 걸을 땐 흰 돌만 밟아야 해."

"왜?"

호노카는 이유를 물을 거라고 예상하지 못해서 그만 당황하고 말았다. 왜 그래야 하는지 생각해 보았지만, 자신이 정한 그저 그런 규칙일 뿐이었다.

"만약에 여기를 밟으면 어떻게 되는 거야?"

미치루가 천진하게 갈색 돌을 밟으며 물었다.

"안 돼! 거길 세 번 밟으면 나쁜 일이 생기거든."

"뭐? 거짓말."

"거짓말 아니야, 규칙이라고."

"그런 규칙이 어딨어? 나는 맨날 갈색 돌을 밟아도 나쁜 일 같은 건 안 생기던데."

미치루는 말은 그렇게 하면서도 내심 신경이 쓰이는지 흰 부분만을 밟으려고 했다. 그날 호노카는 왠지 되돌릴 수 없는 일을 저지른 것 같은 기분이 들었다. 오늘 아침에도 흰 돌만 밟으려 애쓰며 걷는 미치루를 보면서 왜 이래야만 하는 걸까, 하는 생각에 잠겼다.

초등학교 교문에는 '운동장 개방 중'이라는 팻말이 붙어 있었다. 호노카는 미치루를 돌봄 교실에 보낸 뒤 한동안 학교에서 놀았다. 운동장에 놀러 나온 아이들은 모두 자기보다 어린 아이들이었다. 요즘 들어 6학년 아이들은 잘 보이지 않았다.

운동장에는 게임기를 갖고 들어오는 게 금지라서, 어쩌면 남자애들은 공원에 모여 있을지도 모른다. 여자애들은 어디에서 무얼 하는지 알 수 없었다. 호노카에게는 같이 노는 아이가 따로 없었다. 학교 쉬는 시간에는 눈에 보이는 아이들에게 다가가 먼저 말을 걸고 같이 놀았다. 친구를 딱히 같은 학년 아이로만 한정하지도 않았다.

오늘은 4학년 무리에 섞여서 피구를 했다. 한동안 어울려 놀다가 집으로 돌아갈 시각이 되어서 학교를 나왔다. 엄마는 그새 나갔는지 없었고, 아저씨는 안방에서 자고 있었다. 조용히 레토르트 카레를 데워 먹고 나서 다시 집을 나섰다. 목적지는 대학교였다.

동네에 대학교가 있어서 대학생을 볼 기회가 많았다. 남자들은 어쩐지 위압감이 느껴졌고, 여자들은 어른스럽고 자유로워 보였다. 어쨌든 대학생들은 아직까지 머나먼 존재였다. 그런 사람들이 모인 장소에서 종이접기를 배우는 것이다. 약간 우쭐해지긴 했지만 조금은 무서운 이벤트였다.

호노카는 떨리는 마음을 숨긴 채 당당한 표정으로 캠퍼스에 들어갔다. 토요일이라서 그런지 학생들이 많지 않았다. 초등학생이 돌아다니는 걸 이상하게 여길까 봐 은근히 걱정이 되었다. 요타도 올 거니까 괜찮다며 스스로를 다독였다.

줄지어 선 건물은 하나같이 거대했고, 어느 건물이든 유리창이 많아서 그런지 반짝반짝 빛났다. 자판기조차 멋져 보였다. 이쪽저쪽에 알록달록한 색깔의 알림판이 몇 개나 있었다. 호노카는 대학 안에 알림판이 이토록 많은 게 무척 신기했다. '아카펠라 동호회', '사회 복지 연구회', '럭비합시다!', '혼성 합창단 신입 단원 모집 중', '극단 아보카도리아', '체육 동아리 핸드볼팀 매니저 모집 중'……. 그림도 글자도 모두 개성이 넘쳐서 그 하나하나에 눈길이 절로 머물렀다. 영어나 어려운 한자로 적힌 것은 건너뛰었다. 종이접기 모임 게시물이 있는지 궁금해서 찬찬히 살펴보는데, 어느새 요타가 옆에 와 있었다.

"이거."

요타는 인사도 없이 불룩한 손가방에서 갑자기 다채로운 색깔의 공을 꺼냈다. 마치 마법사 같았다.

"이게 뭐야?"

얼핏 보았는데도 뭔가 굉장한 거라는 느낌이 들었다. 종이로만 만든 공이었다. 수많은 종이를 접은 뒤 놀랄 정도로 복잡하고 정교하게 합쳐서 만든, 부서지기 쉽지만 아주아주 예쁜 공.

"와, 진짜 대단하다! 네가 만든 거야?"

호노카는 자기도 모르게 요타의 손가락을 보았다. 거스러미가 조금 일어난 뭉툭한 저 손으로 종이를 열심히 접어서 이렇게 예쁜 공을 만들었다니!

요타는 호노카의 칭찬에도 별다른 반응이 없었다. 오히려 별일 아니라는 듯한 말투로 말했다.

"이거 만들기 과제로 낼까, 하고……."

호노카는 요타가 그림이나 만들기를 잘한다는 사실을 떠올렸다. 매년 작품이 뽑혀서 학교 현관 앞에 장식되었다는 것도.

"당연히 내야지! 선생님도 깜짝 놀라실걸? 학교 현관 앞에 장식될지도 몰라. 진짜 잘 만들었잖아. 이런 건 아무나 못 만들어!"

진심이었다. 그런데 호노카는 이렇게 말하면서 어쩐지 기분이 착 가라앉았다. 요타는 만들기를 이렇게 잘하는구나, 무언가를 만들 때 진짜로 열중하는구나. 하지만 자기에게는 그런 특기도, 빠져들 만한 무언가도, 아무것도 없었다. 호노카는 얼마 전의 학급 회의를 떠올렸다. 교단에 선 순간 입이 굳어 한 마디도 하지 못했던……. 애써 잊으려 했는데, 난데없이 불쑥 그때의 기억이 떠올랐다.

"너도 만들 수 있어."

요타가 호노카를 위로하듯이 말했다. 잠시 멍하니 있던 호노카가 밝은 목소리로 대답했다.

"뭐? 진짜? 나도 만들고야 싶지."

"할 수 있어."

요타가 한 번 더 말했다.

"그래? 어떻게 하는 건데? 가르쳐 줘."

"종이 서른네 장이 있어야 해."

"종이라면 많이 갖고 왔어."

호노카가 집에서 가져온 종이 뭉치를 보여 줬다. 요타는 밝은 표정으로 두 눈을 빛내며 종이를 바라보았다.

"그만큼 있으면 충분해. 그런데 부품을 실로 잇는 게 조금 어려워. 바늘로 잇다가 종이를 찢을 수 있어서. 그것만 조심하면 돼."

평소 얌전한 요타가 열심히 설명해 주는 게 좋았다. 하지만 호노카는 요타의 설명을 들을수록, 그렇게 어려운 것은 도저히 만들 수 없겠다는 생각이 들었다.

"고마워. 하지만 내가 진짜 할 수 있을까? 너처럼 잘 만들지도 못하는데."

"너라면 뭐든지 할 수 있어."

"에이, 그렇지 않아. 난 바보거든."

호노카가 웃으며 말했지만 요타는 웃지 않았다. 진지한 표정이었다.

"너는, 뭐든지 할 수 있어."

요타가 꼭 전하고 싶은 말이라는 듯이 또박또박 천천히 말했다. 호노카는 왠지 울고 싶어졌다.

사실은 자기가 할 수 있는 일은 아무것도 없다고 느끼고 있었다. 주변 사람들도 그렇게 생각한다는 걸 알고 있었다. 그리고 자신도 마음 한구석에서는 그 사실을 받아들였다. 학급 회장 후보로 나섰을 때도 모두 비웃는 걸 알았다. 가나에는 대놓고 호노카가 학급 회장이 되는 게 싫다고 했다. 그 말을 듣고 웃은 아이들 모두 같은 생각이었을지도 모른다. 하지만 호노카는 줄곧 학급 회장을 해 보고 싶었다. 6학년의 마지막 임원 선거여서 포기하지 않고 손을 들었다. 막상 학급 회장이 되어서 교단에 서자 다리가 굳어 버렸다.

뭐라고 말을 하면, 그 말이 바닥으로 툭 떨어져 아이들에게 마구 짓밟힐 것만 같았다. 그런 일은 항상 있었기에 아무렇지도 않았는데, 학급 회장이 되고 나니까 너무나 무서워졌다. 잘해야 한다고 생각하자 혀가 더 굳었다. 학급 회장이 되어 처음 싹튼 자존감이 오히려 마음을 움츠러들게 했다. 그런데 요타가 '너는, 뭐든지 할 수 있어.'라고 말해 준 것이다.

호노카는 눈물을 애써 참으며 눈을 깜박였다. 요타에게 들은 말을 마음속으로 되새겼다. 이렇게 믿어 주고, 있는 그대로의 자신을 인정해 주다니. 요타의 맑은 눈빛에는 한 점 거짓도 없었기에 호노카의 마음이 울컥해진 것이다.

종이접기 탐험대는 최고로 즐거운 시간이었다. 코끼리 만들기 코스와 쥐 만들기 코스가 있었는데, 호노카는 쥐 코스를 선택했다. 작고 귀여운 쥐를 그나마 손쉽게 만들 수 있을 줄 알았는데, 막상 만들어 보니 의외로 복잡했다. 어떻게 해야 할지 몰라 머뭇거릴 때마다 요타가 도와주었다. 요타는 어디에서 막히더라도 상황을 바로 파악하고 정확하게 해결해 주었다. 전개도에 그려진 모양과 순서를 일일이 짚어 주면서 어디서부터 다시 하면 되는지 알려 주었다.

요타에게 들은 대로 막힌 부분부터 접어 보았지만 금세 모양이 이상해졌다. 요타는 몇 번을 틀려도 지치지 않고 담담하게 올바른 모양으로 되돌려 주었다. 마침내 쥐를 완성했을 때도 무척 기뻤지만, 요타가 솜사탕 머리를 포함한 멤버들에게 칭찬을 받으면서 "넌 종이접기 탐험대의 정식 회원이야."라는 말을 들었을 때가 가장 즐거웠다. 대학생들이 요타를 동료로 인정했다는 사실이 진심으로 좋아서였다.

집으로 돌아오는 길에 호노카는 집에서 가져온 종이 뭉치를 전부 요타에게 주었다.

"왜?"

요타가 물었다.

호노카는 오늘 평소에 잘 웃지도 않고 사람에 따라 태도를 바꾸지도 않는 요타가 대학생들과 이야기할 때 뺨이 장밋빛으로 물드는 것을 여러 차례 보았다. 그래서인지 자신이 가진 종이를 요타에게 전부 다 주고 싶어졌다. 그 기분을 설명하기가 어려워서 그저 짧게 말했다.

"필요 없으니까."

"필요 없다고?"

"응."

사양하지 말고 받았으면 해서 그렇게 말했는데, 요타의 얼굴이 금세 어두워졌다.

"너는 이제 종이접기 안 할 거야?"

요타는 자기가 좋아하는 걸 호노카도 좋아하기를 바라고 있었다. 호노카는 그걸 깨닫자 마음속으로 따뜻한 무언가가 흘러 들어오는 듯한 기분을 느꼈다.

"그럼 반반 나눌까? 그리고 네가 가끔 나한테 가르쳐 줄래?"

"응, 알았어."

요타가 경쾌하게 대답했다.

호노카는 종이 뭉치를 반으로 나누어 다시 건넸다. 요타는 호노카에게 받은 종이를 손가방에 조심스레 넣고는 진지한 얼굴로 말했다.

"코끼리는 좀 어려워. 처음엔 오리너구리가 좋을 것 같아."

서랍 속에 잠들어 있던 종이가 요타의 손을 거쳐서 앞으로 쥐와 코끼리, 그리고 오리너구리 등 여러 가지 것들로 새로 태어날 터였다.

"요타, 종이접기 꼭 같이하자. 약속이야!"

친구와의 약속이 세상을 밝게 만들어 주었다.

요타와 헤어지고 나서 호노카는 무작정 달리기 시작했다. 해가 저무는 길을 계속 달리다가 돌바닥 길에 접어들어서 우뚝 멈추어 섰다. 지금껏 지켜 온 규칙이 머리를 스쳤지만, 어떤 확신이라도 생긴 듯이 한 걸음을 성큼 내딛었다.

한 걸음, 또 한 걸음. 가볍게 앞으로 나아갔다. 무언가가 자신을 보고 있을지도 모른다. 하지만 감시하는 게 아니라 지켜봐 주고 있는 것일지도 모른다. 호노카는 더 이상 발치를 보지 않았다. 돌의 색깔 따위는 신경 쓰지 않고 그저 앞을 바라보며 걸었다.

"너는, 뭐든지 할 수 있어."

걸을 때마다 용기가 솟아났다. 자신감이 싹터서 위를 향해 줄기를 힘차게 뻗었다. 나쁜 일이 일어난다는 규칙 따위, 그 어디에도 없다. 좋아하는 곳에서 마음껏 걸어도 되는 것이다. 그 사실을 미치루에게 얼른 알려 주고 싶다고 생각하면서, 호노카는 계속해서 앞으로 나아갔다.

이 교실이 세상의 전부일

아이들과 함께

새 학기가 되어 교실의 문을 열 때면 귀에서 심장 뛰는 소리가 들린다. 벌써 몇 년을 해 왔는데도 이 느낌만큼은 변함이 없다. 쿵쾅쿵쾅 빠르게 뛰며 가슴을 간질이는 이 통증.

왼손에 출석부를 들고 오른손으로 미닫이문을 연 뒤 아이들에게 인사를 건넸다.

"여러분, 안녕하세요?"

이 두근거림에는 불안과 기쁨이 공존한다. 옅은 긴장과 함께 다시 태어나는 듯한 감각이 온몸을 돌아다닌다. 내 앞에 아이들이 있다. 기대하는 눈, 기뻐 보이는 눈, 쑥스러워하는 눈, 의심하는 눈, 평가하는 눈도 있다. 아이들의 생기 넘치는 눈에 이 세상은 어떻게 비칠까?

이 아이들과 비슷한 또래였을 무렵, 나는 세상을 어떻게 바라봤는지 가만히 떠올려 본다.

"올해 6학년 3반 담임을 맡게 되었어요."

칠판에 이름을 쓰자 한 남자아이가 의기양양한 목소리로 말했다.

"저, 알아요. 우리 누나 담임 선생님이셨죠?"

"맞아요, 누나는 중학교에 잘 다녀요?"

순식간에 아이들의 주목을 받은 남자아이가 뺨을 붉히며 점잖게 대답했다.

"뭐, 그럭저럭이요."

한 여자아이가 장난을 치듯이 짓궂게 물었다.

"선생님, 남자 친구 있어요?"

"사적인 질문에는 대답할 수 없어요."

여자아이가 깔깔대며 웃자 뒤이어 잡담과 웃음소리의 잔물결이 퍼졌다.

이때쯤이면 아이들의 개성이 조금씩 보이기 시작한다. 장난을 잘 치는 아이, 튀고 싶은 아이, 사람을 끌어당기는 매력이 있는 아이, 눈에 띄는 아이에게 호감을 느끼며 은근하게 쳐다보는 아이, 그 속에 끼려고 하는 아이, 끼지 못해서 좌절하는 아이, 바깥에서 냉정하게 바라보는 아이, 주위에 무관심한 아이, 자기 세계에 빠져 있는 아이……

아이들은 내가 교실에서 '선생님'이라는 배경으로 자리할 무렵이면 더 친숙하게 여길 터였다. 지금 이 교실이 세상의 전부일 아이들에게 그 배경이 얼마나 큰 의미일지 잘 알고 있다. 그래서 이들이 졸업하는 날까지 무슨 일이 있더라도 아이들을 내치지 않겠다고 마음먹었다.

"자, 그럼 지금부터 출석 확인할게요."

술렁거리던 교실이 조금 차분해졌다.

"되도록 빨리 여러분의 이름과 얼굴을 외우고 싶으니까, 선생님 쪽을 보면서 '네!' 하고 대답해 줘요."

출석부를 펼치고 첫 번째 아이의 이름을 불렀다.

내가 6학년이었을 때, 담임 선생님이 '너희는 어차피 대단한 어른이 되기는 글렀어.'라는 충격적인 말을 했다. 때때로 교실은 커다란 생물이 된다. 수많은 벌레나 물고기가 떼를 지어 하나의 덩어리를 이루는 것과 같다. 그 생물에게는 나름의 성격이나 성질이 깃든다.

그 당시 우리 반은 오만할 대로 오만해져서 미쳐 날뛰었다. 일부 아이들이 앞장서서 선생님에게 도가 지나친 장난을 쳤다. 나를 포함한 주변 아이들은 그들을 내버려 두었다. 그러다 보니 주동자였던 아이들이 반성은커녕 오히려 선생님을 도발하는 발언을 반복했다.

누군가 선생님을 보고 '뚜껑 열렸다'고 말했는데, 그 말마따나 선생님은 확실히 이성을 잃은 듯이 보였다. 우리를 가르치기를 포기하고 '어차피'라고 했다. 교실의 아이들을 한데 묶어서 내치는, 선생님으로서 해서는 안 될 말이었다.

물론 우리가 나빴다. 하지만 모두를 한데 묶어 '대단한 어른이 되기는 글렀다'고 말할 정도였을까? 우리 중에는 성실한 아이도, 착한 아이도, 정의감 넘치는 아이도 분명히 있었는데.

그날 이후, 나는 몇 번이고 그 일을 떠올렸다. 사실 장난을 친 주동자들을 마음속으로 경멸하고 있었다. 그중 한 명은 같은 아파트에 사는 소꿉친구였다. 어릴 때나 친했지, 나이가 들고부터는 친한 사이가 아니었다. 꽤 일찍부터 마음속에서 그 아이를 내친 상태였다.

무척 어렸을 때, 그 남자아이가 '똥침!'이라고 외치며 내 엉덩이를 손가락으로 찌른 적이 있었다. 내가 깜짝 놀라서 울자 그 아이는 불안한 표정을 지으며 도망쳤다. 그때부터 그 애가 싫어져서 계속 피해 다녔다. 부모님끼리 아는 사이여서 그 아이의 피아노 발표회까지 가야 했지만. 정말로 가기 싫었다.

그 애 엄마가 남자아이보다 한 살 더 많은 누나를 피아니스트로 키우기 위해 온 힘을 쏟고 있다는 것은 동네에서 꽤 유명한 이야기였다. 집 안에 방음실을 만들어 매일 몇 시간씩 피아노를 치게 하고, 자신이 직접 가르치기도 하면서, 일주일에 몇 번씩은 먼 동네의 전문 강사에게까지 배우러 다녔다.

엄마들끼리 연락을 하는 사이라, 그 언니가 음악 전문 학교에 입학한 뒤 유학을 마치고 지금은 피아노 선생님으로 꽤 잘나가고 있다는 자랑 섞인 소식을 들었다.

동생인 그 애도 어렸을 때는 피아노를 배우느라 먼 동네까지 다녔다. 하지만 초등학교에 들어가고 나서는 더 이상 레슨을 받지 않았고, 학교에서도 반주 같은 것은 맡지 않았다. 부모의 관심과 기대가 재능 있는 누나에게 집중되는 것을 그 애가 어떻게 받아들였는지는 모르겠다. 나는 그저 그 아이가 교실에서 친구를 놀리거나 거친 말을 내뱉는 걸 보고는 못된 아이라고 단정 지은 후 되도록 가까이 가지 않으려 했다.

담임 선생님 입에서 그런 말이 나오게 할 만큼 심각한 장난을 친 뒤에는 그 아이에 대한 인상이 더욱 나빠져서 중학교에 가서는 단 한 마디도 나누지 않았다. 각각 다른 고등학교로 진학한 뒤에는 아파트에서 만나도 눈을 마주치지 않았다.

그런데 마지막으로 보러 간 그 아이의 피아노 발표회가 문득 떠올랐다. 가고 싶지 않았지만 부모님 손에 이끌려 옆 동네의 평생 학습관까지 꽃다발을 들고 갔다.

그 아이는 나이에 비해 어려운 곡에 도전한 것 같았다. 작은 손이 몇 번이나 건반 위에서 헤맸고, 그때마다 음악이 멈칫거렸다. 아주 힘겹게 연주를 마쳤을 때, 귀까지 빨갛게 물든 게 객석에서도 보일 정도였다. 발표회장에는 귀엽고 연약한 아이를 격려하는, 부드러운 박수 소리가 울려 퍼졌다.

뒤이어 그 애 누나가 피아노를 연주했다. 자세와 손놀림, 그리고 음색까지 모든 것이 특출했다. 이번에는 고귀하고 강한 것을 우러러보는, 성대한 박수 소리가 퍼져 나갔다.

엄마가 꽃다발을 내밀자 그 애 엄마가 겸연쩍은 표정으로 말했다.

"얘는 본 무대에서는 완전히 꽝이야. 기가 약해서 그렇지, 뭐. 매번 이러니, 원……."

아들의 연주를 부끄러워하는 마음이 나에게도, 우리 엄마에게도 고스란히 전해졌다. 그런 다음에 우리는 무대 위에 나란히 서서 사진을 찍었다. 어른들은 자꾸 웃으라고 했지만 둘 다 입술을 꽉 다물었다.

부모님을 통해 그 애가 유명 대학교를 나와 IT 관련 회사에 취직했다는 소식까지는 전해 들었지만, 그로부터 십 년이 지난 지금은 어떻게 살고 있는지 모른다.

그 애와 마찬가지로, 나는 선생님을 도발했던 한 여자아이도 마음속에서 내쳤다. 우리 반에는 그 애를 거스르지 못하는 분위기가 형성되어 있었다. 그 애는 시선을 한 몸에 받는 걸 즐겼고, 교실 가운데서 자주 춤을 췄다. 세게 나가면 주변 아이들이 반드시 자기주장을 수용한다는 것을 경험상 알고 있는 듯했고, 모든 일을 제 뜻대로 휘어잡으려 했다. 나는 그런 성격이 불쾌해서 엮이지 않도록 극도로 조심하면서 생활했다.

한번은 희한한 일로 그 애의 댄스 공연을 보러 간 적이 있었다. 땀방울이 비즈처럼 빛나는 모습이 숨이 멎을 만큼 눈부셨다. 그 느낌을 전하고 싶었는데, 그 애는 나에게 "왜?" 하고 의아한 듯이 물었다. 네가 왜 여기에 왔냐는 질문이었다. 나는 그 애에게 잠시나마 매료될 뻔한 것을 후회했다.

중학교에 입학한 뒤에 같은 반이 되었지만 엮이지 않기 위해 애를 썼다. 그 애가 말을 걸지 않도록 주변에 있을 때는 일부러 기척을 내지 않았다. 어린 시절부터 몸에 익힌, 불편한 인간과 별일 없이 지내는 나만의 방법이었다.

우리 중학교는 지역 내 두 초등학교 아이들이 모이는 곳이었다. 첫해 봄에는 자연스럽게 같은 초등학교를 나온 아이들끼리 모여서 놀았지만, 점차 다른 초등학교 출신의 아이들과도 어울리게 되었다. 외모도 언행도 여왕의 분위기를 풍기던 그 아이는 중학교에서도 금세 눈에 띄는 존재가 되었다. 한편에서는 그 애의 평판이 떨어지도록 헐뜯는 무리가 생겨서 여자애들 사이에 한동안 술렁임이 이어졌다.

문제는 같은 반 남자아이들에게서 일어났다. 한 남자애가 어떤 무리와 엮이면서 까딱하면 따돌림으로 이어질 위태로운 상황에 놓였던 것이다. 그 남자아이는 의사소통에 어려움이 좀 있어서 대화가 잘 통하지 않았다. 하지만 온화한 성품이어서 주변 아이들을 먼저 건드리지는 않았다. 잡담에 능숙하게 반응하지 못할 때도 있지만, 질문을 받으면 신중하게 말을 골라서 대답했다. 초등학교를 같이 다닌 아이들은 그 사실을 잘 알고 있었다.

하지만 다른 초등학교에서 올라온 아이들 중에는 좋은 먹잇감을 발견했다는 듯이 그 아이에게 일부러 들러붙는 무리가 있었다. 물건을 감추거나 가벼운 폭력을 저지르는 등, 일부러 그 아이를 자극해서 화를 내게 만들어 소동을 일으켰다.

어느 날, 그 아이가 열심히 만든 정교한 종이접기 작품(멋진 드래건이었다.)을 누가 접착제로 교실 뒤 선반에 붙여 놓는 사건이 벌어졌다. 자리로 돌아온 아이는 당황한 나머지, 수업 시작을 알리는 종이 울리는데도 사방을 두리번거리며 교실 안을 돌아다녔다. 선생님이 자리에 앉으라고 말하는 순간, 그 아이가 선반에 딱 달라붙은 드래건을 발견했다.

아이는 얼굴이 하얗게 질린 채 "도대체 누가 이런 거냐고, 왜! 왜!" 하고 울부짖으면서 필사적으로 드래건을 떼어 냈다. 장난 친 아이들은 소리 죽여 웃었고, 선생님은 패닉 상태에 빠진 아이를 무턱대고 야단쳤다. 그것도 모자라 보조 선생님을 불러 그 아이를 교실 밖으로 끌어내려 했다.

그때 우리 반의 여왕이 자리에서 벌떡 일어나 말했다.

"쟤가 저렇게 화를 내는 데에는 그만한 이유가 있는 거예요. 그걸 먼저 알아채지 못한 거면 선생님 자격이 없는 거 아니에요?"

모두 그 말에 동의하는 눈치였다. 같은 초등학교를 나온 아이들이 모두 여왕의 편이었기에, 이번에는 선생님이 비난을 받기 시작했다. 여왕은 접착제를 붙인 범인을 색출해서 더러운 말로 욕을 퍼붓는 것도 잊지 않았다.

그 아이의 지나친 언행은 때때로 누군가를 상처 입히기도 했지만, 그 화살표가 선한 쪽을 향할 때는 생각보다 큰 힘을 발휘하곤 했다. 남의 시선을 개의치 않고 자기 의견을 말하는 건, 그때의 나로서는 도저히 할 수 없는 일이었다.

어른이 된 후 초등학교 시절을 떠올릴 때면, 거의 이야기를 나눠 본일 없이 졸업한 그 두 아이가 생각났다. 교실을 미쳐 날뛰게 만든 두 사람, 어른의 시선으로 본다면 무척이나 성가셨을 그 아이들. 지금은 어떻게 지내고 있을까?

어린 마음에 그 아이들을 이런저런 인간이라고 단정하고 마음의 문을 닫아 버렸다. 실수는 아니었다. 그때는 스스로를 지키는 게 우선이었으니까. 하지만 지금은 다르다.

첫 학급을 맡았을 때 결심했다. 눈앞에 있는 이 아이들을 누구 하나 내치지 않겠다고. 말이나 행동이 전혀 이해되지 않는 아이가 나타나더라도, 그 아이를 알기 위한 노력을 멈추지 않겠다고. 말하자면 나는 맹세한 것이다. 결단코 이쿠타 선생님처럼은 되지 않겠다고.

그러나 사람이란 천천히 변해 가는 법이라서 십 년이 훌쩍 지나 그당시 선생님의 나이를 넘어서 보니, 조금씩 다른 생각이 싹트기 시작했다.

'너희는 어차피 대단한 어른이 되기는 글렀어.'

그 말은 선생님 나름의 뜻을 담아 진심으로 전한, 진지한 말이었을지도 모른다는 생각이 들었다. 저주에 가까운 말을 들은 반 아이들이너무 불쌍해서 그런 생각을 하게 된 건지도 모른다. 선생님은 모두를한데 묶어서 '대단한 어른이 되기는 글렀다'고 말했다. 모두를 내치는것은 모두를 남기는 것과 비슷하다.

가혹한 말이었지만 우리가 선생님이나 수업, 그리고 학교를 깔보고있었던 건 사실이었고, 선생님의 말은 우리 마음에 생채기를 내서 작은 딱지를 만들어 그곳만 옅게 변색시켰다. 이런 시절을 돌이켜 봤을때 어른을 깔보는 아이였다는 것을 떠올리게 할 정도의 희미한 아픔을 남긴 채. 그와 동시에 아이들에게는 말로도 에일 만큼 보드라운 마음이 있다는 걸 잊지 않게 만들었다.

우리 모두 '대단한 어른'이 되지는 못했을지도 모른다. 그때 우리가꿈꿨던 유튜버나 백댄서, 그리고 축구 선수가 되지는 않았다. 혹시 되었다고 해도 실제로 도착한 곳은 그때 생각한 꿈의 장소와는 좀 다른곳이었다. 그래요, 선생님 말씀대로네요. 그게 그렇게 될 리가 없으니까요.

나는 쭉 동경하던 '선생님'이 되었지만 꿈에 그린 이상과는 아주 멀다. 칭찬하려고 한 말이 아이의 자존심을 건드릴 때도 있고, 가르쳐 주려고 한 말이 도가 지나쳐서 아이의 자존감을 깎아내릴 때도 있다. 아이의 말을 더 들을걸, 그 한 마디는 하지 말걸, 하고 후회하는 일투성이다.

첫 단추를 잘못 끼운 일련의 일들로 학부모의 오해를 사서 고민하는 일도, 동료 교사와 지도 방법을 놓고 의견이 맞지 않아 어색해지는 일도 있다. 그때마다 위축되어 자신감을 잃기도 했다. 내가 이 일과 맞지 않는 것은 아닐까, 하는 생각도 들었다. 현실의 매서움은 언제나 내 마음을 꺾으려고 했다. 그래도 나는 이곳에 계속해서 서 있다.

선생님이 예언한 대로예요. 지금의 저는 과거의 제가 바랐던 '대단한 어른'은 아니겠지요. 하지만 그건 선생님도 마찬가지 아니었을까요? 아이들에게 그런 말을 뱉었으니까요. 그래도 어른의 삶은 앞으로도 계속되니까, 각자가 원한 '대단한 어른'에 조금씩 다가갈 가능성은 우리 모두에게 남아 있는 것 아닐까요?

반 아이들의 이름을 다 부른 뒤 준비해 온 이야기를 꺼냈다.

"여러분에게 내가 어떤 선생님이 될 수 있을지 아직은 잘 모르겠어요. 하지만……."

"하지만 '최선을 다하겠어요.'라고 하실 거죠?"

누군가 끼어들었다. 금세 웃음소리가 퍼졌다.

"예리한데? 그런데 조금 달라."

나는 밝은 목소리로 말을 이었다.

"나는 여러분을 계속해서 알고 싶어 할 거예요."

그래, 너희를 알고 싶어. 지금 내 눈에 비친 모습은 어디까지나 너희를 감싸고 있는 '개성'일 뿐, 각자의 내면에 펼쳐진 바다는 부모나 친구, 그리고 나도 다 알 수 없을 정도로 깊을 테지. 그건 개성이라는 한마디 말로 정리할 수 없을 정도로 소중한, 어쩌면 너희 자신도 알지 못하는 '너'라는 존재란다. 그러니 너희를 알고 싶어. 계속해서 알려고 노력할게.

"네, 저도 지호 선생님을 알고 싶어요!"

아까 나에게 남자 친구가 있냐고 물었던 여자아이가 손을 들고 말했다. 거리를 좁히며 다가오는 장난기 가득한 눈에 호기심이 어려 있었다.

"그러니까 남자 친구가 있는지 알려 주세용!"

"몇 살이에요?"

"어디 사세요?"

질문이 이어졌다.

아이들의 눈이 흐려질 일도, 뾰족해질 일도 결코 일어나지 않으리라고 단언할 수는 없겠지만, 어쨌든 지금은 웃고 있었다. 새 학기 첫날의 교실에 웃음이 넘쳤다.

"선생님에 관한 건 차차 알게 될 거예요."

오늘의 미소가 일 년 동안 이어질 수 있기를. 그것이 무척 어렵다는 것은 이미 알고 있지만, 건강하고 즐거운 기분으로 그렇게 될 수 있게 졸업까지 최선을 다하겠다고, 아이처럼 천진한 마음으로 바랐다.

"하지만 다 알았다고 과신하지는 말아요. 친구도 마찬가지예요. 재를 다 안다고 자신하지는 말아요."

너무 추상적인 말이었는지 어리둥절한 눈으로 쳐다보는 아이도, 흥이 깨졌다는 표정으로 한눈을 파는 아이도 있어서 이야기가 공중에 붕 떠 버린 느낌이었다. 그래도 내가 제일 하고 싶었던 이야기라서 끝까지 제대로 해야겠다고 생각했다.

"모두 언젠가는 어른이 될 거예요. 여러분 옆에 있는 아이도, 뒤에 있는 아이도, 앞에 있는 아이도 말이죠. 지금 이곳에서 내가 다 안다고 생각한 친구는 점점 변해 갈 거고, 여러분 자신도 차차 변할 거예요. 세상은 시간이 흐르면 흐를수록 점점 넓어져요. 이 교실 이외의 장소가 훨씬 넓다는 사실을 꼭 기억하길 바라요."

"네에."

누군가 건성으로 대답했다. 마음이 담겨 있지 않았다. 킬킬거리며 작게 웃는 소리와 함께 "진짜 웃기네." 하고 중얼거리는 소리도 들렸다. 첫날부터 너무 많은 이야기를 해 버린 걸까? 하지만 내가 경험을 통해 느꼈기에 꼭 전하고 싶은 진실이었다. 너희 모두 어른이 된다는 사실.

초등학교 가사실에서 선생님에게 '뚜껑 열렸어.'라고 농담한 아이도 어른이 되었다. 우리는 매일 아침 아파트 정문에서 만나 같이 등교했지만, 친구 사이는 아니었다. 등하굣길만 나란히 걸을 뿐 교실에서는 아는 척하지 않는 게 암묵적인 규칙이었다. 그때 우리 사이를 가렸던 투명한 벽, 그것은 대체 무엇이었을까?

어른이 된 후에 외국의 한 마을에서 그 아이와 다시 만났다. 나는 대학 친구들과의 졸업 여행이었고, 그 아이는 혼자 온 여행이었다. 머리카락을 밝은색으로 염색하고 커다란 배낭을 멘 그 아이는 다른 나라로 이동할 예정이라고 했다.

그 아이는 초등학교 때 떠들썩한 무리의 일원으로 내가 불편해했던 여왕과도 친하게 지냈다. 하지만 나와 둘이 있을 때는 센 척을 하면서도 외로움을 타는 듯했다. 혼자 전철도 타지 못해서 여왕의 댄스 공연에 나를 데리고 갈 정도로 겁쟁이였던 일이 거짓말이었던 것처럼, 지금은 여권 하나만 들고 세계 어디라도 가볍게 떠나는 사람이 되어 있었다.

그 아이는 귀국 후에 다시 만난 자리에서 이렇게 말했다.

"그때, 너한테 많은 도움을 받았어."

뭐라는 거야? 학교에서 넌 나를 쭉 무시했잖아. 나는 그 말을 꿀꺽 삼켰다.

"지호 네가 거기서 늘 기다려 준 덕분에 매일 아침 집에서 나올 수 있었어."

그 말에는 진심이 담겨 있었다. 그 아이가 그런 말을 하는 날이 오리라고는, 너희 나이였을 무렵에는 상상도 하지 못했지. 그만큼 앞날은 알 수 없고, 우리는 믿을 수 없을 정도로 변해 간단다. 지금만을 살아가는 것 같지만, 쉬지 않고 앞으로 다 같이 나아간다는 얘기야.

"선생님 얘기가 너무 길어졌죠? 이 이야기를 또 하지는 않을 거예요. 오늘만 한 거니까 잘 기억해 주었으면 해요."

나는 그렇게 말한 뒤 출석부를 덮었다.
"그럼, 수업을 시작할까요?"
봄의 교실에 종소리가 길게 울려 퍼졌다.

학교라는 세계

첫판 1쇄 펴낸날 2023년 6월 30일
3쇄 펴낸날 2024년 11월 11일

지은이 아사히나 아스카 **옮긴이** 조윤주
펴낸이 박창희
편집 홍다휘 백다혜 **디자인** 배한재 김혜은
마케팅 박진호 **홍보** 김인진 **회계** 양여진 김주연

펴낸곳 (주)라임
출판등록 2013년 8월 8일 제2013-000091호
주소 경기도 파주시 심학산로 10, 우편번호 10881
전화 031) 955-9020, 9021 **팩스** 031) 955-9022
이메일 lime@limebook.co.kr **인스타그램** @lime_pub
홈페이지 www.prunsoop.co.kr

ⓒ 라임, 2023
ISBN 979-11-92411-31-6 44830
        979-11-951893-0-4 (세트)